笑彈人間

馬漢雜文選集

馬漢　著

本書由「方北方出版基金」贊助

【自序】

　　馬來西亞華文作家協會聯合臺灣秀威資訊科技股份公司要為歷屆「馬華文學獎」得獎人各出版一本選集，這是個令我感到興奮的消息；原因我是第十屆文學獎得獎人，因此也能有一本選集叨陪末席。

　　我從年輕時代便愛上寫作，很小的時候便立志長大之後成為一位作家，並且立願為孩子們寫書，為他們提供精神糧食。

　　結果從少年時代一直到刻下的黃金年華，總共有六十年左右的時光，都在寫作，而且樂此不疲，大有「一日不寫作，便沒有快樂」之勢。

　　我的寫作體裁十分廣泛，先從小說入手，再寫雜文，最後還專注兒童文學創作。我不敢自詡為「多面手」，不過幾十年間，確實寫出百篇以上的短篇小說、超過五百篇的雜文以及將近四十本的兒童文學創作集。從量的角度來看，倒是相當的豐碩，至於從質的角度來看又如何呢？我想有待讀者和文評家去評估了。

　　可是，我要選出哪一類作品來當作選集出版呢？一時之間，可有點猶豫不決。幸虧這套《馬華文學獎大系》的主編及委員們向我作建議，說許多人都曉得我寫了不少的短篇小說和兒童文學創作，可能不曉得我在雜文方面也有不俗的成果，為何不選雜文來出版「選集」呢？

　　我聽了之後，覺得這個建議很好，於是便敲定出這本雜文選集了。非常感激編委們替我選了一百四十篇作品，彙編成書；同時更要感激廖冰凌博士為我的作品作了一次全面性的評估。廖博士花費很多時間和很大的精神讀過拙作，然後再予評估；承她不棄，肯定了拙著

的價值，實在對我鼓勵很大，我讀了以後，果真是老懷大慰！

在創作上，我有三項「至愛」：其一是短篇小說，其次是兒童文學創作，「雜文」屬第三，不過也是我的所愛，與前兩類是相同的喜愛。

雜文是一種比較自由的文體，正如日本評論家廚川白村所說的：「冬天坐在爐邊的安樂椅上，夏天穿浴衣啜著苦茗，對著無所不談的朋友傾訴一般地，隨著筆端流瀉而出的文字，便是Essay（雜文）。興來時，也許可以寫出不致使你腰酸背痛的理論；也許有時夾進去一句兩句帶刺的警句；也能讓你自詡抱負。有幽默，也有哀怨。所談的題目，上自國家大事，下至市井瑣小，書籍的批評，知人的消息，以至緬懷自己的往事；凡此種種，隨著思潮的起伏，托諸筆墨，形諸文字者都是。」

我寫雜文的時候，正好抱持著上述的心態。我的雜文，有些地方跟我的性格有關係，也跟許多華族同胞的語氣相近，那是語帶雙關、話中有骨，同時還富有嘲諷的意味。

只可惜我只是一名作者（Writer），不是一個鬥士（Fighter），恪於環境與條例的限制及不許可，有時候不免會有「隔靴搔癢」之嫌，因此，我的雜文不是匕首，也不是投槍，只是仿效咖啡店中的議士，時而說說風涼話，時而發發牢騷，如此而已！

非常感謝編委們對我的雜文青眼有加；同時更要感謝過去幾十年間，約我寫雜文專欄的各位編輯，謝謝大家的錯愛，給予我發表的空間。

最後，當然要感謝讀者選購此書，但願這百多篇雜文，就像涼茶一般，讓您在大熱天裡吮啜喝下之後，雖然有點兒苦澀，不過卻會有清涼消暑熱的功效！

寫於2012年2月11日午間

【導讀】
彩筆與匕首的輝映
──評介《笑彈人間──馬漢雜文選集》

廖冰凌（馬來西亞拉曼大學中華研究院）

　　提起馬漢，人們必定想到馬華兒童文學，因為他是少數馬華作家當中，願意用盡一生力氣為少年兒童讀者孜孜筆耕的一位，是馬華兒童文學界的重要支柱。然而，很多人似乎忘了這位「馬來西亞的男子漢」，其實也是個多面手，寫有不少小說、雜文、散文和影評，著作達一百多本，部份作品更在中國、臺灣及香港出版和發行，也有的被譯成馬來文和英文。對於這位為馬華文壇、為教育界奉獻一生的寫作人，同時也是第十屆「馬華文學獎」的得主，我們有必要重新回顧他的文學作品，並與讀者分享。可惜，限於篇幅，同時也為避免文體形式過於駁雜，《笑彈人間──馬漢雜文選集》忍痛割捨許多佳作，僅選錄了雜文。儘管如此，這篇評介兼導讀性質的小文裏，將會一併介紹馬漢其他文類的作品，希望讀者對他有一個相對完整的認識。

兒童文學與刊物

　　馬漢原名孫速藩，生於馬來西亞柔佛州麻坡，自師訓學院畢業後服務杏壇三十一年。多年的教學經驗和寫作熱忱，使馬漢對兒童文學有著一份特殊的感情。早期，馬漢的兒童文學作品以遊記和馬來或潮州民間故事改編為主，1962年由香港藝美圖書公司出版的《漫遊馬來亞》和《鱷魚王子》（後來分別增訂為《沒有牙齒的旅人》和《西馬遊蹤》），就是當時的代表作。五十年來，他除了創作大量的少年兒

童文學外，也編輯和出版過許多廣受歡迎的兒童刊物、文學叢書，是馬華兒童文學發展的重要推手。

1. 注重兒童文學的教育功能

馬漢的兒童文學體裁相當多樣化，包括小說、散文、童話、報告文學、傳記、民間故事改編等等，其作品基本上「主題明確、形象感人、淺白順暢、生動有趣、合乎邏輯」[1]。在寫作主旨方面，馬漢非常注重兒童文學的教育功能。他認為：吸取兒童文學的營養，不只可以為語文基礎紮根，也可讓小讀者學習分辨忠奸，瞭解善良與正義等真理，有助兒童培養正確的人生觀、道德觀與價值觀。[2]

因此，馬漢通過各種主題思想來宣導健康普世的價值觀，包括：人間有情、捐錢捐器官救人的故事（《媽媽打了班長一巴掌》、《鍾老師與魔鬼班》、《遺愛人間》）；友族相愛的故事（《平安夜》、《章媽媽得回一個兒子》），以及其他價值觀、人生觀如友愛、誠信、謙虛、關懷別人、幫助弱者等。馬漢相信，讓孩童讀了這些作品，「在潛移默化之下，便會吸取這些良好的意識、觀念與思想」[3]，成為「健全的社會人」。[4]

他從自身的執教經驗中，拾取真人實例為題材，以人物傳記的方式寫了《阿方奮學記》、《彩蝶的飛舞》、《逆流而上》、《鍾老師與魔鬼班》、《過關斬將的一群》等勵志故事，正是為了勉勵小讀者要衝破困境、勤奮學習，勿自我放棄或自甘墮落。

---

[1] 欽鴻：〈為了未來一代的勞動──馬漢及其兒童文學創作〉，《浣衣集》，吉隆坡：嘉陽，2002.9，頁205-207。

[2] 馬漢：〈讓兒童文學的養分，來培育文學的幼苗〉，《兒童文學50年情》，吉隆坡：嘉陽，2007.1，頁120。原為宣讀於1994年「亞洲華文兒童文學研討會」上的論文。

[3] 馬漢：〈糾正人們對兒童讀物的錯誤觀念〉，《兒童文學50年情》，頁128。

[4] 馬漢：〈淺論兒童文學〉，《兒童文學50年情》，頁143。

2. 強調華族傳統文化內涵

由於馬來西亞的教育體制特殊，一般而言，報讀非華語源流學校的華人學生，在課堂上學習華語的機會相對減少，這大大影響了華族新生代對自身文化傳統的認識。因此，馬漢借由課外讀物的編寫，來推廣華族傳統文化。他以輕鬆有趣的筆調改寫各種節慶、民間故事和名人事蹟，吸引小讀者接觸當中的文化內涵。重要的作品有：《多彩多姿的馬來西亞節日》、《王老虎搶親》、《王子復國記》、《白娘娘與許仙》、《呂蒙正過窮年》、《老鼠嫁女兒》、《火燒綿山》、《投江的詩人》、《目蓮救母》、《七月初七夜的約會》、《月餅裏的秘密》等等。

祖籍廣東潮安的馬漢，對潮籍傳統文化與習俗的介紹與傳播相當熱衷，這也形成馬漢兒童小說的另一個特色。如：故事集《惡嫂嫂變猴子》中所講述的喜門環少爺、風雨童子和見義勇為、懲姦罰惡的李子長傳奇、姑嫂鳥的傳說，還有田螺姑娘、巧媳婦、神童林大欽以及蕭端蒙一板打死江西王，這些潮汕地區所流傳的民間故事與傳說，對馬來西亞潮籍子弟瞭解本身的籍貫文化有著特殊的意義。此外，潮籍華人的風俗習慣和佳餚也經常出現在馬漢的兒童小說裡。如：《阿方奮學記》裡便描寫潮籍家庭如何為初入學堂的小朋友準備特別的菜餚，以諧音採個好兆頭，類似學童的入學儀式。《遠方來的客人》裡也介紹了潮州家鄉菜，如：「清蒸鯧魚」、「煎蠔蛋」、「梅菜扣肉」、「魚丸湯」和「金瓜芋泥」等。[5]在馬華兒童文學中，如此強烈表露自身籍貫意識的作家，馬漢可說是唯一的一位。

3. 協助栽培新生代

為讓馬華兒童文學可以進一步發展，培育新一代的寫作人是其中

5　見馬漢：〈遠方來的客人〉，《家是溫暖的》，吉隆坡：嘉陽，2007.1，頁50。

一個關鍵。除了出版一系列的作文指導、模範作文集外，馬漢也與家人合辦了松柏教育中心及教育製作有限公司，開了一家教育產品專賣店和作文班。這是一間兼具教育輔導、音樂製作、多媒體教育企劃、出版及發行的公司。馬漢除了親自指導作文班的學生外，同時也將作文方法融入自身的文學創作中，以啟發小讀者的寫作興趣。他還設立「馬漢兒童文學雙年獎」，以鼓勵更多本地作家投入兒童文學的創作，為國內重要的兒童文學獎項之一。

馬漢對文學的語文功能之堅持，和對培育寫作接班人的熱忱，亦表現在由他所主編的各種兒童刊物中。在馬漢擔任主編期間，《《新明日報》》創辦的《新明少年》週刊刻意「撥出最多的篇幅刊登本地作家的兒童文學作品」[6]。而《嘉陽小作家》在2003年的創刊號上也寫著這樣的標語：「開開心心讀書，輕輕鬆鬆寫作」[7]，顯示了這位總策劃人兼主編的辦刊目的。

從60年代便開始參與編輯及出版工作的馬漢，其對編輯事業的投入是不容忽視的。馬漢認為，一份理想的少兒刊物，必需具備以下條件：[8]（1）要設法達到益智性和知識性目標；（2）不能編寫成「教科書」、參考書或「作業簿」；（3）編輯本身要對兒童文學有興趣與認識；（4）要重視本地寫作人才的創意及具本地色彩與特色的作品。他所主編的刊物、叢書眾多，著名的有《建國日報》的三個副刊——《兒童樂園》、《少年廣場》和《學園》、《好少年月刊》、《新明少年週刊》、《嘉陽小作家》月刊、《新潮月刊》、《長青青少年叢書》、《世紀文叢》、《德麟文叢》、《世界華文少兒文學系

---

[6] 馬漢：〈第二次世界大戰以後在我國發行與出版的少兒期刊〉，《兒童文學50年情》，頁107。

[7] 馬漢為嘉陽出版有限公司的編務與出版顧問，並擔任《嘉陽小作家》雜誌的總策劃兼主編。

[8] 馬漢：〈我理想中的一份「少兒刊物」〉，《兒童文學50年情》，頁122-125。

列》、《嘉陽文叢》等等，一再見證馬漢實踐理想少兒刊物的努力與成果。近年來，馬漢更總結一生的經驗，出版了《兒童文學50年情》，為兒童文學評論作出貢獻，同時也留下許多珍貴的史料。

雜文

馬漢在兒童文學創作方面的成就卓越，他對馬華兒童讀物的貢獻有目共睹。然而，對稍為年長的讀者而言，「莫理先生」的雜文更讓他們印象深刻。早在50年代末，馬漢便以「莫理」、「余亦云」、「陳方」、「陳亦舊」、「王老吉」等筆名寫下一系列雜文，其中以「莫理」最為人所熟悉。

馬漢為華文報刊寫過的專欄至少有15個之多，包括《馬來亞通報》的「山芭寄簡」專欄（1962-64）、《達報》的「無聊齋閑話」專欄（1965-66）、《南洋商報·言論版》的「想到寫到」專欄（1971）、《華商報》的「涼茶檔」專欄（1979-80）、《新生活報》的「嘆世界」（1983）和「烏鴉嘴」（1987）、《南洋週刊》的「管中窺豹」專欄（1989-90）、《星洲日報·星雲副刊》的「星眼」（1985-86）和「驀然回首」（1996-97）、《《新明日報》》的《冷熱盤》和《星期點心》副刊上的「吳料齋書」和「立此存昭」專欄（1992-94）、《南洋商報·商餘副刊》的「六星陣」（1994）等等。在這些專欄裡，他以嬉笑怒罵的方式針砭時事，抒發己見，強烈的幽默諷刺之風格，風靡一時，至今仍為讀者同道所津津樂道。

> 馬漢另一筆名叫莫理，專用在寫雜文，大約在八十年代的馬華文壇，莫理的雜文，膾炙人口，內容風趣，行文幽默。（辛夷〈馬漢的文學成就〉）

洪祖秋也直言：「我對馬漢的心儀是他的雜文」，「莫理先生的

雜文，往往讓我拍案叫絕，拍掌喝妙。」（〈向馬漢致敬〉）

目前，馬漢已結集出版的雜文集包括：《天窗亮話集》（1976）、《涼茶集》（1982）、《坐井集》（1989）、《管中窺豹集》（1993）、《立此存昭集》和《今有戲言》（2001）。另有文學掌故《文學因緣》（1995）、《文林雜憶》（2008）和自傳體散文集《風雨人生路》（2002）。單單前六個雜文集子，就有457篇雜文，若涵括尚未正式出版的另五本雜文，以及文學掌故性質的散文，粗略估計有上千篇文章，在時間上橫跨了足足四個十年，這些成果說明了馬漢是馬華雜文寫手中的佼佼者。

雲里風在《立此存昭集》中的序這麼說道：

> 馬漢兄撰寫雜文，可說是斲輪老手，他用了許多不同的筆名，分為幾家華文報刊撰寫專欄。他從日常生活的小節中去擷取題材，信手拈來，寫來毫不費力，他的作品自成一格，往往以嬉笑怒罵姿態，針砭時事。使人讀之，在悟出其中哲理之餘，不禁要發出會心的微笑。
>
> ……刊出的園地雖然不同，但文章的風格則相當一致，筆調亦莊亦諧，輕鬆有趣，內容涉獵面非常廣泛，可說是道盡了人生百態，倘非有豐富的生活經驗，誠難達到如斯境界。

的確，馬漢雜文的內容題材豐富多元，貼近時事。他擅於觀察教育界、華人社會、國家政策、文壇各方面的動態，並發表個人的教育觀、政治觀和文學觀。在批判和反思之同時，馬漢多會提出個人推崇的人生態度或思想價值觀念，而且合情合理。他這種不平則鳴、一針見血的為文風格，充份發揮了揭示問題、解決問題的雜文特質，讓人「拍案叫絕、拍掌喝妙」。

馬漢雜文的「絕」和「妙」之處，在於他為人所公認的幽默和諷

刺筆調。

　　不同的作家，會表現出不同的幽默和諷刺風格。馬漢的方式主要是以小市民閑聊的姿態來展開的，進而將眼前所發現的現象或事情之不合理處，於談笑間剖示，促成一種批判性的反思意味。他尤其喜用強烈對比的方式，以反諷手法暴露社會上的各種醜陋現象和嘴臉。例如：他以「掛名英雄／無名英雄」批判馬來西亞華人社團成員大部份只「志在掛名，而不在出力做事」，只有少部份人在默默幹活（〈無名英雄〉）；又以「言論巨人／行動侏儒」諷刺一味空談卻無所實踐的人（〈言論巨人〉）；以「智多星／馬後炮」調侃隔岸觀火及落井下石之徒（〈質疑・嘲諷・觀火〉）；以「前進份子／錢進份子」痛罵偽君子罔顧母語教育的權益，是一群「披上紳士、君子或慈悲的『畫皮』」（〈唯我獨尊〉）；以「小會／大宴」揭示人們以開會為表面理由，實則趁機花公款吃喝（〈小會與大宴〉）；以「精仔／戇仔」的行為結果來取笑自以為聰明的人，等等等等。這些精彩而新穎的比喻、諧音的靈活運用，滙成莊諧並出的連篇妙語，讀來不僅大快人心，而且令人忍俊不住。

　　由於職業關係，馬漢對教育界的動態非常關注，尤其是當面對各種不公平的對待或不合理的政策措施時，他更是義憤填膺，下筆也就更為鏗鏘有力了。例如，在〈美好遠景〉中，馬漢譏諷政府制訂的「公積金法案」有諸多限制，設想不夠周全，導致公積金如同「充饑的畫餅，可望而不可即」，對於急需存款購買屋子、教育子女的會員而言，這筆退休金只是個「美好遠景」，但卻「近況可悲」啊！有感於教師節的慶祝意義遭到扭曲，馬漢又寫了〈哎，教師節！〉，諷刺教師節的各種怪現象：

　　　　有的學校設了盛宴，在宴會上，有識之士例必「訓話」，訓詞
　　　　中有謂：「如果學生成績有進步，那麼，明年此日，董事部必

定再設盛宴！」雖然講的人不曾明說，但聽的人卻聽出韻味，即是：「如果學生成績沒有進步，那麼明年休想再吃一餐」，自然人人心中都覺得滿不是味道了！

馬漢是個說故事的高手，即使是在篇幅極為有限的雜文裡，他也能利索地把故事說得詼諧有趣。他為文批評社會上現實的價值觀，不足800字的短文裡，一連舉了三個小故事，前兩則以小學生投稿只看重稿費的現象為例子，末一則讀來令人發噱！

有一位在商場上得意而不再寫作的文友，當另外一位文友批評他在「訃聞」中用錯了稱呼時，他居然說：「什麼都不必談啦，叫他來跟我比比賺錢，看誰強過誰好了！」

大言不慚、似是而非的可笑邏輯，暴露了也鞭笞了這種金錢至上的價值觀。在〈有錢聲音響〉一文中，馬漢再次發揮詼諧本色：

當與人有所爭執的時候，只要使出：「令伯出錢比你多！」這個絕招，也往往是會占上風的！

人性的弱點，就在這簡短的文字中遭到戲謔，顯現了作家的機智與喜劇感。

馬漢的雜文，還有一個特色，即是喜歡採用托古方式進行隱晦的暗諷。他雜引典故、成語諺語故事、歷史人物以及經典文學作品，暗喻某些人和事，並將典故延伸發展達到引鞭遠策的效果。對於任何懂得中華文化的讀者而言，這類雜文讀來另有一番韻味。

例如，在〈現實〉中，馬漢就一連列舉了呂蒙落難、朱買臣落魄、蘇秦和范進不第的故事，影射當今社會上的人情冷暖，與個人的

成敗或貧富有關。在〈九顧華廈〉中，馬漢感慨《三國演義》裡劉備「三顧茅廬」招攬諸葛亮的佳話不復，而今是「九顧華廈」的策略當道（即是到達官貴人府上拉關係、套交情、攀親戚、毛遂自薦、自吹自擂、送禮券禮籃，以求「高升」。）又以晏嬰身為一國宰相，待人謙和有禮，反觀其車夫却仗勢欺人，來諷刺今時達官顯要的下屬也是如此。（〈晏嬰與車夫〉）這些人類的劣根性、官場上的陋習，都在馬漢短小精悍的雜文中一一暴露。

在點評時事動態與揭示人性之際，馬漢也常流露出無奈之感。誠如他在《涼茶集》的後記裡頭說道：

> 在此時此地，寫作題材也有種種侷限。我們常常說：寫作人應該「揭露社會的黑暗，描寫人間的不平事」。事實上，這句話也是「說易」而「寫難」。社會中不錯有著其「黑暗面」，人間也不乏「不平事」，可是，閣下就能輕而易舉的去揭露，去描寫乎？姑且不說寫了「嚐鐵窗風味」有機會吧，可是，要遇到「幾條彪形大漢攔路，加以辱罵毆打」，或者被老闆炒其「魷魚」等等，却也是不難碰到的事。

當然，他也不忘自我解嘲一番：

> 莫理先生既然不擅於說「漂亮話」，又沒膽子作「敢怒敢言」式的言論，只有聊充「咖啡店議士」，發發一點兒牢騷。這也是為什麼把這本集子叫做《涼茶集》，就是希望讀者小姐和先生們讀了，能像喝了一杯「涼茶」，收到些微「消暑」與「降火」的功效，則莫理先生便於願足矣！

　　另有一點值得注意的是，馬漢雜文的本土色彩和時代印記相當鮮明。這是因為作家本身的國籍身份和生活環境關係，加上雜文本來就具有強烈的時代感此一特質使然。他在雜文中所論及的各種課題，都與馬來西亞人民的生活息息相關。不管是家庭倫理觀念、教育政策、族群權益、新聞時事、文學與出版動態、報業活動等等各種社會問題或現象，都反映了馬來（西）亞建國以來的各種的社會狀況。行文中所常使用的方言俚語或新、馬一帶的慣用語，都是當地讀者所熟悉的，這也使馬漢的文章更具親和力。例如，他調侃毫無主見的隨波逐流者為「Yes Man」，「無論做頭的人說什麼，他都『sokong』到底」（sokong馬來語作「贊成」、「支持」解，見〈無名英雄〉）；又引經據典解說「二毛子」在中國的原意，但引進殖民時期的南洋，則是專指受英國殖民政府培訓出來的，只懂英文不諳華語的，在思想觀念上傾向認同殖民政府的華人（見〈二毛子〉）；另又以流行於馬來西亞南部福建和潮州原籍人士常講的一句俗語──「等久就有」，嘲諷政府或領導層信口開河、不守承諾的作風（見〈等久就有〉）；而〈傳承些什麼？〉一文中更以一句「不怕夷化華，只怕橘變枳」，痛批那些扭曲本民族文化內涵的馬來西亞華人。

　　這裡，我們不得不再次注意到馬漢這位潮州作家的鄉籍個性。除了出現在兒童作品中的潮州民間傳說、神話和習俗外，馬漢雜文中的潮汕文化特質更是發揮得淋漓盡致。他借潮汕和福建地區的俗語「遠紗好紡」（指「遠方的事物總是好的」），批評人們普遍抱持「本地薑不辣」的態度有待檢討；借「做戲小（瘋），看戲戇（笨）」延伸譴責時下青年男女受到愛情劇的負面影響，生發許多社會問題和感情糾紛；借「青盲（瞎眼）忌白點」（「言者無心，聽者有意」）抖出發生在自己身上的一則笑話；以「潮州人責罵子女，常常說」的一句話──「前生欠了子女的債」來抨擊時下年輕一輩不懂孝順，對於滷鴨、豬血、鹹菜、番薯糜等等潮州菜餚的喜愛，更是流露無遺。這些

都成了馬漢雜文中的語言特色。

當然，馬漢的雜文並非全都是調侃諷刺型的，當遇到社會上有令人鼓舞和值得肯定的事，馬漢也會大力推崇和誠心讚揚。尤其是對於提升青少年兒童的閱讀風氣、推動民族文化傳統和維護華文教育方面的時事活動，馬漢更是以文筆給予積極的回應與支持。例如，在《立此存昭》中，便可以讀到多篇以正面角度著筆的文章，而且都和少年兒童的教育問題、馬華文學和華文出版業界的發展現況有關。

近年來，馬漢將其數十年來活動於馬華文壇的經歷加以沉澱，陸續整理出多本回憶錄性質的散文集。這些文壇掌故雖然少了莫理先生式的幽默諷刺成份，但却展現了馬漢溫文敦厚的另一面。不管是懷念文友、作家，或是回述當年在出版界活動時的各種際遇，在文壇發生的大小事件，馬漢都溫婉地娓娓道來，誠懇真切之情洋溢於字裡行間。這當中有許多為人們所遺忘的文壇舊事，尤其是一些曾經轟動一時，或是短期出現過的文學期刊、出版團體，相關的圖片、照片等史料價值極高的資料，若非通過像馬漢這樣的資深老作家留下一些文字片段，馬華文學史的續修工作難免會有所疏漏。

短篇小說

由於馬漢在兒童文學方面的成就，加上他「莫理先生」的盛名，很多人不知道馬漢在早年時期寫有不少短篇小說，主要發表於六、七十年代。整體而言，馬漢短篇小說的題材寫實，貼近生活，「直面人生，描寫社會百態，歌頌善良、美好的事物，針砭生活的黑暗面」[9]，是其中一大特色。如同大部份經歷過馬來亞時期的作家，馬漢的小說作品裡也出現一批「老唐山」（見〈老人〉、〈頭手〉、〈指望〉、〈懦夫〉），講述的都是這批南來華人先輩及其第二代的

---

[9] 馬白：〈論馬漢的短篇小說〉，《浣衣集》，頁177。

辛酸故事。此外，馬漢也根據自身的生活經驗，寫了以教育界為背景，或是與教學相關的題材，涉及教書匠的人物設計更是常見（〈前夜〉、〈新的信心〉、〈得與失〉、〈迎駕〉、〈早春〉、〈美好的時刻〉、〈鴻溝〉、〈無言之歌〉等等）。另有揭露社會黑暗、人性異化的小說，如：〈打獵〉、〈啊，城市，我不屬於你！〉、〈第一課〉、〈幻滅〉。

　　然而，誠如馬白教授和吳奕錡教授所言，馬漢的短篇小說「存在著主題開掘不深和人物形象不夠鮮明、豐滿的缺憾」，在藝術表現方法上也較為「單一」、「藝術表現方法尚不夠多元化」[10]。可惜的是，這些建議和批評來得晚了至少二十年，因為馬漢早在七十年代開始，便將所有心力投注到他早已涉足的兒童文學事業，無暇顧及短篇小說的經營，而他在兒童文學方面的成就，也遠遠超越他在青年時代的短篇創作。如今，重讀馬漢的短篇小說，我們期待著不一樣的體會，並樂於將這些心得與讀者分享。

1. 女性心理的模擬

　　其實，除了前文提及的三種寫作題材外，馬漢的小說還有另一個特點，即是對女性心理的模擬刻劃。這些以女性為主角，描寫女性的心理和情感世界的創作特質，在當時的文壇而言，是相當少見的。而且，馬漢對女性心理的模擬與刻畫非常細膩，不論是情竇初開的少女情懷，或是待嫁女兒的心情，又或是滿腹牢騷的怨婦，寫來都維妙維肖！

---

[10]　見馬白：〈論馬漢的短篇小說創作〉，《馬漢文集》，廈門：鷺江出版社，1995.9，頁222-224，以及吳奕錡：〈馬漢創作論〉，陳賢茂主編《海外華文文學史》（第二卷），1999.8初版。這兩篇評論都收錄在馬漢女兒孫彥莊所編的《浣衣集》裡，於2002年9月由吉隆坡嘉陽出版社出版，足見馬漢對文學創作所抱持的謙虛與誠懇態度。

　　例如，〈前夜〉就描寫女主人公趙韻琴在出嫁前一個晚上，心情的起伏變化。當回憶起過往的一段情事，原本期待幸福的興奮頓時變成焦慮矛盾、忐忑不安，擔憂自己選擇錯誤，遺憾終身。〈早春〉更是以第一人稱敘事的角度，描寫情竇初開的少女林玉玲暗戀班主任張毅堅的過程。〈快樂誕辰〉中的廖淑貞是一位辛苦操勞的家庭主婦，滿心期待可以和丈夫一同慶祝生日，結果卻因孩子意外受傷而搞砸了，失望不已。〈祝你生日快樂〉描寫幾個小女孩和一個生日會的故事。來自小康之家的小女孩陳伶俐邀請好朋友出席自己的生日會，結果她們都因為父母親太忙無法載送她們而缺席，最後陳伶俐快快然若有所失。〈得與失〉描寫遭丈夫冷落的少婦梁莉莉因為寂寞無聊，特意前往探訪初戀情人李漢傑，想趁機奚落這位窮教書匠，卻發現李漢傑一家人和樂融融，心裡很不是滋味兒。〈體面人家〉寫表面風光而實際上為婚姻觸礁煩惱的貴婦洪陳莉莉，在人前人後的兩極生活。〈清明時節〉寫一位老媽媽因子女不孝而痛心不已。

　　如此，我們看到馬漢筆下的女性形象是豐富多元的。她們來自不同的年齡層、不同的社會階級、家庭背景，然而，每個人物複雜微妙的心理狀態，細微傳神的表情與動作，都在文本中得到很好的發揮。例如，在寫趙韻琴待嫁前夕輾轉難眠時，「把本來蓋在小腿上的被單一腳踢開，翻回身來仰臥著，順手把枕頭翻了過來，把雙手反剪著墊在頭上」，想著想著，又「噗嗤地笑出聲來，但立刻便收斂起笑容，伸出手輕輕拍了自己的臉頰一下」，一連串簡潔的動作表情，配合著思緒起伏，盡顯待嫁女兒的嬌羞。[11]又如，當廖淑貞期待已久的慶生計劃泡湯後，她「側身躺在牀上，張大了雙眼，一句話也不說」，直到丈夫安慰說「等到把孩子們養育大了，我們就有好日子過了！」，積累多年的怨懟和疲憊方渲洩出來，最後以「嗚的一聲，小孩子一般

---

[11] 馬漢：〈前夜〉，《馬漢文集》，頁4。

地號啕起來」結束故事，女主人公的心聲却迴蕩不已。[12]寫十二歲女生林玉玲愛慕班主任，對老師的言語舉動都加以想像，「他為什麼會對我這麼好呢？還是我的文章真的寫得很好呢？他的目光為什麼老是射到我這裡來呢？我不明白。但今天是我的『最快樂的一天』！」「他為什麼要用『依玲』做筆名呢？我的名字叫『玉玲』呀，難道說……想到這裡，我的臉頰又熱辣辣起來了」這都表現出羞澀中又躍躍一試的暗戀心理。

2. 呢喃自語的敘事風格

　　從敘事角度而言，馬漢短篇小說的寫作風格平實樸素，當中不乏帶有幽默諷刺手法的作品。[13]然而，相對而言，呢喃自語可說是馬漢小說中更為鮮明的另一特色。在眾多作品中，我們都可發現這類大篇幅的獨白，其目的有時候是為了幫助解說故事情節或呈現人物內心活動，有時則近似郁達夫式的嘮叨、牢騷。

　　例如描寫準新娘趙韻琴的心理變化時，全文充斥著一段接一段的獨白，以自言自語的方式展現主人公的思緒和感受。在〈美好的時刻〉裡，青年教師張宏仁與心儀的女子相約見面的整個過程，也主要是由張宏仁的喃喃自語所構成的。從沖涼、整理房間、梳頭、選換衣褲、焦急等待，到正式碰面時的木訥表現和尷尬氣氛，無不夾伴主人公的心緒變化和自問自答。此外，〈快樂的誕辰〉裡，少婦廖淑貞在等待丈夫回來時的心情寫照和回憶，〈失〉裡頭不孝子面對病危的母親，內心的愧疚與懊悔，〈啊，城市，我不屬於你！〉裡無法適應都市生活的青年，亦是通過大量的自述來展開情節的。

---

[12]　馬漢：〈生日誕辰〉，《馬漢文集》，頁53。

[13]　這點馬白在〈論馬漢的短篇小說創作〉一文也提及，然而，出現此書寫特質的小說作品很有限（見〈過江泥菩薩〉、〈特效藥〉和〈荒謬的故事〉），遠遠不及馬漢雜文創作中的高調幽默和諷刺，故置於雜文部份討論。

　　這種有時近乎瑣碎的呢喃自語，很可能是受到50、60年代盛行的意識流寫作技法所影響。馬華文學自發軔便傾向寫實主義的創作路線，經歷太平洋戰爭後更居主流。但自冷戰開始，由於馬來亞政府嚴禁中國書刊流入新、馬，故港、臺所流行的文藝書籍便代之成為主要的閱讀資源。而意識流技法便是在當時被介紹到馬來亞的，而且吸引了許多寫作人。馬漢於青年時期便接觸過這類讀物，相信多少會影響他原有的寫實手法。而這些早期的作品，可說是見證了這位作家不斷努力革新求變的精神。

餘論

　　從小學開始執筆，到撒手人寰，長達六十年的筆耕生涯，馬漢一手握著彩筆為兒童繪寫一篇篇感人的故事、傳頌美麗的傳說，又用另一隻手充當文字匕首，為人心測溫，為社會把脈。在他離世前幾年，即使近年來飽受病魔折磨，他仍堅持寫作。也許，馬漢深信千年的倉頡文字，便是作家生命永續的靈藥。因為，在文字的世界裡，我們看到的並非這位老作家的樣貌形態，而是他兒童文學裡那顆常青不老的童心，是他「莫理式」雜文那股關懷社會的熱誠，是他晚年散文中那榮辱不驚，淡泊如松柏的精神人格。

目 次

中學生的補充讀物

在不久前舉行的一項有關華社問題的研討會上，有人談到將馬華文藝作品編入中學華文課本中的事，這自然是很好的建議；不過實際做起來並不簡單，特別是到目前為止，出版界尚未有計劃將馬華作品加以編選，縱使教科書的編輯們有心將馬華文藝編選入課本，在作品的收集中，也是相當費時與費力的。

不過，筆者認為在六十餘年的馬華文學史上，不乏可以向中學生加以推薦的作品，同時，馬華文藝作品的時代背景、題材等等，較能引起中學生的興趣與親切感，甚至共鳴，確實是很正確的觀點。

記得年輕的時候，我們都曾沈迷在巴金的《激流三部曲》或《愛情三部曲》上，也曾伴讀郁茹的《遙遠的愛》，可是時至今日，中學生對這一些作品的喜愛，就不若當年我們這一代的狂熱了。雖然，中學生對文藝作品的熱忱銳減是一個因素，不過，無可否認，他們對「中日戰爭」的體驗，不若我們之深切，加上今日他們在生活之中，已經不再有家庭環境以及不自由的婚姻壓迫，使到他們對這些作品所引起的共鳴銳減，我相信也是一項不容否認的事實。

如果我們將反映當地現實的馬華文藝作品，推薦給他們，相信是可以令他們產生興趣，覺得有親切感的；此外，若是能推薦一些反映早期華人拓荒情形，日治時代的殘酷事實、華教在不同時期的奮鬥史，以及刻劃不同時期的華人心態、感受而寫下的作品，對年輕的讀者來說，應該是一件好事！

因此，我認為初步可以從介紹馬華文藝作品作為中學生的補充讀物著手。譬如說，一般的學校，在英文及巫文的教學上，每年或每學期，教師都會規定一本或兩本書，作為中學生的課外讀物，據知在華

文科上，有些學校也會規定學生讀完一本或一本以上的中國古典文學作品，我們是不是可以考慮，將馬華文藝作加以遴選，然後作為指定的補充讀物，推薦給我們的中學生？這樣一來，不但使我們的中學生得以接觸馬華文藝作品，而且也能加強他們的讀書興趣與語文基礎。

1985年4月5日

你辦事，我反對！

幾乎否認都不可能的一項「事實」，普遍地存在於華社之中；不論是在機構內、社團裏或政黨中，經常會由於意見的不同或另有原因而分派分系，然後當一派掌權或理事，另一派不是採取「漠不關心，袖手旁觀」的態度，便是採取杯葛行動，總之，一語以蔽之，那就是：「你辦事，我反對！」

這個現象，我相信只要參加過社會工作的人，都會深深地感覺到。我不曉得在巫族或印族的社會中，是否也有這種現象，不過，華族社會中，這倒是鐵一般的事實，也是司空見慣的事。我們經常可以見到，在一個社團中，一個原本擔任理事的人，一旦落選了，這個人似乎從此便在這個社團裏消失；一個原本擔任要職的人，一旦在改選中失了利，不再擔任舉足輕重的職位，從此，他不是採取漠不關心的態度，便是對任何事都袖手旁觀，然後等別人辦得不完善時，伺機「責難」、「抨擊」；更甚的是失勢的人，從此在團體裏擔任「壓力」角色，凡是掌權者有任何事務、任何計劃，他們一定扮演反對的角色；自然，也有些屬於「當權」的，同樣的對失利的一方採取凡事抑壓與反對的態度，總而言之是「你辦事，我反對！」，「為反對而反對」，非弄到對方一事無成不可！

我相信，同胞們這種態度，壓根兒便是華族社會的絆腳石。試想想看，這種現象若是經常在政黨中、社團裏，以及公私機構或組織裏，當一派的人要進行事務時，總會遭受到另一派人的阻撓、反對，甚至破壞，則是何事可以成功？老是這麼地拖拖拉拉，爭爭辯辯，反來駁去，等到兩年任滿，改選之後出現一個新的局面了，原本「當權」的失了利，失利的當了權，於是兩派對調位置，對調扮演反對與

執行的角色，周而復始地鬥下去，鬥到底，則什麼時候可以正正經經、順順利利來辦成一件事、完成一椿計劃呢？

自然，每一個有能力擔任社團職務的人，每一個有能力參與社會工作的人，都懂得什麼叫做「分工合作」，也明了「合作」精神的意義，明白拋開私人的恩怨、地位，以公家作為大前提的道理；可是，大家就是缺乏這種風度，沒有這種器量。值此華社提倡團結、合作的時刻，是否大家能培養培養一下這種風度與器量呢？

1985年4月10日

哎，教師節！

　　一年一度的「教師節」又將來臨了。

　　印象中，在「教師節」這一天，教師們要出席一個各族教師的大集會，聆聽教育界有識之士根據該年度的「主題」而發表的演說；演詞中不外一再強調：教師是任重道遠的人物，教師也是神聖的、清高的，在國家中扮演著極其重要的角色！演講聆聽完畢，喝過一杯紅毛茶，吃了一小塊馬來糕，然後宣告功德圓滿而散會。

　　然後，在華文學校服務的同道，例必受到董事部一餐「招待」，那一餐，記者先生在新聞中必如此寫道：「盛設宴會」招待教師，然後描寫宴會的情況大致上是「衣香鬢影，觥籌交錯，氣氛融洽，盡歡而散」。

　　事實上，全馬數以千計的華校所設的「盛宴」，不知有幾處是符合上面的描寫的？據我的經驗，不少學校在「教師節」前，必定要由校長先生去向董事部「提醒」一番，諸如告訴董事部袞袞諸公，「教師節將到了，往年盛設宴會，今年……」據知，有時候，在提醒時，還有一番討價還價的，譬如過去某校便經常不要「盛設宴會」，而在教師節前日，發給每位教師現金三大元，說是「讓老師們自己去聚餐」。三大元自然不夠，老師們又不能不接受而聚餐一番，自然得自掏腰包；某些學校以經濟欠佳理由而不設「宴會」，改用「自助餐」取代之，結果教師又不踴躍出席，請客的和被請者都難以「盡歡」；有的學校設了盛宴，在宴會上，有識之士例必「訓話」，訓詞中有謂：「如果學生成績有進步，那麼，明年此日，董事部必定再設宴會！」雖然講的人不曾明說，但聽的人卻聽出韻味，即是：「如果學生成績沒有進步，那麼明年休想再吃一餐」，自然人人心中都覺得滿

不是味道了！

　　至於學生們設的「尊師茶會」，都往往變成要老師去為他們協辦，然後陪伴他們，看他們盡歡，美其名是「尊師」，其實是「趁機玩樂」！

　　我想，這一切的「形式」都可以免了，只要人們不再動輒指謫和挑剔教師，不要要求教師們是「聖人」，硬要教師「清高」和「不吃人間煙火」，同時，也不要動不動便以偏概全，一枝竹竿打沉全船的人，則教師們便會額手稱慶而能安心教學了焉！

1985年5月8日

短視

　　一個受過師訓教育的合格小學教員，在他執教七個月後，忽然辭了職，準備到台灣去深造，念的是「英語系」。許多親友和同學聽到這個消息，都感到驚愕，於是大家紛紛作出批評，大致上都笑他「傻」，說他「笨」；「放棄這份安穩的職業去升大學，將來畢業回來，恐怕連找份教書的職業都不容易！」許多人都這樣地批評他；有的人更引為笑談，他們說：「到台灣去學英文？笑話！要學英文何不在本地學？台灣的英文程度如何跟此地比？別忘記我們作了整百年的英國殖民地，怎麼說，英文一定比台灣水準高！」

　　說的人雖是煞有介事，笑的人也自認為聰明過人，雖然他們不明了想去升學者的志願與抱負，甚至連大學的學制，連在「英語系」能念到些什麼也搞不清楚，就在那兒大談特談，大笑特笑了！

　　若干年過去了，當年那個被人譏笑為「傻」與「笨」的人不但學成，而且出任了美國某大學的教授，偶然回鄉來省親，那些譏笑過他的人這才為之瞠目結舌，沒想到這個「傻小子」竟然這麼「威水」！他們在爭著「歡宴」老友記的當兒，倒記不起當年譏笑他千里迢迢到一個「英語水準不高」的彼邦去的事，也沒想到本身處身於「作了成百年殖民地，英語水準高」的本國，這麼多年也虛度了，因為他們迄今連起碼的英文會話也講不通呢！

　　一個高中畢業生，什麼事好做不做，卻當上了華文報的記者，而且拼命看書和寫稿；於是親友們又有話說了！「傻的！高中畢業生，只當個小小的記者？一個月能賺多少錢？兩百多？嘩，兩百多元的工也做，要挨到什麼時候才出人頭地啊！」有人問：「寫稿？一千字值幾塊錢？一個月能賺多少錢？什麼？幾十塊錢！哈哈，還不夠我睹麻

將呢！」

　　彈指過了若干年，當那些在麻將館裏一邊摸牌一邊論盡天下事、笑盡天下人的「麻將仙」偶爾停止了笑談，瞥一瞥現實時，才發現當年被他們譏笑的「傻小子」，現時高踞一個文化機關的第一把交椅；此刻，他們自然改變語氣，羨歎這傢伙果然非同凡響，甚至還沾沾自喜地認為：「我早就看出他會出人頭地的！」他們也忘記了本身在笑人罵人的日子裏，一捱就二十年，白了鬢毛之外，依舊嘴硬，動不動就要罵人與笑人！

1958年4月2日

傳統

　　我不了解其他民族對「傳統」的看法與態度如何，不過，我敢肯定地說：華族同胞是十分重視「傳統」，同時，也相當善於維護「傳統」的。

　　我們到底是個擁有悠久歷史的民族，我們的文化也是源遠流長的，因此，華族同胞無論是風俗習慣，或是在待人處世，經營事業各方面之上，都有「傳統」的方式，「傳統」的習慣及「傳統」的做法。正由於這個緣故，我們不論做什麼事，處理任何問題，經常會顧及「傳統」；我們也經常對某一些比較新的或外來的事物表示懷疑，甚至加以抗拒，因為那是與「傳統」不合的。

　　當我們見到其他民族在做某些事情或處理某些問題之上，採取某一種方式時，我們經常會抱著懷疑的態度，我們會問：「行得通嗎？我們向來如此、如此的！」

　　當我們見到異族採取某一種方式來經營生意時，我們也會抱著懷疑的態度，我們會問：「行得通嗎？我的父親和祖父都不曾用這種方式，我們有傳統的作法！」

　　由於「傳統」，使我們不敢嘗試新的事物；由於「傳統」，我們在處理問題及經營生意上不敢採用新的方法；由於「傳統」，我們採用「保守」的態度，不敢吸取新的經驗，不敢做新的嘗試！

　　反觀友族同胞，他們或許沒有悠久歷史，缺乏源遠流長的文化根源，也沒有什麼「傳統」的經營方式及「傳統」觀念，因此，對新的事物吸收得更快速，也勇於嘗試，因而不受到「傳統」的限制及約束。有時候，看到他們吸收了某些新的事物，然後經營得頭頭是道，摹仿得似模似樣，也獲得良好的效果。這種現象，不但值得我們去學

習，而且也值得我們去深省：「是不是所有的傳統都是優良的？繼承傳統是否應該視時代的發展與需要，然後加以過濾、加以取捨？」

　　我想：不盲目的一味接受「傳統」，不被「傳統」所困囿，肯定是對待「傳統」的正確態度！

1985年5月16日

教師穿制服？

從報端的新聞中獲悉，公共服務委員會打算讓全國的教書先生，穿著制服到校教書；規定劃一的制服還不算，還要規定不同等級的教師，穿著不同款式的制服。消息進一步指出，A級、B級教師與C級、D級教師，必須穿著不同款式的服裝。

由這一項消息，使我略花腦筋去思考，在我國的各行各業中，究竟有哪些職務的從業員是必須穿制服的？自然，我最先想到警察，接著想到為政府服務的醫生、護士、郵差，以及一些機構、公司的保安人員與雜役等等。這些從業員，一般上在工作時間都會穿上規定的制服。

前些年，忽然風行一種叫「部長裝」的服裝，在下由於孤陋寡聞，因而不知道究竟我國國會上下兩議院是否曾規定部長或議員須穿著該款服裝，只是一時之間，街頭巷尾一看，突然個個穿上「部長裝」，不過，由於太多人穿著，其中又有不少人不是部長或議員的，遂令我們這個升斗小民看得眼花繚亂，而不知誰是部長，誰不是部長了焉！

從業員而須穿制服的，我相信一定由於這兩個理由：一來使人易於識別，二則利便工作。

至於教師若穿上「制服」，原本也是一件「善事」，如果教師的制服樸素無華，又潔白大方，至少除了讓家長易於識別之外，也好讓學生學習樸素、整潔的良好習慣。

只是消息中說，不同等級的教師，須穿不同款式制服，則請恕我孤陋寡聞，不知意義安在了。本來，教師的地位與責任應該是相等的，只因學術資格不同，所以當亞茲報告書實行時，便有不同等級出

現，那也是指薪金而已；據所知，由於薪金等級的偏差，已經使許多教師感到自尊心大受打擊（譬如把三年或兩年受訓時的學術資格抹殺不算，硬把一些教師貶為B級——據說與教育部勞工同級，便是明顯的例子），因而不能安心教學；現在又要來個「不同等級教師，穿不同等級制服」，豈不又是製造人為的偏差了嗎？

所謂：「士可殺，不可辱」；如果要教師穿上勞工一般的制服去教書，我想當局倒不如先讓那些與「勞工」同級的教師領取全部退休金，讓他們提早退休算了！

1985年5月18日

善於用人

　　曾經涉獵中國歷史的人，一定會同意；在五千年的歷史中，哪一個稱得上興盛的朝代，哪一個稱得上「聖主」的皇帝，一定是「善於用人」的皇帝，最顯得的例子自然是漢高祖劉邦與三國時代的蜀主劉備了；尤其是劉備，不但能使關羽與張飛同他結拜為異姓兄弟，終其一生鞠躬盡瘁，而且連那位不是輕易請得動的臥龍先生諸葛亮，也服服貼貼地為他效勞，到劉備臨終時還能承受他的「托孤」，要不是劉備之善於用人，懂得禮賢下士，相信這些功臣名將是不會為他效命的；要不是劉備擁有這些「一時精英」，以他當時在四川的人力、財力及地理等各方條件，又怎能與東吳及北魏爭一日之長短，以至維持了一個不短時間的「三國鼎立」的局面呢？

　　因此，可以這麼說：一個國家的領導人，如果善於用人，懂得啓用有才幹的賢能，則國運自然興隆，一個社團或政黨的領袖，若果善於用人，不但能獨具慧眼，而且還能賞識才人，放膽任用，加上本身能禮賢下士，辨別是非，從善如流等等，則一定可以成為一個成功的領袖，在這種領袖的英明領導下，再輔以精英們的協助，成功立業自然是可以期待的事。

　　在華族社會中，卻經常會發現一個共同的現象，那就是當一個人一旦高踞領導層地位，便不能勇於用人，通常他會盡量安頓自己的親信，以鞏固自己的地位；親信之中能有賢能，自是善事，如果不幸的是一些佞臣與損友，則不但把人才擯棄不用，而且也一定會受到所謂「親信」的蒙蔽與誤導，則如何能夠達致成功的目的呢？

　　不少的領袖們與上司們，在用人時都有一種顧慮，那就是擔心被他所任用的人太過能幹，有朝一日會迎頭趕上，爬到他的頭頂上去，

因此在用人之時，寧可錄用第二流人才，而不用第一流的，或者既要人才，又不大敢加以信任，雖網羅了人才，又諸多顧慮，不敢重用，結果與被用的人落得不歡而散，又如何成得了事呢？

1985年6月20日

現實的「價值觀」

　　我的兩名學生在全柔的「華文常識筆試」比賽中有卓越的表現；一位榮獲第二名，另一位得了第五名。這是不簡單的事，因為他們得連過兩關，先在縣際賽中奪標，而後在全州集中評選中，在七個縣的精英中冒出頭來，沒有真材實料，是不可能達致的。

　　向班上的四十五位學生報告時，我先故意不提獎金，只是報告說：「ＸＸＸ同學在全柔比賽中，獲得第二獎；ＸＸＸ同學獲得第五獎。」結果，反應恰如我心中所預料的，很平淡，絲毫沒有轟動的局面。於是，我再一次報告說：「ＸＸＸ同學榮獲第二獎，他將獲得兩百塊錢的獎金！」

　　「嘩！」立刻，四十三張小嘴巴（除掉兩名獲獎人），異口同聲地叫嚷了起來；接著，是議論紛紛的局面，都在讚歎獎金數目的巨大，羨慕一下子獲得了偌大的一筆獎金。

　　此時此地的華族社會，成人與小孩的「價值觀」一般無二，都是那麼的現實。

　　華人一路來被評為「很現實」的，不論做什麼事，人們總要問：「有錢賺嗎？」甚至還要再問一句：「能賺多少錢呢？」總而言之，只有金錢上的收益，才有為之的價值，也惟獨能賺錢、能賺多多的錢的事，才會吸引人們去做、去豔羨、去欽佩！

　　於是，當一個小學生，在報上發表了一篇習作，同學、家長及老師會問：「能有多少錢稿費？」答稱：「兩元。」聽者必定嗤之以鼻，「兩塊錢？我才不屑為呢！」連小小的年紀的學生也會這樣想，就怪不得成人們看不起一篇短文賺十五塊錢的寫作人了？

　　有一位在商場上得意而不再寫作的文友，當另外一位文友批評他在「訃聞」中用錯了稱呼時，他居然說：「什麼都不必談啦，叫他來跟我比比賺錢，看誰強過誰好了！」瞧，談文論藝比學問時，還是以比賺錢為先，誰賺錢本事強，則一定居上風，則什麼價值觀，都不必再談了。簡言之，能賺錢，賺更多的錢的，一定有價值觀就是了！

1985年7月3日

舊詩的吟唱

今年度的「馬來西亞書展」上有一個「詩的約會」的節目，邀請了華、巫、印三大民族的詩人到會，朗誦他們的詩歌。

這自然是一項值得讚許的文藝活動。我在遺憾由於時間與空間所造成的不便，未克到場去欣賞之餘，也想起另外的一項活動──那就是「舊詩的吟唱會」。

記得那是去年八月初的事，當時，「馬華文學史料」在峇株巴轄正修學校禮堂展出，承辦史展的中華公會諸君，為了給展覽增添文藝氣息，也為了吸引更多的觀眾，所以在展出的一週內，每天都有至少一項文藝活動，包括文藝講座、燈謎比賽、詩歌朗誦等等；而其中有一項令我讚賞不已的文藝活動，就是由麻坡「南洲詩社」負責的「舊詩吟唱會」。

「舊詩吟唱會」在此時此地並不多見，對許多人來說，也是別開生面的節目。這個吟唱會是由麻坡南洲詩社的社長周慶芳博士負責，詩社諸君子如呂光奎、蘇和生、林志強等人，都在會上吟唱了多首著名的舊詩。在節目呈現之前，許多人都不敢看好，也擔心出席者寥寥無幾，使前來吟唱的文友們大失所望；可是，出乎意料之外，當晚前來欣賞的觀眾，不下百人，而且大家都為這難得一見的節目深深地吸引了。

我認為像「南洲詩社」諸君子所提倡的活動，是應該受到文教界的鼓勵的，尤其是在華文教學上，當教到詩詞之際，絕大多數的華文老師都不擅於吟唱，使學生們無從領悟到舊詩一經吟唱，是大異其趣的；因此，社團或華文學會的文化活動上，不妨也把「舊詩吟唱」列入，邀請「南洲詩社」諸君子以及其他有經驗的朋友前往吟唱，

對年輕的朋友們，相信是受益無窮的，對詩詞教學來說，也一定會有裨益的。

1985年8月1日

成王敗寇

　　在俺們中華民族的五千年歷史當中，記載歷史的大人先生們通常都有一種「成王敗寇」的心理作祟，因此，縱使是被官僚逼迫到無路可走，不得不揭竿起義，準備與暴政一決雌雄，俾便把老百姓的命運加以改變的，一朝不幸鬥不過掌權者而敗下陣來，則不要說「反賊」這十惡不赦的罪名便往頭上套了下來，連抄家以至連滅九族的災禍也難以逃過；更有甚者，就是在那史書上記下某年某月某亂黨或賊黨叛變作亂，幸得天子命大、臣子忠心，亂黨孽賊終被殲滅。於是，我們不讀史籍則可，一旦讀將起來，幾千年間，終究有些亂臣孽子圖謀造反，結果都不得善終──畢竟「天佑吾皇」矣！史書上把這些領導老百姓揭竿起義，企圖把中國的歷史改寫，把老百姓的命運翻開新的一頁而終究敵不過強權與暴政而終致絕滅者，男的不是被稱為長毛賊、黃金賊，其為人處事，施行新政，也一定被批判得體無完膚；至於女的，史書的記述者一定把她寫成妖精投胎轉世，禍國殃民，而且生性淫蕩無道──嗚呼，世界各國數千年間，怎麼說都會產生幾名偉大的女政治家，偏偏只有生性淫蕩的狐狸精，對中國這個國家情有獨鍾，一定要投胎轉世，到中國去禍國殃民數十載不可！真是奇哉怪也！

　　也許我們只能這麼說，那些治史的官吏打的是「皇家工」，吃的是「皇家飯」，你要他不揣摩皇帝老頭的心理來編造歷史，難道要他打破金飯碗之餘，連其尊頭尊腦也要喬遷了焉？

　　可是奇哉怪也，不打皇家工，不吃皇家糧的時人，也普遍有一股強烈的「成王敗寇」心理。尤其是時至今日，大家都以誰賺錢，誰能賺多多的錢，便尊之為「王」、為「成功者」，為今日的社會的「名人」。（君不見這類專為「成王」作起居注的名人錄競相出版乎？）

如若一個人，縱使才高八斗，賢能堪足與臥龍先生一較高低，無奈沒有一位臨走薦諸葛亮的徐爺徐庶；更沒有求才若渴，深知禮賢下士為用人首要條件的劉皇叔，不但三顧茅廬，而且必恭必敬，惶惶恐恐，惟恐唐突才人，冒犯曠世奇才；則恐怕不要說臥龍先生高臥隆中十載，不曾有人前去扣其草扉；縱使諸葛老哥大徹大悟，手執銅鑼在菜市前敲鑼打鼓，自吹自播，恐怕還不一定能夠遇見一位「識貨」的劉皇叔！

1985年8月29日

一將功成

　　古人有詩句云：「一將功成萬骨枯」；也有能畫漫畫的畫家用漫畫表現之：畫著一位名將，站立在一堆堆白骨殘骸之上。四十歲以上的中年人，有誰會懷疑這句詩的可靠性？我想，恐怕很少，除非那個人是個「老天真」！

　　實際上，持平而論，世界上沒有「個人英雄」，也沒有一個「超能之人」能夠以一己之力量而成大功、立大業；事實上，這也是個「分工合作」的社會，「各盡所能，各取所值」，再加上每個人認清本身的能力，長處與短處，發揮一己之長處，配合別人的長處，各司其職，各盡其才，互相配合，則何事不能成功哉？

　　一列火車，固然必須有火車頭，專司領航；但每一粒微小的螺絲釘也不能忽略，同樣的十分重要；由於一時的忽略，脫落了一粒螺絲釘，或者一小段的鐵軌銜接得不妥當，則整列火車可能會遭受脫軌傾倒，造成死亡無數的災禍；因此，在合處的人類社會中，在分工合作的制度下，能當「火車頭」的自然得當「火車頭」，能作「螺絲釘」的，則作一枚「螺絲釘」，同樣是偉大的貢獻，一樣的該受到重視！

　　遺憾的是，這樣淺顯的例子人人都懂。一旦上台演講，也必定說得頭頭是道；可惜的是，我們看到的事實是人想當「火車頭」，誰也不肯當「螺絲釘」，跑到台前去，領袖群倫人人都有興趣，不惜排除異己，耍盡手段，爭而奪之；至於當個「螺絲釘」，作個幕後英雄，則誰也會覺得太過委屈了，自己不該只是扮演如是的角色！

　　本來，在革命的過程中，一將功成而萬骨枯，也是無法避免的事，如果一個能幹的名將，他能領導著群眾把歷史改寫，使民族獲得幸福，縱使他是「一將功成」，而萬千的人為了這千秋大業而犧牲

了，成了枯骨殘骸，這是沒有什麼不對的！遺憾的是，時代不同，人心不古；現下的人，只求目的，不擇手段，為了個人的名譽、地位、權柄，用種種大義凜然的話語來欺騙群眾，用種種假情假義來博取人們的同情與協助，甚至還不惜以利誘及威逼；讓被欺騙了的人們為他犧牲，化為白骨，成為殘骸，然後我們的「名將」就讓堆積成山的白骨把他墊得半天高，然後大作其清秋大夢！

1985年9月5日

九顧華廈

　　《三國演義》中，把劉皇叔求才若渴，到「隆中高臥」的諸葛亮的茅廬去邀請（也許說「懇求」更為恰當）他出來，襄助料理國家大事的這一段故事，描寫得入木三分，難怪乎讀過《三國演義》的人，對這一段「三顧茅廬」的經過，都耳熟能詳；後人也都稱讚劉備禮賢下士，善於用人，能夠不惜降貴紆尊去「三顧茅廬」這種賢明的作風。

　　相信在芸芸眾生中，不免也有人自以為才高八斗，不願隨波逐流，但又企望著有朝一日，也有個賢主仿效劉皇叔的泱泱大風，前來邀他「出山」，加以重用，讓他的長處施展。我不知道劉備以還的一千餘年間，中國歷史上還有多少個像劉備這般「求才若渴」的聖主？有多少個「懷才不遇」的人士像諸葛亮那般幸運地被邀請出山，而倍加重用？不過，我相信諸葛亮如果生於此時此地，雖然他有那麼賢能的才幹與淵博的學問，可是，如果他像一千五百年前那樣在隆中高臥，而夢想有第二個劉皇叔，不辭跋涉辛苦，不惜降貴紆尊來叩他的茅廬的門扉，我想可是「難矣哉」！

　　在此時此地，到處都充滿著「你爭我奪」的現象。不要說劉皇叔的「智囊」徐庶先生要回鄉去，縱使徐庶還在劉皇叔那兒當「智囊」，由於地位高，薪水優厚。尚且有人要挖他的牆腳，說他的長短，希望把他弄走了，自己能「取而代之」。如果徐庶要走的風聲傳出，或者劉皇叔登個廣告：「徵聘良才」，則我想，不但投函的信件，要用幾輛垃圾車來載，恐怕登門求見，或向劉皇叔的兩位兄弟拉關係、套交情、送禮、送錢、攀親等等之情，也一定日有數百宗；說不定劉備手下原有的幾位大將或高才，早已在那兒你排我擠，競相討

好劉備，互相貶低同僚，以求得高升的機會啦！

這也就難怪時下「力爭上流」的人，整天在忙著拉關係、套交情、攀親戚；然後「九顧華廈」（達官顯要的府上），毛遂自薦，自吹自擂，低貶別人，以至送禮券、送禮籃、送黃金鈔票，為來為去，只為了要求「高升」！至於「三顧茅廬」，我敢肯定的說：歷史不會再重演了！

1985年9月23日

開會，浪費時間

　　我不曉得別人的感受如何——特別是那些喜歡參加多個社團當領袖，逢會必到，逢到必講，逢講必長的大人先生們；至於我本身，是一位靠教書與寫作謀生的人，既缺乏才幹，又沒有多餘的金錢，更要命的是一身得兼數職，才勉強足夠應付生計，因此常常認為一天只有二十四小時，其間至少還要扣除八個鐘頭睡覺，哪裏夠用？可是，一來基於興趣——文藝與文化活動；二來是合群的動物，總不能閉門在家，與世人不相往來；三來在今天的社會中，人事關係極其重要；四來，在「人人為我，我為人人」的原則下，人畢竟不能一味想從別人那兒去「取」而本身從不願意「付出」……基於這些等等等的真實利誘，因此，我也參加了三幾個文教團體，同時也在某一半個小組中克盡一點綿力。

　　我實在不明瞭別人如何支配時間，或者是分身有術；至於我本身，雖然僅參與三兩個社團工作，卻感覺到幾乎天天在「開會」，不時在「聚餐」、「宴會」，不但時間不夠分配，而且也覺得不甚其煩，同時，對這樣頻繁的會議與宴會的意義與價值，而是頗有疑問的！

　　無可否認，「開會」是民主社會必要的因素；可是，既然一個理事會中已產生了好幾個工作小組，各司其職而又來「例常開會」，每個月或每兩週一定不能準時舉行，七點半開會，可能等到九點半才正式開會；討論事項有時並無特出的事件，但例必各股報告，然後不少人趁機發些牢騷，或者執行工作時遇到一些私人的芝麻小事或瓜葛等等，也要不厭其煩地一一報告……

試問，這樣的會議，縱使天天開，又有什麼意義？單就時間的浪費，已經太過可怕與不值了。

1985年9月26日

小會與大宴

昨天談到許多社團的「例常會議」，往往浪費了與會者的寶貴時間；流水帳式的報告及個人間的牢騷，更令人不勝其煩。

如果社團能夠改變一個方式，每半年或每季開一次全體理事會，擬定工作計劃，然後分成若干執行小組去執行、去完成；下一次開大會時才來檢討，然後再擬定新的工作計劃，分配執行人選，會不會較有效率些？分工合作，各司其職，會不會比一些與某些工作無關而又一味愛發表意見、干預執行人員的，既費口舌，又浪費時間，來得乾淨俐落些？

常聽人們批評說：「華人的一切活動，都與吃結了不解之緣。」證諸時下的社會活動，的確有這種趨勢！不信的話，讓我們屈指算算：開「例常大會」後，領袖例必掏腰包請同人吃吃喝喝一頓，才能「盡歡而散」；每年改選理事會，然後擇個黃道吉日來「宣誓就職」，儀式過後，例必大吃大喝一頓。每年會慶，不大吃一頓則如何表示慶祝乎？

理事之中，領袖先生以至政黨、華團等等要人，每年受封賜的機會良多，自然，「慶功宴會」在所難免；此外，同事高升，迎新送舊，上司榮休等等，又豈能不聚而餐之呢？

各位如果尚有疑問，那麼屈指數數，單只參加三、五個社團，開會加上宴席，一年究竟有幾度？我想，用「三天一小會，五天一大宴」來形容，該是十分恰當吧？

1985年9月27日

美好的遠景

　　感謝賢明的政府，為我們制訂了「公積金法案」，使到我們這些沒有「老闆命」的「打工仔」，能夠從「打工」的第一個月便繳交公積金；雖然每個月為數不多，僅僅是薪水的二巴仙加以儲蓄在公積金局裏。

　　要是沒有公積金的限制，恐怕許多小市民都無法做到「按月儲蓄」；現在由於這個限制，因此，在年復一年，不知不覺的情形之下，大家都有一筆「公積金」存儲了下來，再加上利上加利的計算法，等到他日年老時去取，可也是一筆可觀的「養老金」呢！更何況所謂「天有不測風雲，人有旦夕禍福」，萬一遭遇不測，家屬也不必頓失所依，而有一筆可以度日的生活費。

　　自然，公積金制度是遠在英國統治時期，由殖民地政府制訂下來的，假如記憶沒有錯誤的話，該是一九五一年前後，也就是說，迄今已有三十五年的歷史了；制度中的一些條例，已不能符合時代的需要及會員的要求了。

　　因此，聽說自八二年以年，政府一直在徵詢有關人士的意見，準備修訂公積金法案。其實，這是明智之舉。在原有的公積金條例中，對會員栽培子女方面，不曾提供協助；在會員要到了五十歲時，才能領取三分之一的存款等，都在在需要加以檢討了。

　　總之，時下的公積金制度，只為會員安排了一個「美好遠景」——晚年，而不曾顧及會員目前的需要；一個四十歲上下的會員，都面對購屋，教育子女，投資的困境，而公積卻如充饑的畫餅，可望而不可即，對會員來說，的確不實際。因此，我們有理由期望當局儘快修正法案，使會員在四十五歲領取三分之一存款，也是明智之舉，只

有如此，公積金才不會淪為可望而不可即的「畫餅」！──會員雖有個「美好」的「遠景」，而「近況」可悲，怎麼說，都屬於「可悲」的事！

1985年10月23日

哪一科是「閑科」

時至今日，在眾多的家長心目中，仍認為學校裏的學科中，有者屬於「重要」科目，有者是屬於「閑科」。

所謂「閑科」即是不重要的科目，甚至被視為不可有的科目。因此，通常國語、英語、華語。數學等科，會被視為「重要」科目，而健康教育、公民、科學，以至音樂、美術等技能科，都會被視為「閑科」。

因此，如果我們以本身的子女來作為審查對象，加以詢問之後，便不難發現：許多年輕人，對醫藥與疾病的認識十分匱乏；對國家政體，國際間的一些組織如聯合國、人權宣言、安全理事會等等一無所知。雖然一名高中生，在小學、初中而至高中，均念過健康教育及公民科，但是，他們都缺乏這兩科的知識。

事實上，在生活中，醫藥、疾病與護理等方面的知識對每一個人都非常重要；而國民意識及對國際、國家基本的認識，也是極其重要的。缺乏醫藥、疾病及護理知識的人，經常會有許多不正確的觀念，諸如患病時對醫生的選擇、用藥及護理等等方面，經常會無所適從，受人誤導，或本身判斷錯誤而導致拖延了醫治，耽誤了生命；「公民科」不曾念好的人，連本身應有的基本人權，以及對國家應盡的責任及應有的權利都毫無認識，則難免會被人欺侮或被人壓迫。

至於技能科中如音樂、美術、體育等等，不但屬體美育範圍，能陶冶性情，而且在生活中也與許多技能息息相關的。孔子時代的教育制度中，並未加以忽視（儒家的「六藝」包括詩書禮樂射御，即等於今日的知識科舉及技能，兼容並蓄了）。到了清代，由於過分提倡科舉制度，使到當時人民只顧讀書，而忽略了技能科。

　　反觀現代教育中，從未忽視技能科，因此，華裔同胞應該摒棄舊有的觀念，不應把某些學科當作可有可無的「閑科」，不要阻擾子女去學習，才是正確的態度。

1985年10月30日

不屬「世態炎涼」

曾讀到一些小品文，在記述某些地方有什麼達官顯要，當他在任之時，曾經仗勢欺人，或者作威作福，不可一世；退休之後，路過鬧市之中的茶樓酒館，居然沒有人邀他入內共飲，文章的作者在記述之餘，嗟歎「世態炎涼」不已。

也曾經讀到一兩篇報導，報導中說某一兩位曾經居高位，握權勢的大人先生，當他們大權在握之時，登門拜謁或自甘門下的人不絕，簡直有「門庭若市」之勢；及至卸任之後，權勢不再；加上臥病多時，簡直不曾有人加以看顧，當他們告別人間，回到天堂之時，靈堂更見得「門前冷落車馬稀」之景。寫報導的先生，也慨然嗟歎「世態炎涼」不已。

「世態炎涼」一詞固然是指世間人情淡薄，時人有趨勢附炎之尚，而對失勢失利者不屑一顧。可是，如若上述兩個例子，也歸納為「世態炎涼」的現象之中，我想恐怕也不甚恰當。

試想想，如果有一個人，當他踞高位、握大權之時，便自以為高高在上，不可一世，已經不值得加以尊敬了，何況還要作威作福，仗勢欺人，更是可惡之至；當他在任之時，人們忍辱與之周旋，誠屬無可奈何之事，到了他「大勢已去」之時，豈會有人願意邀他作共飲之舉？仗勢欺人之徒，自取其辱，自取其咎，豈能歸入「世態炎涼」現象之中。

再說某些達官顯要，當他大權在握之時，作威作福，不可一世；或者更甚的曾幹下出賣族群的利益，只顧滿足其私欲者，像這類官場敗類、政壇人渣，活著的時候，淨做些損人利己的事，一朝失勢或病倒，則何德何能，要族群去探望他？一旦撒手西歸，族人又何需前去

弔唁或送殯？像這一類仁兄，其下場也屬咎由自取，怨不了別人的，不能當作「世態炎涼」的範圍之中。

1985年12月13日

華文日報，敬禮！

我們所敬愛的「華教鬥士」林連玉已經於十二月十八日永離我們而去了。關於林連玉的生平事蹟，以及他對華教的貢獻等等，早就是關心華文教育，或對建國時期，華族爭取基本權益的歷史有些認識的人所耳熟能詳的了；至於那些不知道的，尤其是年輕的新一代，也由於兩日來，西馬各家華文日報連篇累牘的報導而有了認識。

我寫本文的目的，是要對國內各家華文報致以最恭敬的「敬禮」，原因是由於他們對林老先生一生事蹟，對華族，華教的貢獻，還有林老先生逝世後，董教總等十五個社團在為他治喪，人們對林老先生表示敬佩所謂言論，以至出殯時的盛況，都詳加報導；更有甚的是有幾家還在社論中盛讚林連玉老先生的人格及節操，並鼓勵時人或年輕一輩以林老先生的英烈風範作為榜樣，多為華族及母語教育作出貢獻；另有幾家報社，還刊出林老先生的自傳、遺囑、詩作以及二十載前一些華教人士記述林連玉老先生言行的小傳。我們應該感謝所有的華文日報此次的義舉，因為他們真正發揮大眾傳播的功效，也盡了做為反映及報導國家社會新聞以及作為人民喉舌的責任。

一路來，我們常常有機會看到報章雜誌不惜以巨大的篇幅，詳盡的圖文報導電影明星的死訊，譬如早年對樂蒂等人的自殺新聞，十餘年前對「打仔明星」李小龍的死亡以及不久前對女星翁美玲的自殺的報導……或者刻意渲染自殺、殉情以及家庭大悲劇等新聞，使我們對華文報章有所懷疑，有所失望……。

此次林老先生的逝世，國內各家華文日報撥出頭版至內頁，不厭其詳、圖文並茂，並且還重刊歷史文獻，我相信不但能一改華文讀者對華文報的觀感，而且也同意華文報章與整個華社是息息相關

的。只要華文報章能反映華裔意願，作為華裔喉舌，成為華族歷史的記載，華人社會以至每一位同胞，對華文報章的支持，必然是責無旁貸的！

1986年1月1日

閑話

　　我想，講「閑話」大概也是人類異於其他禽獸的一種特徵；肯定的，飛禽走獸是不會講同類的「閑話」的，最主要的原因是，它們都得忙忙碌碌地找食物求生存。而人類呢？飽食之後，便有閑情逸致去講閑話，道長說短，談論別人的是是非非。聖人所謂「飽食終日，無所事事，言不及義」，大體上指的便是社會中的閑人，講閑話的這種活動。

　　「誰人背後不說人，哪個不曾被人說」，這句話的確形容得淋漓透徹極了。事實上，幾乎人人都講過「閑話」的，只是次數的多寡以及程度輕重的區別而已。凡人也都會被人在背後指指點點，所謂「閉門說皇帝」，連九五之尊的萬爺爺，都會被老百姓關起門來說些長短，更何況是普通的市井小民了。

　　不過，在現今社會中，知名度愈高的人，越是舉足輕重的人，被當作「閑話」的目標的可能性一定也愈高；因此，無怪乎國家棟樑、社會良才之流的「名人」，整天都有一些有關的閑言閑語以及流言在流傳著。至於普通的市井小民，雖然不至於被舉國或整個社會當作話題，可是，在他的生活圈子當中，不免也會被人拿來當「閑話」的主角的。特別是某一個人做了某件不平常的事，還是發生了什麼事故，那麼，一定會有一些閑話和流言，在他的生活圈子流傳一時的。

　　閑話或流言是頂令人厭煩的，其厭煩的程度就如擾人清夢的蛙鳴或蚊叫，你要加以阻止而不得，越澄清或辯白，越會惹到糾纏不清，真是討厭又可惡極了。

　　其實，清者自清，濁者自濁；流言與閑話止於智者，智者也不怕閑話或流言的；經過時間的考驗，事實必定會證明閑話歸閑話、事實

歸事實而至真相大白的。因此,我們大可不必因閑話而耿耿於懷,凡事大可抱著「不能盡如人意,只求無愧於心」的態度,而把閑人閑話當作耳邊風了!

1986年1月24日

推廣華族歷史

在去年十二月廿二日，新山中華公會曾主辦了一個「新山華裔面對的課題」的研討會。新山留台同學會曾提呈了一個非常有意義的課題，那是建議由華社聘請專家學者，將適當的史地資料編纂成書，讓學生們補充學習。

這個建議是深具意義的。近年來，中小學生所念的歷史課本，多數是以本國歷史，特別是馬六甲王朝歷史以及馬來民族英雄的教材為主，對於外國歷史、外國歷史偉人事蹟鮮少論及，至於有關華族先賢們的南來，以及在披荊斬棘拓荒時期的歷史，數百年間對我國所做出的貢獻等等資料，更是付諸闕如。因此留台同學會的建議，不但有其意義，而且也是非常合乎時宜的！

我認為，要讓青少年們深一層了解華人從披荊斬棘、開芭開礦到與巫、印同胞同心協力爭取獨立等等的歷史，不但要聘請專家與學者去加以編纂，而且必須研究如何去傳播及推廣。

我想，我們可從下面所述的兩方面著手；

第一，本地的寫作人，不妨將歷史上的華裔偉人及事蹟，或者從拓荒到建國的歷史上所作出貢獻的史實，作為資料，編寫成兒童文學。譬如，將葉亞來開發吉隆坡的史實，寫成供青少年閱讀的兒童文學作品，然後推介到學校去當圖書館藏書，讓中小學生借閱及購買，相信一定能收到推廣及傳播的功效的。

第二，本地的畫家們，尤其是從事兒童故事的繪畫員，不妨把「鄭和與三保山」、「漢麗寶」、「葉亞來開發吉隆坡」等等史實，繪成連環故事書，然後出版，介紹給中小學生閱讀。

　　除此之外，報章供兒童或少年閱讀的副刊或青少年刊物，也應撥出較大的篇幅，刊登上述的兒童文學作品或連環圖故事。只要雙管齊下，相信必定能喚起青少年們對這些歷史的興趣及注意，則因而有所認識及了解，也是必然的事了！

1986年2月14日

現實

　　有一份小型報揭露了一項令人震驚的消息，消息中指出：有一位享有慈善老人榮譽的富翁，臥病期間，華人大眾傳播機關竟然隻字未提，華人社會賢達或社團代表也未曾去探慰。因此，提出了一個問題，那就是：「華人社會是不是只要會捐錢的某公？」

　　這個問題，自然是頗值得吾人去細加玩味與深省的！社會人士是不是只有在某公能夠慨解義囊，十萬八萬，甚至一百幾十萬的捐出巨款之時，便會並肩接踵地登門「拜候」，然後再請其「慷慨解囊」，現在某公已宣布息影家園，不再過問社會事了；是不是我們便不再「需要」他，而不再「關心」他了？

　　也許，大家會說：這就叫做「現實」。我想，既然在我們的日常用語中已有「現實」這個詞彙，像上面這個例子，也能歸納入「現實」中去矣！瞧！多可怕的「現實」！

　　是的，當今的社會是「現實」的，在人們的觀念中，也是非常的「現實」。這「現實」，正代表了人們的冷酷及無情。

　　事實上，「現實」並非始於近年間，早在古代的中國社會中，已有「現實」這種觀念了。要不然，華文中也不會有一些警世諺語如：「貧在鬧市無人識，富在深山有遠親」之類的話語流傳下來了。

　　吳敬梓在他的《儒林外史》中敘述一位叫范進的童生，屢試不取，好容易才碰上一個賞識他的考官，這才考取了秀才，其時也，范進已兩鬢斑白了，不但人們引為笑談，連他那殺豬為生的老丈人，也趕快來諂媚，說是自己有眼光，選了這麼一個好女婿，老早便看出他會有「出人頭地」的一朝。這也是「現實」！連自己的岳父尚且這麼的「現實」，更遑論其他的人了！

　　說到「現實」的例子，那可就多得不勝枚舉了！呂蒙正落難之時，屠夫連一塊肉也不肯賒給他過年，連下了鍋煮熟了的豬肉，還要搶奪回去；朱買臣落魄的時候，結髮妻子也撇之若舊屣，下堂求去，等到見他飛黃騰達，得意仕途之時，卻倒回來求他收容；「六國大封相」時的蘇秦，是多麼的威風得志，可是，當他屢試不中之時，家人的冷落之情，卻也是不好受之至。諸如此類，皆所謂「現實」，自古已然，也許當今更甚罷了！

　　在時下的社會，人們更加的「現實」。一個人一旦在官場得意或商場得志，飛黃騰達之際，不愁沒有人來討好與諂媚，「車如流水馬如龍」的盛況，也一定免不了！可是，記住，千萬得一帆風順，不好有什麼差錯，萬一不幸一朝失意或失敗了，恐怕立刻要飽嚐人們白眼，冷諷熱嘲，甚至為千夫所指了！那時「門前冷落車馬稀」，更是在所難免。「成王敗寇」的「現實」自古已然，當今更甚！一朝得意，人人稱讚；一朝失意，人人卻連「落井下石」也惟恐來不及了！

　　「現實」，唉！可悲的「現實」。

1983年4月4日

學歷

在現今的社會中，「學歷」是「職業」的敲門磚。

若是閣下想要敲開「職業」的大門，就非有「學歷」這塊磚頭不可。而且，要「美」的，要「大」的。換句話說，也就是當你要去問鼎一個職位之時，你非有一個「學歷」不可；特別是政府機關及商業大機構的職位，擁有越高的「學歷」越好。尤其是閣下有個「大專」學歷，或者專家、博士那麼大的「學歷」，那就更吃香！如果閣下擁有一個較高的「學歷」，最好是有名氣的學府畢業出來的「學歷」，那麼，你將有較高的希望，也將會被人重視，如果閣下連個人家要求的「最低的學歷」也沒有，那麼，最好能夠有自知之明，千萬不要去問津，若是去問津的話，那一定要碰壁，要自討沒趣，甚至自取其辱！

因為，「學歷」到底是一個人的學問與才幹的「標準」。時下社會中人才濟濟，到處都有僧多粥少的現象，人們自然對「學歷」的要求也越來越高了！

做父母親的，在鼓勵子女們努力向學之時，常常會對他們說：「努力讀書啊，將來才能夠有一份理想的職業，要不然的話，只有去當挑糞夫！」

這所謂「努力讀書」，雖然是為了換取知識與幹事的能力，可是，這也意味著要換取一個較大較高的學歷，因為，在找事謀職之時，人家是要看「學歷」的。在「徵聘」廣告上，不是明明白白地寫明「最低學歷是啥是啥」嗎？有些大公司或政府部門的徵聘廣告，不但寫明要啥啥「學歷」，連帶啥啥學歷領取怎樣的薪水，也寫得明明白白——學歷低的人，只能謀低職，領取低薪；惟有學歷高的人，才

能謀高職,也才有資格領取高薪!

「學歷」既然是評定一個人的學識與能力的標準,則在聘請職員方面,要求應徵者需要擁有某種「學歷」,自然也是一件正常的事,原本也是無可厚非的。可是,有些人雖然擁有某種「學歷」,實際上卻不等於有學問與有才幹,有些人雖然缺乏某一種「學歷」,可是,那是由於他閣下未曾有機會通過正規的教育途徑去獲取「學歷」。事實上,由於他的好學不倦,他的苦學自修,長時間累積下來的經驗,已經遠遠地超過人家所要求的「學歷」,也可能遠較擁有「學歷」的人更高更好了,職是之故,遂使到「學歷」成為可恃了!

一個有機會在正規的教育制度下受教育的人,自然能有系統地接受了學問及技能;一個沒有機會在正規教育制度下接受教育的人,只要他肯刻苦自修,長期不輟,也一樣的能夠達到有學識及技能的地步的!一個擁有「學歷」的人,在受教育期間不夠用功,畢業出來之後,又不曾再進修或應用,學問及技能是可能遺忘或銳減的。反過來說,一個未曾在正規教育制度下受教育的人,能夠有恒心,有毅力地長期進修,精益求精,可能其成就還要遠遠地超過「學歷」比他高的人!

在許多偉人之中,不乏缺乏「學歷」而有成就的。譬如愛迪生、佛蘭克林、王雲五、沈從文等,正好說明了缺乏「學歷」的人,只要本身肯努力進修,一樣可以有學問與才幹的。社會之中,不乏擁有「學歷」很高的人,可是卻屬於「不學無術」,無所作為的,正所謂「金玉其外,敗絮其中」焉!

可是,偏偏人家要求的,還是「學歷」,付給的薪級,也根據「學歷」而定。這麼一來,難免有些不曾擁有堂皇「學歷」的人,要大受委屈,大呼冤枉了!

1983年5月23日

考驗

　　曾經出席一次老同學聚餐會。在那次的聚餐會上，有一位老同學缺席，因為這位仁兄在聚餐會舉行前的不久，方才鬧了一場不大不小的桃色事件，搞到名字也上了報，他也被工作崗位的上司調了職；一時之間，在小城市裏，鬧得有些滿城風雨之勢，他自然不好意思前來出席聚餐會了。這也是極其自然的事，人人都愛面子，一旦臉上失去了光彩，自然要避開人群，躲一躲，藉以遮遮羞恥！

　　可是，沒想到，在整晚的聚餐會上，他不但成了主要的談話資料，而且幾乎成了眾矢之的——我說「幾乎」是由於幾十名與會者（都是我當年念書時的同班同學）中，除了我與另外一位也是寫作的同學不曾指摘他以外，每個人最少都有三言兩語的指摘；尤其是幾位女同學，更說他：「當年念書時的一幅老老實實的模樣，沒想到此時會鬧桃色事件！」事實上，他只是與異族少女在宿舍幽會，引起異族人士不滿而糾眾前去鬧事罷了，並非犯了什麼滔天大罪。在時下，社會風氣原本便很開放，男歡女愛，如屬於你情我願，原本就不必讓旁人來置喙，更遑論什麼罪過了，就因對方是個異族，受到宗教的條規束縛，才會把事情鬧大的。可是，在餐會上，人人都以衛道者自居，一味批評與指謫，乍聽起來，好似個個都是衛道之士，惟獨他一人是個傷風敗俗的罪人。

　　看著那些人的嘴臉，尤其是與我同屬「尖頭鰻」的那些大人先生們，更是令人噁心與反感！我無意鼓勵男士們都去偷情，可是，卻認為不必個個作副「聖人狀」，自鳴清高，以衛道者自居；事實上那晚在「扔石頭」之中，就有幾位「尖頭鰻」行為與作風比那位鬧桃色事件的仁兄更加卑下，真佩服他們能做出「聖人」的模樣；至於其他

人，可能由於未曾經過這種桃色的「考驗」，因而尚且能夠「明哲保身」，一旦遇到如此這般的「考驗」，是否能夠「坐懷不亂」，還頗成問題呢！

《約翰福音》第八章說耶穌曾對一批想用石頭去扔死犯了淫行的婦人的公眾人士說：

「你們之中誰要是沒有罪的，方才可以用石頭去扔她！」

在場者手中的石頭，一時之間。紛紛落下焉！

偏偏在我們社會中，有些人就喜愛用石頭去扔別人，哀哉！

1983年7月22日

說「漂亮話」

　　這年頭，作為一個現代人，到處都可以聽到「漂亮話」；正因為在我們的社會裏，說「漂亮話」的人，畢竟太多了，「漂亮話」聽得多了，自然而然地，大家都懂得說幾句「漂亮話」了。於是乎，便造成「漂亮話」到處流行起來的現象。

　　在人生舞台之上，啥啥人物，一旦「粉墨登場」，跑到講台之上，真是不說「漂亮話」者幾希矣！在日常生活裏，大家閑談之中，也不免會講出「漂亮話」。

　　在這種情形之下，許多為了「私利」而做的事，都可以說是為了「提倡」啥啥，「發揚」啥啥和「推廣」啥啥而去做某一件事，都只是「漂亮話」而已，實際上他們是為了自己的口袋能多賺進幾文錢才是真的；可是，基於幹什麼事都有個堂皇的理由，不能不講幾句「漂亮話」，因此，便搬出「提倡」、「發揚」、「推廣」，來美化所作所為，乍聽起來，也煞有介事似的，有時令人聽了，真會五體投地佩服，也可能因而感動得要為之灑淚成河焉！

　　在我們的日常生活裏，人們仍舊不能忘記在談論之中講講「漂亮話」；尤其是談到朋友上頭去時，特別是那一兩位朋友由於時運不濟，正交上了霉運之時，那麼，為他而說「漂亮話」的，可就更加不計其數！那些人會義正辭嚴地指摘那一兩個時運不濟、交上霉運的人如何左也不是、右也不是，如果早些時日能聽他們（講「漂亮話」者）的勸導或指示，便一定不至於如何如何了；更有進者，可能說話的人在談論之時，還會義薄雲天地，認為要如何如何來援助那一兩個交霉運的人。若聽講的人沒有處世經驗，可能會因而欽佩不已，認為說者真是盡仁盡義之士，可是，有誰知道，這經常也不過是「得個講

耳」（廣東話），「說」的是一套，「做」的又是一套。當著眾人的面前拍胸槌案，表示如何的盡仁盡義，大講「漂亮話」的人，大有可能事實上便是背後中傷誹謗，落井下石的人！這種現象，在世紀末的今天，也是司空見慣的事！

有一個說給小孩們聽的笑話：「如果我有兩間洋樓，我可以送一間給你！」又說：「如果我有兩輛汽車，我也可以送一輛給你！」乙聽了便問：「如果你有兩條褲子，可否也送一條給我？」甲聽了連忙搖手不迭，說：「這是不可以的。」詢以故，對曰：「因為我有兩條褲子！」

這雖然只是一個逗人發噱的笑話，可是，在現實生活中，講「漂亮話」的人何嘗不是這樣？對於需要加以援助的朋友，他可以說：「我的腦袋可以給你！」「我的汽車你隨時可以駕去用！」可是，當朋友苦著臉懇求說：「借五塊錢吃兩天飯！」講「漂亮話」的人，立刻臉色一沈，說：「唉呀，真是不湊巧，這兩天我也是窮到連飯錢也沒有！」而在下一個鐘頭，那位仁兄，在不同的場合裏，卻瞇著雙眼，對一群酒酣飯飽的同好說：「昨晚那個妞兒真夠意思哦，才一百五十塊錢，真是價廉物美哩！」

總而言之，講「漂亮話」已經成為對人的一種「習慣」了。於是乎，毒販頭子可以說：「我又沒有鼓勵他們服食，我不賣，別人也賣給他們嘛！」色情販子可以說：「我是為人們提供高尚娛樂呀！」鴇母也可以說：「本媽咪專為苦悶男性解決性的出路！」迷死人的潘金蓮捧著裝滿毒藥的盃子，把嘴巴湊近武大郎的身邊，細聲地說：「趕快把藥喝下吧，我這可是為您好呢！看你痛成那種樣子，我才不忍心呢！喝了這一杯藥，你就不痛了呀」這一切，都同出一轍，講的全是「漂亮話」！

1979年7月19日

細說「短缺」

別人是在什麼時候才懂得「短缺」這個詞彙，莫理先生可是不清楚，不過，莫理先生倒是在活了四分之三個世紀後的今天，才懂得「短缺」這個詞彙的；約莫是在七八年前，隨著什麼「世界性的通貨膨脹」，「短缺」之詞，遂告接踵而至焉；先是鬧了一陣子的紙張「短缺」，跟著是啥啥「能源短缺」，自此之後，動輒便聽說啥啥東西「短缺」，啥啥物事「短缺」，東一個「短缺」，西一個「短缺」的，真是把人們的腦子也鬧昏了焉。

所謂「短缺」，其實就是「缺少」，說得更清楚一些，便是「有錢也買不到了」焉；前幾年，鬧了個「世界性」的「紙張」短缺，人們不論是要印書刊、出報紙，抑或要印傳單印宣傳紙，都「有錢買不到紙」；可是，不久之後，紙張不再「短缺」了焉，有錢是買得到了，可是，價錢可已不同了——漲價了焉；跟著又鬧了一陣子「世界性」的「能源」短缺。於是，大家不得不實行「節約」，每天晚上七早八早便要熄燈睡覺了焉，以免「浪費能源」；接著，「能源」似乎又不再「短缺」了焉，人們又可以開燈開到天亮。雖然「能源」是不再「短缺」了，可是，價格卻已告高漲了焉，汽油漲了價，於是，我們升斗小民原本一角幾分錢，便可以乘搭好一段路途的巴士車，此刻再也無法「享受」到這種優待了焉。一上巴士，不是兩角三角「打底」，人家可不肯再為閣下「服務」了焉。

最近一些時日以來，市面上又有一些物品宣告「短缺」，小自五分錢一包的火柴，也已宣告「短缺」了焉；大至如汽車，巴士，囉哩車開行的「柴油」，也宣告「短缺」了焉。莫理先生是個擁有幾十年「歷史悠久」的「老煙槍」，每日非要燒掉幾十根香煙而無法過日，

本來可以五分五分地，買起一盒盒的「火柴」來點煙焉，現在躬逢火柴「短缺」，有一度到處都買不到火柴，也有一度五分錢只能買到一小盒「縮水」的小火柴；現下雖然花五分錢，可以買到一盒火柴，可是，平日用慣了的「國產」火柴，可再也買不到焉。在市面上可以買到的火柴，是屬於「舶來品」，真是名副其實的「洋」火，雖然每小盒仍舊售五分錢，可是品質已不能與「國產」火柴同日而語了。不是劃了半天劃不著火，便是劃著了火立刻「自動熄滅」，再不然便是盒子破了，「火柴」用罄了，真是令人感到不耐煩之極焉！

　　「柴油短缺」更是要命不過的事！全國各地，需要仰賴「柴油」才能產生動力的車輛又何只百千焉，時下「柴油短缺」，有錢買不到柴油，車輛如果因而不能開動，將使多少人誤時誤事，其後果可就不堪設想了焉。這一段時日以來，巴士車，德士車，學生車，囉哩車，到處找尋「柴油」，遇到一個油站，剛好有那麼幾百加侖「柴油」可以供應，於是乎，幾乎所有應用「柴油」的車輛都聞風湧至，從油站門口擺起的「長龍陣」，簡直足足排了兩三哩長。莫理先生初見之時，還道是又鬧了「連環車禍」焉，幾乎嚇得膽破魂飛，後來才弄清楚那些車輛是在「等候柴油」，而不是啥啥「連環車禍」，可是心中還是滿佈「恐怖感」焉！「短缺」真不是一件好玩的事！

　　不過，紙張「短缺」也好，火柴「短缺」也好，柴油「短缺」也好，關鍵都在於價格之上，只要有朝一日，價格得以「調整」，「調整」到令供應商滿意之時，此種「短缺」的現象便告消除，「短缺」的難題也告迎刃而解！只不過隨著而來的另一個「短缺」現象，卻是更加嚴重而充滿「恐怖感」，那便是人們口袋之中鈔票宣告「短缺」！等到任何事物都「調整」了價格，一張十塊錢的鈔票，自然「自動」貶了價值，鈔票貶值之後，人們口袋之中的「鈔票」，自然出現「短缺」現象，則其時也，物件雖不再「短缺」，只因鈔票「短缺」，人們在生活之中，仍然不能不受其威脅，因而引起了種種

不便焉！

　　說來說去，「短缺」總不是件愜意的事，特別是鈔票「短缺」，更是一件令人感到極其不便，極其不愉快的事焉！

1978年7月29日

人神共憤

　　前幾天，有年輕的朋友來訪，來客熱情洋溢，在餐室宴請莫理先生焉，在飯後茶敘之時，話題一轉，談到宗教信仰上頭去，又談到了時下的神教甚多，神的代表──乩童也很多。這時，來客便告訴莫理先生一個真實的經驗。

　　他說，在七八年前，他的令尊大人患了癌症，當病勢惡化之時，雖明知藥石罔效，但為盡人子之責，還是聽取親友的進言，請來一名乩童，在家設壇做法，為其父親治病焉。他說，那位年近半百的乩童，在跳乩之時，不停的進飲白蘭地酒，然後說是神已降身，隨其搭檔的冬冬鼓聲，大跳起乩來，也大講起「神」的言語來；後來，那「神」（乩童）居然跳到其父的病榻之前，伸出五爪金龍去抓乃父的創口，說是要將乃父身上的「汙物」取出；其時，乃父的創口已告潰爛，被那乩童一抓再抓，不但血流涔涔，而且痛苦難當，簡直有死去活來之勢！這時，他和眾弟妹連忙趨前阻止，乩童這才停了舉動。否則，要是乩童再施五爪金龍，繼續猛抓其父之創口，則後果是不堪設想焉！

　　來客又說，當送走了這位裝神弄鬼的喝酒跳乩的乩童後，他與弟妹們心中感到憤恨異常，心想那人假裝神鬼撞騙，不但沒法減輕其父的痛苦，反而差些兒把老父性命也斷送在其手上，在憤恨之餘，他們居然焚香禱告，將情稟告，要求神明懲罰那個裝神騙錢的乩童。

　　事隔數月，一日，打開報紙，居然在報上見到那位「乩童」的玉照焉，不過，那玉照已成為遺照了，原來新聞中報導：死者為一個酒鬼，每日喝得酩酊大醉，然後回到家中，對他那位辛勤以割膠養家的老婆拳腳交加，數年來如一日。那一日（即玉照見報的前一日），

又告故態復萌，抓住老婆的頭髮大施拳功腿功，老妻在忍無可忍之下，抓起一把巴冷刀，照他的尊頭擊下。這一擊，居然把他的尊頭敲破，送他進了枉死城，去會見他一向仰仗向人們撞騙的鬼神去了！

來客講完了親身的經歷，正色地告訴莫理先生說：「這就是裝神弄鬼者的報應，神鬼不容他再撞騙下去，所以偽借乃妻之手，送他歸入陰府去也！」

聽完了這個「真實的故事」，就使莫理先生想起「人神共憤」這句成語來了焉！

莫理先生雖然迄今尚未曾有宗教信仰，不過，卻也同意宗教有讓人們的精神有所寄託的功能。莫理先生不敢斷言，宇宙之間沒有鬼神，可是，卻也知道，世間有人假借鬼神之名，用以招搖撞騙。社會之中，有不少神的代表，有不少宗教的傳播人，自然不乏虔誠之士，也有極其高度的愛心，在做著「救人濟世」的工作。可是，各個行業之中，總是良莠不齊，害群之馬，自然在所不免。因此，不少匪徒惡客，偽借宗教之名，鬼神之號，在裝神弄鬼，幹其騙色騙財的勾當，傷害人們，是鐵一般的事實！

讀者諸君一定尚未忘記，在美國有所謂教主者，強迫千人集體自殺的事實。在國內，不久之前，也發生過某教主偽借神名，誘姦女信徒的事實。至於在各大小城鎮之中，神棍賣偽藥，畫符籙騙財，利用神話騙色的事情，也是屢見不鮮的事。譬如不久之前，新加坡便發生一樁令人髮指的事，某位乩童，自稱能根治胃病，要年輕貌美的女病者一絲不掛地接受其治療。可是在治療的過程中，卻大施安祿山之爪，在女病人的尊體上肆意輕薄，因而被告到衙門去，結果換來一年數月的鐵窗生涯。

不久之前，某報也揭露峇株巴轄有自稱能知過去未來，能為顧客「換運」的術士，要前往求救求治的女客脫掉衣服，解下金飾，讓他施法。結果卻是如此這般，連金飾也被騙去。年前某國也有自稱為

「神醫」者，自稱能為病黎醫治奇難雜症，就有某個神棍，在高級觀光酒店租下套房，在報上大發廣告，自稱乃「神醫」下凡，要來「濟世救人」，結果竟然是施術騙財！至於許多這類神棍，留女病人住宿，說是在夜間為其施術治病，結果施術到病人的胴體上，治病治到登上睡床，結果被事主告以非禮罪者，竟是時常可見！可知裝神弄鬼，然後騙色騙財的事情，自古至今，真是多如牛毛！

　　騙色騙財，已是罪大惡極，於情理與法律不容之舉，現在這些神棍或術士，更甚地用假藥為人治病，草菅人命，或者在身有病痛的女病人身上不規不矩，加重病人的痛苦，打擊病人的精神，更是令人髮指，人神共憤的事！對於這些不法之徒，人們應該把他們一個個揪將出來，交由法律去制裁，千萬不能容其繼續撞騙，荼毒生靈！

1979年11月4日

談「物質誘惑」

記得當莫理先生還是個「少年十六七」時，學人舞文弄墨，寫寫文章，在「少年不識愁滋味，為賦新詞強說愁」的情形之下，筆下動輒便有為「物質誘惑」而墮落焉：一位好男兒，為「物質誘惑」以致鋌而走險焉，一位官員，為「物質誘惑」而失節焉……。筆下寫來，倒也是頭頭是道！

其實，在當時，莫理先生何嘗懂得何物為「物質誘惑」哉？在那數十年前，社會之中，民風淳樸，大家都有節約的美德，有木屋可以棲身者，便覺十分滿意，從未羨慕豪華洋房，其時也，每個城市之中，也沒有多少幢花園洋房焉；當其時也，人們有衣服可蔽體，有三餐可以果腹，便覺心滿意足，哪裏敢奢望動輒上酒樓茶館，要嚐盡山珍海味的？

在那當時，莫理先生雖然入息不豐，但是一家數口，棲住在木屋之中，環境清幽，空氣清新，冷暖全有天然溫度調節，倒也覺得心滿意足；莫理先生在工餘之時，拖鞋一拖，劈啪劈啪地和老友張亞三、李亞四，到那位密士脫古魯三米的經濟茶檔上，大家各來一杯「茶尖貢」[1]，然後打開話匣子，海闊天空一聊起來，便是一兩個鐘頭，等到意興已盡，方才各自回到自己的「安樂窩」中去；如此這般的生活，自然快活似神仙，一絲兒苦惱也未有，當其時也，何來，「物質誘惑」焉？

反而是在莫理先生活了四分之三個世紀後的今日，在所謂「人類文明物質已達到巔峰」之時，才深深地感覺到有所謂「物質誘

---

[1] 「茶尖貢」：馬來語teh tarik，即是「熱奶茶」的意思。

惑」焉。

數十寒暑以還，單在馬路上馳騁而過的汽車，便不知已增加了若干倍；在各大小城市之中，也不知興建起多少千百間花園洋房起來焉；在大城市中，啥啥「超級市場」、「購物中心」林立，第一流觀光酒店也一家開了又一家，以「啥啥」樓，「啥啥」樓為名的大菜館也多得不計其數。此外，更有啥啥咖啡座、美容屋、服裝屋，啥啥屋的娛樂場所，美容、服裝等行業紛紛設立起來焉。

這麼一來，人們便隨時隨地要受到「物質誘惑」了焉。阿甲本來有祖傳木屋一間，原本再住三代，還是不愁屋子會倒塌下來。可是，現下友輩之中，趙大、錢二都前後買了「花園洋房」，阿甲也告蠢蠢欲動，最後非要買下一幢「花園洋房」不可；阿乙本來是以腳踏車代步的，現下同事之中，都先後買了汽車代步，則阿乙在相形見絀之下，不能不動腦筋，也設法買進汽車一輛，以表示絲毫不比別人遜色。阿丙剛遷進「花園洋房」居住，原本已感到心滿意足了焉，孰知左鄰右舍，家家有彩色電視機，家庭用具一切都是電器化；而且家家把房子「加工加料」，不是弄瓦磚，便是加磨石，不是加建圍牆，便是在加蓋涼篷。於是，阿丙也受到物質誘惑了焉……。

超級市場、購物中心到處都是，人們逛市（場）購物，便也蔚為風氣。於是，今天看到某種新產品，明天看見某種新物事，能不受其誘惑，能不怦然心動乎？張亞三、李亞四也跟隨著時代潮流進步，不再到密士脫古魯三米的經濟茶檔唱「茶尖貢」，改上「咖啡屋」焉；莫理先生也不再上「潮州飯店」吃「鹹菜尾」配「糜」，改上大酒店吃「啥啥粥」焉。王五雖然有小房車一輛，可是人家隔壁一家買了二八〇的「馬賽地敏士」；趙大每年僕僕風塵，不是到合艾，便是飛港台「吃風」。錢二聽多了，見多了，能不蠢蠢欲動乎？這一切一切，都是所謂「物質誘惑」焉。

　　「物質誘惑」一旦多若牛毛，人們自然都像豬八戒進入盤絲洞，真是不為所「誘惑」者幾稀；一旦為「物質」所「誘惑」，要享受「人類高度文明物質享受」，則非要拼命賺錢不可；這麼一來，大家都在追求著一個相同的目的，那便是享受，而通往享受的橋梁則是「賺錢」，於是，大家出盡法寶，耍盡手段，不惜出賣人格良心，不惜不顧禮義廉恥，為來為去，全是為了「物質誘惑」；嗚乎，「物質誘惑」真是如來佛的手掌，人們縱使是孫悟空，翻來躍去，都逃不出它的「五指山」焉！

1978年7月23日

最毒人嘴巴

俺們有一句俗話說：「最毒婦人心」，硬指女人們心腸至為惡毒；莫理先生向來沒有考究癖，因此無法從啥啥典籍或古書堆中去翻查出究竟有若干個例子，足以證明女人的心肝最為毒辣，不過，若是以目下的事實觀之，婦女之中縱然有人幹下謀殺親夫，或手刃親生兒女等等事件，可是那究竟也是千人之中的一二人而已，男人們又何嘗不曾幹下殺人放火、滔天大罪的？

不過，若是一定要找出天下何件物事最為毒辣，則莫理先生可以立刻推薦「嘴巴」，而且建議，立刻把「最毒婦人心」改為「最毒人嘴巴」，因為諸君不要小看了這張人人皆有的嘴巴，也不論它是「櫻桃小嘴」抑或「血盆大口」；總而言之，這張人皆有之的「嘴巴」，若是要造謠生非，中傷誹謗，則其毒害，恐怕比那孔雀的膽子更為厲害！

古代希臘有位哲人，這位哲人便是身為奴隸階層的伊索先生；有一天，主人先生家中來了客人焉，主人為了向客人炫耀家中有這位「哲人」奴隸，不但賦性聰穎，而且廚房裏的炊事工夫，直逼鄅廚，因此特地在眾客人面前命令他做出一席「天下最美好的食物」來；伊索唧命「走進廚房」，片時之後，便端菜上席焉，第一道菜，是牛舌頭焉，第二道菜，是豬舌頭焉，接下來有雞、鴨、鵝……等等動物的舌頭焉，客人們一見之下，自然嘩然大笑，而主人家的臉色，也一定變成豬肝紅，足以媲美包龍圖先生閣下焉；於是，主人勃然大怒，著伊索前來，要他解釋：「為何天下美食全是舌頭」焉？伊索不慌不忙，解釋說：「知識傳授，祝頌溢美以至道德傳播等等，都是靠舌頭而為，舌頭豈不是天下最美好之物乎？」

　　主人及眾客人聽罷，怒氣全消，不過，當即相約明日再來，要伊索再做一席：「天下最壞的東西」來；翌日，客人依約前來，伊索也按時上菜焉。一席佳肴，全然是舌頭，與昨日無異；於是，客人又嘩然，主人在盛怒之下，再傳伊索前來，詢以故，伊索仍然鎮靜地解釋說：「造謠生非，中傷，誹謗，都是舌頭所為，舌頭豈不是天下最壞的東西嗎？」經過伊索這麼解釋之後，客人們不再喧嘩，主人也不再發脾氣，都認為伊索說得有理，舌頭是天下最壞的東西！

　　時至今日，人們還在嘵舌不停；特別是世間一班好事之徒，或是吃飽飯無所事事之徒，仍然在利用上帝生給他們的嘴巴和舌頭，整日在做些歹事；譬如說：搬弄是非，使到兄弟不和，夫妻反目，朋友大動干戈者，到處可見；造謠生非，惟恐天下不亂，不惜說盡壞話，誹謗別人名譽，捏造事實，加罪於他人身上，然後企圖達到打擊別人，破壞事情或者只是為了達到擾亂別人，令人不得安寧而後快的事實，也是俯拾即是。

　　本來，所謂「謠言止於智者」，惜乎此時此地，智者畢竟不多，不智者畢竟不少，加以把持著「惟恐天下不亂」及「隔岸觀火」態度的人更是出動全馬垃圾車，載也載不完。因此，隨時隨地，都可以聽到中傷、誹謗、破壞別人的話語在流傳著，這些惡毒的話語偏偏又不止於智者，反而是不智者聽聞之下，如獲至寶，然後加油添醋，繪聲繪影再加以傳播。這麼一來，天下無不為之大亂都幾難矣。

　　曾參的高堂大人，都會因謠言再三傳至而相信曾子殺人的事，何況是一般不明事理的人，更是容易為謠言所惑。君不見好好的一個人，被人說得狗血淋頭，弄得連近打河的水都洗不清白；好好的一家公司，被人們所散佈的謠言，弄得大為動搖，以至不倒閉都幾難；銀行或金融公司在一夜之間，被謠傳要倒閉，而弄到人人前來提款，發

生「擠提」，以致危機產生，甚至因而撲街[1]。

　　這些人和公司，都斷送在人們的「嘴巴」之上。嘴巴，又怎不是最為惡毒之物乎？「最毒人嘴巴」，誰曰不宜乎？

1979年7月15日

---

[1]　仆街：廣東話「跌倒」的意思。

話說「行萬里路」

　　中國古代的哲人們認為：「讀萬卷書，行萬里路」是獲得學問和吸取經驗的不二法門。因此，古代的學者和文人們，在生活之中，出門旅行都占了重要的地位；諸如太史公不辭千里跋涉的勞苦。徐霞客一生之中也都在僕僕風塵的旅途上。洪都百鍊生劉鶚，則徜徉在那湖光山色之中。沈三白在坎坷的日子裏，尚不忘遊山玩水和到琉球群島去旅行。「旅行」對他們來說，不但可以增加生活中的樂趣，對他們的學問和見識，也有莫大的裨益；後來，太史公之編撰《史記》，徐霞客之撰寫遊記，劉鶚之著作《老殘遊記》，沈復之撰著《浮生六記》，其中許多經歷，都是從旅途上獲取而來的！

　　在古時候，到處都缺乏完善的公路，也沒有良好的交通工具，人們尚且有著尋幽訪勝的雅興。足見在人性之中，有著強烈的好奇心，也對大自然的美景有著濃厚的喜愛。因此，才會千里迢迢地，不辭跋涉之勞，甘冒風霜和危險，四處去旅遊觀光，而時下則是號稱「人類物質文明巔峰」的時代，科技的發達，交通工具的完善，更使到人們本性中喜歡旅遊的天性得以發揮；在現代，有高速的交通工具，使得人們可以朝發夕至，無遠弗屆，縮短了時間與空間的距離。於是乎，「旅行」更成為了現代人們生活之中不可缺少的一項。

　　於是，我們不時可以見到一批批來自世界各國的旅客們，蜂湧而至我國遊覽焉；我們也經常可以聽到，我們的親朋戚友參加了啥啥旅行團，登上高速的噴射飛機旅遊觀光而去焉。當他們倦遊歸來之時，不但帶回來許多在旅途上購得的珍奇時間和紀念品，還有那旅途上的見聞，更是他們所「津津樂道」焉，真大有「一日進府城，三月說不盡」之勢焉。

　　這麼一來，自然羨煞了「足不出戶」的人們，個個聞而動情，人人都興起了旅遊之念。於是乎，旅行的人們多如過江之鯽，一批回來了，又有一批已踏上了征途。於是，在「三十六行」之中，「旅遊業」應運而生焉，提供了不少人士的就業機會，也使到「旅行社」的老闆們大大的賺取了一筆；在第二次世界大戰之後，「旅遊業」已成為各國力圖發展的行業，享有「無煙窗工業」的美譽。由此可見，時至號稱為原子時代的今天，人們愛好旅行之一斑，也可窺出。由於旅遊業的發達，使到各國增加外匯收入，各種商店也因此增加了生意上的繁榮；於是，愛玩的人玩得「過癮」，真是各得其所哉！

　　在旅遊業異常蓬勃的今天，莫理先生發現了一個有趣的現象，那就是：古代的人們喜歡旅遊，現代的人們也喜歡旅遊，同樣的千里迢迢，不辭跋涉的勞苦，可是大家所追求的目標卻是迥然而異焉！原來古代的旅客們，是嚮往於大自然的美色焉，因之古代的遊人，在旅途之上，不是攀登高山，便是涉足水湄，徜徉在湖光山色之中，然後對著大自然的美景吟詩焉，作畫焉，怡然自得，陶醉其間，有者在遨遊之後，尚著書立說，寫成一部部遊玩事焉；可是，時下的旅客們，一朝出得國門，到了那異國之中，大家所熱中的事物，卻不是名山與勝水焉；大致上男性遊客們都會往風化區裏鑽，而女遊客們則往超級市場跑，遊覽名勝、觀光風景，倒成了旅途中的小插曲，而不再是主題歌了焉！

　　記得有一回，莫理先生有幸焉，居然中了某飲料公司的有獎遊戲焉，獎品是一張單人來回合艾的飛機票焉。驛馬星運，自然使到莫理先生老懷大慰焉；誰知為了這個「幸運」，與莫理夫人發生了夫妻口角的「不幸」焉；原來莫理夫人一聽到莫理先生要到「合艾」去，立刻杏眼倒睜，怒道：「合艾是風化區，會使男人變壞之地，去不得！」可惜莫理先生已為遊興迷了心竅，堅持要去，因此夫妻兩人，熱戰冷戰了好幾回合，最後總算有個「折衷方法」，那就是另外買一

張飛機票，讓夫人當個「跟得夫人」，一天遊覽去焉。

話說到了合艾，才進入某酒店，同機的幾十名旅伴全部都失了蹤影焉，莫理先生賢伉儷，變成「相依為命」，只好到那街頭跑躂，隨便四處溜達，隨便買幾件紀念品，如此這般地消磨了三天兩夜的旅遊時光；在隨意溜達期間，彷彿也見到幾位旅伴，各自帶著妙齡少女，在吃飯和看戲焉，其他之人則不見蹤影，也不知躲到什麼地方去焉。

一直到了集中時間，要到飛機場去搭機回國之時，才再看到他們的面孔焉，也有三五個，到了最後一分鐘，才從酒店出來，匆匆登上旅行社的巴士焉。這些旅伴們，一上了巴士，個個喜形於色，大談風月無邊的「佳話」焉，這才使莫理先生恍然大悟焉，原來他們都各得其所了焉。

旅伴們見莫理先生在夫人緊隨之下，純粹「觀光」，未曾有「豔遇」，個個大表惋惜焉，認為莫理先生真是「入寶山空手歸」，遺憾萬分焉！其實莫理先生已年登古稀之壽，縱使夫人不跟隨而至，也是有徒喚奈何而已焉！

從這個親身經歷中，莫理先生這才明瞭，原來現今人們之所以熱衷旅遊，不惜耗費千金巨款，不辭跋涉勞苦，原來是另有樂趣焉，而並非只為遊山玩水，而目的在於尋幽探勝焉，而尋的是另外一種幽，探的也是另外一種勝焉！

1978年9月9日

奇妙的「遊客心理」

　　不知道閣下可曾聽過潮籍人士的一句俗話，那句俗話是：「遠紗好紡」。「遠紗好紡」這句話的意思是說：遠方的事物總是好的，這句話與「本地薑不辣」的意義是相對的，換句話說，也即是「外地薑一定是辣的」。

　　在人們的心理上，這句話經常會表露出來，若是用這句話來形容「遊客」的心理，那可是再恰當也沒有了。

　　猶記得當莫理先生還是個穿著開襠褲的小毛頭之時，便已領悟到在人們的意識上，存有著「遠紗好紡」的心理了。在那當兒，莫理先生的令尊大人莫管老先生還是個壯年人，每一回從家鄉來的「水客」到訪，總是對莫管老先生說：「我在回來前，遇到令堂大人哩，她要我告訴你，多買一些萬金油和澳頭以及其他如啥啥，啥啥用品，然後讓我帶回去給她。」莫管老先生的「令堂大人」，便是在下莫理先生的祖母大人也；那時候，我們一家已在此地謀生了，祖母大人則留在鄉間，祖母大人認為有個兒子在「異邦」賺錢，認為「月亮是外國的好」，因此，每一次「水客」來，總忘不了交代他要家父買「萬金油」，據說「異邦」的「萬金油」好用，「國產」的「萬金油」比較遜色多多。

　　家父每一次總是唯唯諾諾，等到水客要回去，便拿出一筆錢來，囑他回國之後，在汕頭買幾罐「萬金油」和其他物件，要他對家祖母說：「這些是阿管從異邦買了託我帶回來的！」後來，莫理先生也曾隨著家母回鄉，帶回了一批在汕頭買的「萬金油」等物，每當祖母大人被蚊子叮了時，總是一邊塗抹著「萬金油」，一邊口裏不斷的說：「我早說過：異邦的萬金油好，果真不錯！本地的萬金油，哪裏有這

麼好的效用啊！」每當祖母在這麼說時，莫理先生總是在一邊抿著嘴暗笑，祖母抹的那罐「萬金油」，根本就是在汕頭買的「國產貨」！從此，人們這種「遠紗好紡」的心理，便被莫理先生深深地記在腦子裏了焉。

事實上，家祖母這種「遠紗好紡」的心理，正是每一個「遊客」的心理。君不見遊客們每到一地，總是大掏腰包，大買特買，買當地特產焉，買紀念品焉，買日常用品焉，買風景照片焉……。

莫理先生曾參加旅行團，到國內各地遊覽焉，便看見同車的婦女們，到怡保買花生和柚子焉，到美羅買「雞仔餅」焉，到達檳城時，又大買「勿拉煎」、「豆蔻」、「豆蔻油」、「丹州鹹魚」焉。除此之外，更有買日常用品者，買衣服布匹者，買炊煮用具者，真是林林總總，不一而足，買到整輛巴士車被花生和豆蔻等物給塞滿，搭客連伸直雙腿的「餘地」也沒有。

全車之中，只有莫理先生什麼也不買，每當人們在大買特買，他總是站在一邊冷眼旁觀，口中不停地抽著香煙。那時莫理先生住在都門，等倦遊歸來，才在「茨廠街」上隨便買幾包花生土豆，豆蔻和雞仔餅，拿回家裏給孫兒孫女們，他們也樂得如獲至寶，張張小嘴巴忙個不停，一邊吃，一邊說：「這些是阿公去北馬買的哦！」看他們吃的津津有味的模樣兒，也表現出究竟「遠紗好紡」的奇妙心理來，事實上，在茨廠街買回來的土豆和雞仔餅，他們早就吃了一肚子了，可是，畢竟沒有公公從北馬買回來的那一次滋味那麼好！

近些年來，一般「尖頭鰻」們出得國門，到了外地，總不免要到風化區去觀光，大有「羊肉吃不到，惹些羊騷也還值得」——太太們也個個因而提高警惕，一旦丈夫說要出國，總要告誡一番，要他們到了那異國之時，千萬不可去拈花惹草，要不然，若是帶了什麼疾病回來，那時，「看老娘會放過你！」

有一些器量狹窄的太太們，聽到老公要到某些「豔幟高張」的異國去時，聞言而色變，不惜與老公爭爭吵吵，死命不放他們成行！職是之故，弄到老公們的「國際護照」不敢帶回家，每次出門，都來個「聲東擊西」，說是要到檳榔嶼去做生意，實則是渡過邊境到了合艾去尋幽訪勝。其實，依莫理先生看來，尋芳得到外國去乎？所謂「十步之內，必有芳草」，難道本地就沒有這些調調兒乎？不出國門的老公，就無法搞這些調調兒乎？說穿了，遊客們一旦處身異地，便會蠢蠢欲動，變得爭先恐後去尋幽探勝，也都是由於「遠紗好紡」的心理作祟。

吾友某君，某年老闆派他出國公幹，明明是到「寶島」，卻向太太偽稱「東方之珠」，因為「寶島」早為其「尊夫人」列為「禁地」，不准他去。結果，東瞞西騙，出國兩週回來，莫理先生在電話中問他：「如何？」他在電話中連聲說：「好嘢，好嘢！」問他如何好法？他說「一切見面才談」！害得莫老頭兒以為他旅途中一定有豔遇，放下電話，便叫了德士趕去見他，誰知見了面，他竟說：「好個屁！還不是個個職業化，與本地的有啥不同！」

由此可見，遊客們倦遊回來，連聲叫好，一方面固然基於「遠紗好紡」心理，一方面也是為了面子，不敢說不好，事實上，還不是那麼一回事，有什麼好哉！

總而言之，遊客心理真是奇哉妙哉，真大有「罄竹難書」之勢哩！

1979年9月16日

「好奇心」會惹禍

　　所謂「好奇心」，人皆有之，只是個人的輕重不同罷了。莫理先生曾經看過一篇漫畫，畫的是一個老頭子蹲在溝邊，聚精會神地注視著溝裏，立刻有一個人被他吸引住，也站在其身旁觀看，接著陸續有路人經過，又被他們二人吸引住了，都駐足往溝裏看。最後，老頭子站起身來，拍拍屁股走了，那些圍觀的人自始至終，都看不出一個端倪來，也只好跟著走開了。這篇漫畫，正好說明：人人都有「好奇心」，有時便會上了「好奇心」的當。像漫畫中的老頭子，壓根兒是毫無意識地蹲在溝邊，注視著溝中，居然吸引他人駐足而觀，接下來的人，更以為有啥啥看頭，都駐足而看，可見，人們的好奇心，是多麼的強烈啊！

　　不錯，人們都有著一股強烈的「好奇心」，遇到啥啥事物，也不論事情關己不關己，總愛趨前看個究竟，或者「打破沙鍋問到底」，正因為如此，許多人便利用了人們的這種「好奇心」而下餌，引人入殼，誘人上當！

　　莫理先生猶記得在童稚時代，便曾經被「好奇心」引起而花掉了幾十大洋，買了一具用廢鐵製成的所謂「電影放映機」，破了一小筆錢！原來在數十年前，莫理先生還是個少不更事的少年，由於經常在報上看到一項廣告，上面畫著一架「電影放映機」，旁邊有說明書，由於事隔數十年，已不能背出全文，不過還記得其大意是說：只要按址寄去幾十塊錢，便可以購得這家「家庭」用的「電影放映機」，莫理先生當年還是十五、六歲的「少年」，好奇心固然很重，購買慾望也都很高，於是，遂按址如數將錢寄去。還記得廣告商的地址是在印度，想不到莫理先生年紀小小，便曾做過「越洋貿易」。價銀寄出

後，莫理先生便日盼夜盼，盼望印度的啥啥公司，早日寄下該架電影放映機，結果，「皇天不負苦心人」，終有一日，郵差交來一單，囑往郵局領取「電影機」，莫理先生那時簡直大喜過望，連忙前去領取；誰知道回到家中，打開包裝一看，裏面有一個簡直是用廢鐵釘製而成的「電影機」，簡陋異常，尚附送一卷「影片」，在失望之餘，仍舊盼望有奇蹟出現，遂遵照傳單說明，買了電燈泡，想放映出來看看，誰知道左弄右搞的，搞弄了半天，完全搞不出什麼名堂來，才知道是好奇心惹的禍，花了幾十塊錢，買來了一具比玩具還不如的「電影機」，後來，只好把它投入垃圾桶中。想當年，三五分錢便可以吃一碗麵，幾十塊錢可不是個小數目，就這樣地，沒聽見聲音就沒了，真是冤哉枉也！

事界上，社會正有無數的「老千」和「小千」，在利用人們的好奇心，施行騙術，引人入殼，誘人上當。這裡姑且讓莫理先生隨手拈來幾個實例，全部都是「好奇心」惹的禍！

經常可以在咖啡店裏，聽見有人在大吹法螺，說他身上懷有一粒啥啥寶石，可以醫治百病。像這一類的事，簡直是屢見不鮮，可是，偏偏人們的好奇心很重，大家都半信半疑，抱著「姑妄聽之」，「姑妄視之」的心理，人人趨前要睹個究竟；然後，說話的人自然會從懷中掏過一顆所謂「寶石」（從外表看來，是和普通石塊沒有異樣），先是口沫橫飛地介紹「寶石」的來源，妙用等等。接著，會找來一杯水，把「寶石」放進去，「寶石」便會「走動」，或變化顏色。這麼一來，觀看的人便會信以為真，相信那顆石塊便是能治百病的「寶石」。最後，總會有一個「傻瓜」，花了兩三百塊錢將之買下，買下之後，回到家裏，一試之下，才知道上了人家的當，買回來一粒普通的小石塊，平白損失了三幾百塊錢，這才來大呼上當，小怪冤枉。然後，報警焉，登報焉，只是，幾百塊錢卻永遠也不再回來了！

在日常生活中，經常可以遇見一些「推銷員」，在利用人們的「好奇心」作為「敲門磚」，然後登堂入室，向你大吹法螺，介紹某種物品，或某種寶物。像有人常常來按門鈴，問道：「你們可有收到我們寄給你的幸運獎券？」這麼一問，通常很少人的「好奇心」與「貪念」不被引起而撤了警惕心，然後延之入戶，聽他推介某種物品，讓他們達到推銷的目的！莫理先生與夫人，便曾經由於「好奇心」重，「貪念」也大，想知道來者究竟寄來了什麼「獎券」，而大開方便之門，讓推銷員入屋介紹某一種炊具，結果花了八九百塊錢，買下了一套所謂「不鏽鋼製高速奇效最新發明」的炊煮用具，這套用具性能不是不好，但是對莫理先生賢伉儷來說，卻不是「必需品」，因為莫理先生日日三餐，只是以青菜豆腐佐膳，少有大魚大蝦當餚，買了價值八九百元的炊煮用具，除了當裝飾品擺在客廳櫃櫥中外，別無用途！事實上，莫理先生有幾個朋友，也和莫理先生一般無二地，由於那句：「有沒有收到獎券」而引起了好奇心，因而買下那套八九百元的炊具。

正由於人們的好奇心很重，好奇心經常為我們惹禍，所以世間的大千、小千、老千等等，都會利用挑起人們的「好奇心」這一招來達到他們的目的！職是之故，經常有人們會前來叩門，然後故作神秘要你看看這個，看看那個，再不然便是告訴閣下，這是犯法的事物，或是走私逃稅的物品，如果遇到這樣的「橋段」，奉勸諸君，應該趕緊提高警惕之心，不要讓好奇心惹禍，心如止水，無動於衷，那麼，老千也好，小千也好，便無法得逞矣！

1979年12月22日

只能聽「好話」

　　每一個人都長著兩隻耳朵，耳朵是專司聽聞的器官，有了這副器官，我們才能夠聽見所有的聲響，包括人們所說的話語，應用樂器吹奏出來的樂音，大自然裏的蟲鳴鳥唱，以至任何的喧嘩聲音。

　　可惜的是，這一副器官只有聽聞的效能，而缺乏「過濾」的作用，無法辨別話語的真偽和善惡；而且通常一般人的耳朵，都只能聽聽動聽的「好話」；而無法接受屬於「難聽」的忠言。俺們有一句俗語說得好：「良藥苦口利於病，忠言逆耳利於行」，這句話已經明顯的提出：許許多多的「忠言」，雖然是有利於行的，可是畢竟卻是屬於「逆耳」，對許多人的「耳朵」來說，是「聽不進去」的也！

　　幾乎每一個人都有一種出於聽聞「好話」的通病，只是程度上有些差異而已。所謂「千穿萬穿，馬屁不穿！」因此，人們聽到別人讚美之詞，每每喜形於色，認為對方所言甚是，因而把人家所說的「好話」，一成不改地照單全收，而且因而對來說好話的人產生好感，撤銷了對說話者的戒備，甚至產生了好感，把對方當作推心置腹的知己朋友。

　　正由於如此，人們往往會有「真話說不得」或「真心話難說」的感覺。譬如有一回，莫理先生在一家服裝店裏當夥計，有一位又老又肥的胖女人前來惠顧，只見她左試右試，把洋裙試了一件又一件，到最後，穿上了一件她認為最合適，最美麗的裙子，喜洋洋地從「試衣室」跑出來，對著莫理先生問道：「怎樣，好看嗎？」莫理先生向來直腸到肚，劈口回答道：「比豬八戒好看不了多少！」結果，那胖女人臉一黑，大發起「小姐」脾氣來焉，直指莫理先生侮辱她，這椿生意做不成不要緊，還要敝老闆陪笑臉說盡好話，才使她稍微平了心。

結果，不消說，莫理先生自然被老闆炒了魷魚啦！從這件事上，不難證實了「真話說不得」的事實！

也正因為如此，因此，人們每當有事相求於人之時，譬如向人告貸焉，謀事求職焉，一定得先說說動聽的好話焉，只要「好話」說上了口，說到對方句句聽進了耳，芳心大悅或龍心大動之時，那麼，閣下這才說出相求之事，則一定會有良好的收穫，就算不完全成功，也會有幾分效果的！

許多當長官當老闆當領袖的人，往往有聽好話的需求，因此，他們手下用的人，哪一個好話說得最動聽的，老闆就會寵愛有加，而視之為忠貞不視的忠臣幹將。於是，那幾個能捉摸上司的心意，投其所好，好話說盡的人，一定能得寵而被器重，高官厚祿自然少不了，而且這幾個人所說的話，一定能對老闆發生作用。於是，只要這個人在老闆耳邊打打別人的「毒針」，則那些「挨毒針」的人，遲早都會「毒發職亡」的！

在現實社會之中，許多機關之中，一定有一些老闆的「寵臣」，也一定有一些是被老闆視為「眼中釘」的。如果閣下有研究的興趣，仔細地研究和分析一下，就會發現，得寵的那一批，往往是精通心理學，善於說好話的；而失寵的那一批，甚至被炒魷魚，捲了鋪蓋的，並不是由於沒有「才幹」，而只是沒有「口才」，不善說好話，而且經常由於「不肯容忍愚蠢」而說了「真話」，因而冒犯了上司，才落得如此的下場！

據說古時候的中國皇帝老兒們，為了表示他老哥是個「聖主」，有一對能夠聽「好話」的耳朵，因而禮聘了一些人來當「諫臣」，專門對皇帝老兒進諫，指出皇帝老兒的錯處，提出「建設性的批評」的。就不知道這些「諫臣」先生們究竟有沒有說「真話」。不過，商紂王對進諫的大臣，則是設「炮烙」來「招待之」──他把前來批評他的過失的大臣脫掉衣服，綁上了金屬製成的刑柱，然後加火「燒烙

之」，這種偉大作為，已經「名垂青史，千秋不朽」了！幾乎許多「亡國」之君，也必定有一批專說好話的「馬屁」官兒，整日包圍著他，歌功頌德，好話連篇；遠的不說，清末「垂簾聽政」的慈禧太后跟前的「寵兒」李蓮英，便是這批馬屁精中的佼佼者。楚懷王之所以會放逐屈原，也是由於聽信了靳尚的讒言。偏偏三閭大夫屈原先生，死都不肯容忍愚蠢，硬硬要說「真話」，死也不肯說「好話」，還要為國憂傷，以身進諫，才會有繫大石沉江的下場。若是當年屈大夫「識時務為俊傑」，立刻改弦易轍，管他國勢日衰還是日隆，只要整日在楚懷王耳朵邊好話說盡，哪怕沒有高官厚祿，說不定楚懷王還會委他去當大官，給他一個肥缺；只要屈原老哥能善用機會，明為公家，暗為自己，哪怕沒有萬貫纏腰，富甲一方哉？因此，莫理先生每每一提起屈原老哥，就憤憤不平，為他不值，為何一定要說「真話」，不會說「好話」，真是差勁！

　　總而言之，人們泰半都是「只能聽好話」的！真話不能說，真話不得說！縱使莫理先生請問閣下：「依您看，莫理先生這篇大作寫得好不好？不要緊，莫理先生有聽真話的雅量，請不要客氣的盡量批評！」閣下如果違背良心，硬指這篇「大作」為「曠世傑作，擲地有聲」，那麼，有雅量的莫理先生一定能夠撫鬚頷首，稱讚閣下有眼光，把閣下當作「知音人」，然後「好，我們去吃肉骨茶，莫理先生請客！」要是閣下果真說了「真話」，說這篇大作：「好像王大娘的纏腳布，又長又臭」。又說：「簡直是高山滾鼓，卜通，卜通（不通，不通）！」那麼，閣下不要說沒有吃「肉骨茶」的份，而且，哼，哼，莫老夫子改天一定給你顏色看看！

1979年9月23日

「精仔」和「憨仔」

　　一般上，人們都會從表面上來判斷事物，於是，大家都會認為：在社會裏，芸芸眾生之中，大致上可以劃分為「精仔」和「憨仔」兩種。屬於「精仔」者，對人對事都會精打細算，斤斤計較，絕對不肯吃點小虧，而卻也不願被人家占一絲兒的便宜，大有曹公孟德「寧教我負天下，不教天下人負我」之風；屬於「憨仔」的，一副忠厚誠實，甚至還讓人家有些「糊裡糊塗」的感覺，一般上都不善於精打細算，也不會斤斤計較，遇事寧可吃點小虧，而不便占人便宜。

　　世間就有許多事物，在「精仔」眼中看來，是屬於無利可圖的，甚至還是根本屬於不可為之的事，反而是那些「憨仔」，憑著一番熱忱，抱著「姑且試之」的態度去做，結果竟然做出一番成績來，甚至發展而成為一樁功業。真是奇哉怪也！

　　在社會上行走，不時都會碰到一些「精仔」，而把別人當作「憨仔」的，遠的姑且不必說，單只說在外頭喝茶，吃飯，購買東西，便不時會遇到一些「精仔」，而把我們當「憨仔」來看待的。譬如說，莫理先生最喜歡吃潮州滷鴨，因此不時會在街邊向小販買三兩錢「滷鴨」，打包回去當餸下飯，或作為喝兩杯時的小菜，就曾經碰過一個自以為是「精仔」的小販，硬把莫理先生當作「憨仔」，專門砍切下鴨的頭頭尾尾，胸前與腋下，最沒有肌肉的部分；起初莫理先生毫不在意，以為人人買的，都是這樣的「貨色」，可是，三兩次下來，便明白他閣下由於莫理先生不善計較，不愛叱叱喝喝，因而把莫老頭兒當作「憨仔」，對那些善於計較，喜歡挑剔的顧客反而不敢如此；莫老頭兒雖然是個「憨仔」，可是，當明白人家把他當作阿福之後，也懂得自此不再向他老哥交關，改向另外一家不曾把他老哥當「憨仔」

的攤子交易去了。事實上，那家自以為是「精仔」的攤販，也因此而得罪了顧客，生意不能比另外的同業興旺，而且人們一提到他，多數是貶多於褒的！

有些商人或小販，便經常會有這種自以為「精仔」而把顧客當「憨仔」的毛病。因此，我們不時會把買來的東西帶回到家裏，發現斤兩不對，或者貨不對辦──看的和試的是好的一種，打起包來的，可就不是那麼一回事了。表面上，精仔是占盡人家的便宜，憨仔是吃盡了虧，可是，要知道：「上得山多終遇虎」，有朝一日，遇到一個拳頭打點的，可就會有麻煩！何況顧客也不是個個真的是「憨仔」，人家吃了一兩次虧，也會學得乖的，又不是「單門獨市」的生意，人家是會向別的同行去交易，而不再向他問津的！這麼一來，到底誰精誰憨，什麼人占了便宜，什麼人吃了虧呢？

精打細算，斤斤計較的人，往往也會有「殺鵝取卵」的作風，一旦遇見了一個被他認為是「憨仔」的人，便會迫不及待的加以「宰殺」。譬如有些人，與人合作做生意，經常會認為合夥人是屬於「憨仔」，因而急不及待地過橋抽板，加以排擠，甚至還加以欺詐逼迫，誰知道這樣一來做，便應了「殺鵝取卵」的後果了。再說，是非公正尚會有目共睹，有人會站在公道的立場上加以評論的，因此，「精仔」表面上是占了便宜，可是，因而引起公憤，招惹非議，往往也是得不償失的！

社會中的「精仔」，往往是現實而勢利的，也是冷酷無情的；因此，他們經常會有「狗眼看人低」的毛病，動輒為人「批終身命運」，然後施予落井下石的毒招。誰知道，人生絕無公式可以遵遁，人生道路曲曲彎彎，起落浮沉也不是永恒的事，所以，「精仔」們的得失也不如他們自己打的「如意算盤」那麼響亮，有時也會大跌眼鏡而告得不償失的！

在今天的社會中，「精仔」表面上是屬於勝利者，也是占盡便宜者，因此，一般人都看好「精仔」，「精仔」們也自以為本身「識時務」，屬於社會中的「俊傑」；誰知道，有時傻人自有傻福，遇到機會，也會有起死回生，反敗為勝的機會。反而是一些精仔，由於「殺鵝取卵」而宣告得不償失，咎由自取，怪得了誰？

古人有詩句云：「但願吾兒愚且魯，無憂無慮到公卿」，這句詩，一定是詩人在人生的舞台上翻完了筋斗，大徹大悟，因而才會有這樣的妙句寫將出來的！事實上也是如此，世間沒有絕對的事，憨憨精精，精精憨憨，很難滿意！吾友許冠文說的：「當你覺得你是一個天才時，你便是一個白癡！」莫理先生就此改寫這句話來結束本文吧，那就是：「當你認為自己是一個精仔時，也便是一個憨仔」了！人生短短幾十年，許多事物並無公式可以遵循，還是有時精，有時憨，該精的時候精，該憨的時候也不妨憨吧！

1979年10月14日

假戲真做

福建人有一句俗語說：「做戲小（瘋），看戲憨（笨）。」意思是說：在舞台上扮演著各類故事情節的演員們，是在做詐瘋詐傻式的演出，而在台下觀看的觀眾們，卻竟然有一種如癡如醉的狀態，未免也太過傻了矣！

話雖然這麼說，可是，無可否認地，看戲的人，倒真的是經常陶醉在舞台或銀幕上的劇情裏，因故事情節與演員們逼真的演出而導致時而灑淚，時而歡笑，的確是：「傻態百出」了焉。

這還不要緊，最要命的事，也是最愚蠢不過的事，莫過於看戲的人，會在一種不知不覺的情形之下，跑入了戲劇的世界裏去，以為自己在人生的舞台之上，僅是在扮演著這麼的一齣戲，而其本身，正是這齣戲裏的一個角色，有時，說不定還是一個主角呢！好像時下許許多多的青年男女，看多了港台影壇攝製的：「纏綿悱惻的愛情文藝片」之後，竟然以這一類影片的故事作為「藍本」，在活生生的現實生活裏，也依樣畫葫蘆地，照樣煮碗。莫理先生姑且隨手拈來一兩個實例，說給大家聽聽，以證實上述偉論並非誑言。譬如時下許多青年男女，一旦情人變了心，便要照著「愛情文藝片」來個翻版，不是從十幾層大廈跳將下來，便是骨碌骨碌地喝下一大杯「九一〇」殺草劑；以及一些太太們，提防先生「花心」，在外頭惹情生愛，亂搞戀愛，因此，不是步步跟蹤，便是時時作旁敲側問，查東查西；一旦有了個「蛛絲馬迹」，或者跟先生拌了嘴，便要演一齣「回娘家」的活劇等等，諸如此類，都是仿照著銀幕上的情節來做，真是叫莫理先生要大歎「吾不欲觀之」！

可是，誰也沒有想到，不但是觀眾們屬於「看戲憨」一類人物，連在小銀燈下扮演著各種角色、演著形形色色的「悲歡離合」故事的明星小姐和明星先生們，除了應了福建人這句「做戲小」的俗語之外，居然也和觀眾們一樣的屬於「憨」的腳色也！想不到他們在演盡「悲歡離合」的劇情之後，竟然把自己投入劇情之中，仿效著電影中的情節來炮製一番。中華民國六十八年（即公元1979年夏天），一批來自中國的電影明星們，到新加坡共和國來參加「亞洲電影節」；在這批明星之中，有扮演十七八歲少女的明星小姐，扮演風流瀟灑的英俊小生，也有專演人家爺爺或令尊大人的老星先生們。他們在參加「亞洲電影節」之時，除了在大會場上個個風度翩翩，臉上呈現熱情的微笑之外，也趁機在劇場中與觀眾們見見面，講幾句客套話，另外唱唱一首半首歌，再加上蹦蹦跳跳的舞步。結果，自然搞得「影迷」們大大開心。

沒想到，這些都是屬於在台前的「演出」，而在不屬於「演出」的時間裏，他們之中，有人竟搬演了一齣「為情仰藥」的活劇，接下來，竟引出了一段「三角戀愛」的「內幕」，再擴大而導致一對表面上看起來幸福美滿的夫妻的婚姻破裂而至，家庭失和的悲劇。

這一段「戲劇性」的事實，就算莫理先生為了要「為表忠厚，姑隱不提」也不行了，因為在這個月當中，馬新十幾家華文大小報章，都花費了巨大的篇幅，不厭求詳地加以揭露，加以報導，不但長篇累牘，而且圖文並茂，真熱鬧之極！

原來我們的影迷們的「青春偶像」林青霞小姐與「風流小生」秦漢先生，在現實生活之中，也照樣煮碗地演出了一出纏綿悱側的愛情活劇。正像他倆過去拍檔演出的幾部愛情電影的劇情一般地，林青霞小姐愛上了「有婦之夫」的秦漢先生。

由於秦漢太太攜兒帶女趕來新加坡，扮演「棒打鴛鴦」的角色，弄到林青霞小姐芳心不悅，因而在旅邸中多服了幾粒安眠藥，以致被

送入中央醫院去洗胃，就這麼地，揭開了這齣「三角戀愛」的序幕；根據報章的報導，此刻秦漢先生賢伉儷正在台北鬧得雞犬不寧，因為秦漢夫人要和他閣下分居或離婚；這齣活生生的「愛情活劇」不但引起了大眾傳播界的興趣，更引起了廣大的男女影迷的興趣，這些時日以來，迷哥迷姐們，簡直每天的話題都不離秦漢和林青霞，真是洋溢著關切之情焉。

其實，「秦林之戀」只不過是港台影人中演出的「愛情活劇」中的一個事例而已；事實上，明星們雖然在銀幕上把「愛情」演得那麼精彩，那麼神聖與偉大，可是私底下倒卻是令人有些「亂七八糟」的感覺！

影星們的戀愛、亂愛、離離合合，這廿幾年來，簡直罄竹難書；我們只能夠這麼說：他們真的是「偽戲真做」了焉！可是，最令莫理先生百思而不解的是，為什麼萬千的影迷們要去崇拜明星，要仿效他們所演的劇情？他們究竟有什麼地方值得我們去崇拜？值得我們去學習呢？莫理先生究竟年齡已高，再去思考這個問題，恐怕連最後幾根頭髮也會掉光的；還是讓年輕的迷哥迷姐們來回答這個問題吧！

1979年8月26日

社會裏的「障眼術」

　　讀者小姐和先生們一定看過變戲法、變魔術一類的雜耍兒吧？變戲法和玩魔術的人在表演之時，必定會有種種古裏古怪的道具，還有個穿著迷你裙的漂亮女助手，然後在表演的過程中，表演者必定會把那些道具搬弄一番，東弄弄，西弄弄。同時，年輕漂亮的助手小姐的種種動作和表情，都配合玩戲法者的需要，表情舉止婀娜多姿。

　　年輕一輩的觀眾，可能看不出那位助手小姐和那些古裏古怪的道具究竟有著何種用途，而誤以為是演出時的必需品，反正自小到大，無論是看魔術還是看雜耍，一定會有這位助手和那些「配備」。不過，年紀大一些的人，社會經驗較為豐富的，魔術、雜耍看多了，便會明白那位助手小姐和種種道具在表演過程中的重要性，因為這些人和物件，將分散觀眾的注意力，使到觀眾轉移視線和分心，也帶有加強觀眾信心的作用。蓋大家都明白，魔術與雜耍都是假的，關鍵便在於如何安排，與動作的迅速，使到觀眾看不出「端倪」來，而看不出表演者如何使詐，在江湖上的術語來說，這便是表演者的「障眼術」了。

　　其實，不獨在搞雜耍和變魔術上用得著「障眼術」，即使是在現社會中，「障眼術」不但可以派得上用場，而且還是妙用大亦哉也！因此，在現社會之中，無論在政治上，在學術界裏，在商場上，聰明的人兒，通常也會把「障眼術」派上用場，加以借用，然後利用「障眼術」所發揮的功用，來達到種種的目的！

　　在商場上屬於司空見慣的「障眼術」便是「門面」和「排場」。事實上，許許多多的人們，觀念之中也經常被一些先入為主的印象所欺騙。說到做生意吧，一般人通常要看看商行的「門面」究竟有多

大，有多堂皇，在人們的心目中，通常也會有一種「似是而非」的想法，譬如要評定一間商店的資金和實力，或是估計一個商人的資力和信義，一定會先看看他們的「門面」和「排場」，用什麼汽車，住怎樣的屋子，甚至連電話機的多寡，也成了衡量標準。因此，我們經常看到一般行家，有著堂皇的門面、華麗的裝修和傢俬，用上三五個電話機，辦公室裏還鋪著高貴的地毯，裝置了冷氣設備，僱用多位的書記小姐和職員，以及堆積如山的貨品；店主人則不但住在豪華住宅裏，還要用上第一流的汽車，裝上冷氣設備，有時還會僱用「阿默」（司機先生）；惟有這樣的「門面」和「排場」，才會令到供應商以及顧客們深具信心，有了信心，這才會有源源而來的貨物和寬長的帳期，顧客絡繹不絕前來交易。

由於這些都是人們觀念裏先入為主的印象，因此，在商場上，誰敢不要門面和排場？貿貿然便開始營業？可是，有誰知道，有的時候，這些門面，貨物、男女職員、住宅、汽車、司機等等，不過都是有如變戲法時使用的「道具」一般，也是施展「障眼術」的一種作法。許多不殷實的商人，甚至老千，便利用人們的這種心理，打腫面皮而充當胖子；雖然有堂皇的門面，卻缺乏充裕的實力，房屋和傢俬裝璜，押的押，租的租，其他的則分期付款，公司只是一個「空殼」。可是，到底能看穿真相的人不多，多數人還是上了「障眼術」的當，殊不知道門面裝潢雖然堂皇，卻是賒賬的，職員雖然很多，可是卻連月發不出薪水，房屋和汽車早就抵押給銀行或金融公司，隨時會因不能按期付款而被拍賣或拖回……。重視表面的東西，往往會被「障眼術」所欺騙。

在政治上，有些國家動不動便來一個啥啥運動，動不動就宣布大發展和大豐收，有的時候，使的也是「障眼術」，什麼下鄉訪問焉，發表偉論焉，分發文告焉，更是不一而足，也還是「障眼術」。

　　莫理先生有一位長輩焉，某年赴寶島去考察觀光，曾經印發了一張豪華的名片焉，上面的頭銜竟然是「馬來西亞XX報總編輯」，心想XX報早就「執笠」多時，再說前輩他老人家也從未赴任過，怎麼會有如此這般的頭銜焉？因而大感驚訝！後來與他見面，好奇心特重的莫老，自然不會放過請教的機會，只聽前輩老人家哂然回答曰：「沒有什麼，那是專門印來作為我寶島之遊的用場的！」聰明的莫理先生茅塞頓開，舉一隅而見三隅，明白前輩施用的，也是「障眼術」焉！自此之後，凡接過人家遞送過來的名片時，一定詳加留意，對那些印上十個八個大頭銜，而且個個頭銜都是堂而皇之的，必定「刮目相看」──看看他閣下使用的，是不是也屬於「障眼術」這一套！

　　寫到這裏，忽然記起日前逛書店，隨手買回來的幾本「名著」之中，有一本書的作者不但印上幾十個資格和履歷，以及幾十本書的著作；而該本書以及他閣下本身的著作中，十有八九是屬於出了圖書館或資料室便寫不出來的著作，不覺也為之拈鬚莞爾，心道：「莫非使的也是障眼術這一招乎？」

1980年2月3日

電話，我怕了你！

　　作為一個現代人，應用「電話」的時候特別多。「電話」在現代人的生活中，已經成為一種不能缺少的「通訊」工具了。特別是在大都市中，電話更是人們日常生活中所不能缺少的。

　　住在窮鄉僻壤的居民，可以不用電話，原因是在那種彈丸般大小的小鎮上，只要跑一百幾十步，便可以足遍全村鎮了；加上村鎮上的居民，生活如同止水，十分有規律化；通常一個人，哪一個鐘點會在家裏，哪一個鐘點會在咖啡店裏，幾乎已經成為「規律化」。因此，在鄉鎮上，要找一個人，只要騎上腳踏車，便可以毫不費勁地和他見面；在大都市裏，則不但人們所居住的地方相距太遠，而且生活中的波動太大；試想，從八打靈衛星市到洗都巴剎有多遠的路途，來往多麼地費時；再說，縱使閣下有耐心從八打靈到洗都巴剎去找人，那個所要找的人，可未必神機妙算，算準閣下將要翩然而至，因而守在家中候駕；若是兩者之間都有電話的話，只要拿起電話筒，「哈囉，哈囉」幾聲，三言兩語便可以把話交代清楚。就算是電話裏無法交代清楚，那麼也大可在電話裏約定相會之時間地點，這是多麼的利便，多麼的乾淨俐落啊！至於兩方都不住在首都範圍之內，縱使是相隔數百哩之外，只要拿起電話筒來，「哈囉，哈囉」一番，不但省時省事，而且富有「親切感」和「真實感」！噫，電話的功能大矣哉！

　　不錯，電話的功能是大矣哉；可是，在此時此地，卻有許許多多的人，怕了「打電話」，像在下莫理先生，便是其中的一個。莫理先生平生有三怕，一怕登台演講，二怕拍照片，三怕打電話。蓋因為一個人若是要登台演講，便一定要一本正經，說的話一定要有道理，這麼一來，顧忌必定甚多，自然是話不由衷，莫理先生最怕便是話不由

衷也；說到拍照片，就不但要衣冠楚楚，正襟危坐，而且要「強顏歡笑」，莫理先生一生崇尚自由，最怕被人加以約束，而且還要面露笑容，強作歡顏，真是苦若坐針氈矣！至於為何怕了「打電話」，更是說來話多，現在且聽聽莫理先生仔細從頭說吧！

要打電話；首先自然要在家中或辦公室內裝個「電話機」啦；裝置「電話機」在此時此地，便不是一件簡單的事；問題可不是出在裝置費與維持費上，而是由於到處都在鬧著「電話線荒」。閣下填了電話申請表格，一定會收到有關當局一紙公文回答，說是「缺乏電話線」，要閣下稍安勿躁、慢慢等候；這麼一等一候，可能慢慢歲月便要蹉跎了幾十個月焉。

自己家中要裝置「電話機」既然難如登天，那麼，需要打電話之時，只得到「公共電話亭」裏去應用公共電話機了。偏偏此時此地，公共電話亭甚是少見，有時為了找尋一個公共電話亭，有如在沙漠之中尋找仙人掌一般困難；好不容易才找到一個「電話亭」，則不是人們在擺長龍陣，便是電話機失了靈，甚至連電話機也失了蹤！就算運氣再好不過，拿起電話筒來，要求接線生代為駁接一個外埠電話號碼，可是，十回倒有九回接不通，那接通的一回，卻聽不清楚對方在說些什麼話，對方也聽不懂閣下在說啥話。於是，雙方大呼小叫，這是「不清不楚」。最後不得不頹然放下聽筒，黯然走出電話亭，而口中要不連聲罵「他媽的」幾聲都幾難焉！

「電話亭」既然已經「此路不通」，只好厚著臉皮到商店裏去「商借」電話了焉。相熟的商店或住家，雖然礙於情面，不得不借你通一通話，可是，要看到「漂亮」的臉色的機會畢竟不多！原因之一固然由於打電話是要花錢的，雖然打完電話，閣下例必付錢，可是，究竟打了多久？正確的電話費不得而知，變做「利便了人家，自己得吃虧」——多付電話費；這麼一來，要想人家借電話給你，又給你好臉色看，自然是休想啦！至於不相熟的，更是不言而喻了！

　　莫理先生在兩週之前因事到居鑾去，由於交通誤了時，抵步時已是下午二點四十五分，老友只差十五分鐘便要下班，下班後便會如黃鶴般，芳蹤杳然；因此，一下了車，便竄進一家兼賣麵食的咖啡店，先禮貌地叫了咖啡和麵食表示有交易，然後畢恭畢敬地向櫃台後的小姐懇求借電話一用，誰知那小姐臉色一沈，回說：「電話上了鎖！」莫理先生再行九十度鞠躬，說：「是本地電話，打完錢照算！」那位小姐回說：「沒有鑰匙」，總之，鐵石心腸，不借便是不借；莫理先生急得如沒頭蒼蠅，咖啡和麵先付了錢，交代稍後回來吃。然後「奔」向電話局（不是「奔向彩虹」），找公共電話去；誰知那天電話局的公共電話也很巧妙，只能聽見對方的聲音，而聽不到這方的聲音（一毛錢銀盾自然原封不動）；莫理先生逼得再「奔向旅店」，向某旅店商借，這一回電話借著了，也打通了，可是，已經過了鐘，老友下班，駕著他的馬賽地二四〇型，度他的多姿多采的週末生活去了焉！莫理先生飽嚐了兩百哩的舟車勞頓，花了二八一十六大元，結果是白跑了一趟，完全栽在「電話」之上，讀者小姐和先生們，你且說說看，莫理先生該不該連聲臭罵幾句粗話？

1979年10月7日

又要喝汽水了！

　　對於「幸運博彩」這一類的事物，莫理先生一路來缺乏濃厚興趣的；缺乏濃厚興趣的主要原因，一來並非由於莫理先生不愛金錢或禮物，二來也不因為莫理先生是個「好仔」，而是由於莫理先生向來頗有自知之明，知道「幸運之神」向來不會對莫老頭子垂青，要是「幸運之神」肯向莫老頭青睞有加，則縱使是昂首闊步，腳尖也會踢到鈔票，又何勞勞苦苦去研究號碼或傷透精神去動腦筋找尋啥啥問題的答案？

　　可是，在莫理先生的生活之中，所接觸的人當中，對「幸運博彩」一類物事深具濃厚興趣的，可就為數多矣！話說莫理先生由於年齡已高，徇僱主的「要求」而早在數年之前「光榮」退休，息影家園；幸虧莫理先生的幾名公子和千金，還飽受中華文化之洗禮，深知「百善孝為先」的大道理，因此，莫理先生可以到各公子千金「府上」去叨擾一個時候，不至於流落街頭，或者寄居到廟堂之中去當個廟祝。因此，套一句舊話，莫理先生時下是在過著「含飴弄孫」的生活了矣！

　　說到「含飴弄孫」這句成語，對時下的莫老先生的生活來說，可以說是再恰當也沒有的形容詞哩！因為在生活中，莫理先生不但「含飴弄孫」，而且有時還要「喝汽水弄孫」呢！原來莫理先生的幾位公子與媳婦，都有職務在身，家中的子女，便是由傭人照顧。莫理先生到他們「府上」去「弄幫」[1]，孫兒孫女們不但恭敬十分，而且還動不動便開了一瓶啥啥標汽水「款待」阿公；初時莫老先生還以為孫兒

---

[1] 「弄幫」：馬來文tumpang，即是「順搭」的意思。

孫女們過於客氣，可是到底是個古稀老兒了，又怎能一而再，再而三地，一天之中喝下幾瓶汽水焉！

於是，只得向他們說明，同時阻止他們再猛開汽水，一問之下，才知原來孫兒們「猛開」汽水，不是熱情有加，而是要瓶蓋內的膠片，是可以用來參加一種「幸運博彩」的，首獎可以獲得一份巨獎，此外尚有三兩百個獎額，從電視機到T恤，應有盡有；孫兒女們為了參加博彩，因此猛開汽水款待客人，包括阿公在內，原因在於此焉！

除了汽水之外，孫兒們有時又會要阿公吃糖焉，原因是啥啥牌子的糖菓，也在舉辦「幸運博彩」了焉，參加者每份表格得附上該糖菓的包裝紙若干張，於是，莫理先生的孫兒女們又再猛吃糖菓，也頻頻要求阿公「幫忙」吃糖，莫理先生果真應了「含飴弄孫」這句成語了焉。

喝汽水和吃糖果還真是享受焉，最傷腦筋的事還是孫兒女們有時突然拿著報紙或「幸運博彩」的表格來「請教」焉；忽而問道：「天主教的教皇住在何處？」忽而問道：「世界上首位太空人名為啥？」忽而問道：「世界最高山峯埃弗勒斯峯有多少尺高？」忽而問道：「ＸＸ報是哪一年創刊的？」忽而問道；「阿公，你看，哪一個臉型可以配上哪一個髮型？」忽而問道：「Ｘ國的哪一種汽車是全馬銷量最高的？」……嗚呼，莫理先生豈是「百科全書」乎？莫理先生又豈是生有一副「電腦」乎？

孫兒女們動輒便來請教天文、地理、時間的問題不算，還動輒便來請教有關電影明星，體壇紅人，以至啥啥牌子汽車，啥啥電器的資料，以及哪一張明星的臉龐，應該配上哪一種髮型？豈不是以為莫老先生有一副電腦，或博學有如一套《大英帝國百科全書》乎？真是煩不甚煩，可是，既然是自己的孫兒女們前來請示教益，又如何忍心推搪而不回答焉？要回答，猛翻書報的結果，還是有些問題解決不了，因為到底像哪一張美人臉龐要配上哪一種髮型這類問題，書報與辭典

之中，查來查去，也是「木宰羊」的也！

　　莫理先生最初是由於孫兒女們猛開汽水，猛請吃糖，方才注意到啥啥牌子的汽水和啥啥牌子的糖果有舉辦「幸運博彩」之類的遊戲焉；後來，出了公子們的公館，到其他朋友家中去，也碰到同樣的情形，這才知道，原來人們除了購買彩票、千字、萬字之餘，還熱中於「幸運博彩」之類的「有獎遊戲」，而且還蔚為風氣。這麼一來，也難怪乎不只汽水、糖果廠在舉辦這類遊戲，連電器商、汽車行、快熟麵、瓜子廠、報館、雜誌、洗衣粉、百貨公司，以至兒童刊物，也都正在舉辦這類遊戲，據說這麼一來可以刺激銷路，也難怪出品商樂此不疲；由於獎品優厚且豐富，也難怪乎到處有人們在找答案，填表格，準備參加了焉！

　　行文至此，孫兒們又拿著啥啥牌汽水參加表格進了屋子，莫理先生一見之下，心中馬上發毛，暗想道；「又要喝汽水啦！」

1979年6月5日

弄個博士頭銜來

　　莫理先生有個老友記張三先生，性喜研究，特別是對考據工作，簡直是窮大半生的氣力在鑽研，也寫過不少「專著」，可惜的是，這是個注重頭銜的社會，每當張三先生有大作面世，總有人要追問他老哥是什麼出身，有無值得炫耀的「學歷」或「頭銜」，一問之下，才知道張三先生只念過四年小學，連一張「小學畢業文憑」都沒有，便會嗤之以鼻，甚至還嘲笑他，說他不過是在東抄西湊罷了！因此，張三先生大感憤憤不平，前些日子與莫理先生晤面，便問道：「莫老啊莫老，可知道有什麼地方可以弄個博士來當當嗎？縱使是非洲國家的啥啥學校的博士頭銜也要！」莫理先生乍聽之下，沒頭沒腦的，真有「丈二金剛摸不著頭腦」之感，細談之下，才知道張三先生由於沒有漂亮的文憑，缺少堂皇的頭銜，受盡蔑視，飽受嘲笑，所以才會發出這不是「怪論」的「怪論」！

　　聽完了張三先生的怪論之後，莫理先生也為之感慨萬千焉！原來莫理先生說來也和張三先生份屬「同病相憐」焉！莫理先生由於家境貧窮，只念到初中一年級，便由於交不起學雜費，忍不住每個月被老師責問與考試前被校長先生斥責的痛苦，不得不自動退學。因此，莫理先生府上，掛在牆壁之上的，一直是那張六十餘年前的「小學畢業文憑」，除此之外，絕無第二張文憑可以高掛；莫理先生雖然年幼失學，可是自幼發奮圖強，苦苦鑽研，少年時代，臥室之中不但左圖右史，連床底下，蚊帳上，以至床楊之上，都是典籍，不但徹夜不眠不睡，秉燭苦讀，而且連上廁所的時候，也是手不釋卷，窮數十寒暑的努力，修得滿腹經綸，動起筆來簡直倚馬可待，筆下文章，沒有一篇不是擲地有聲的，像莫理先生這樣飽學之士，啥啥大學不曾三顧茅

廬，重金禮聘為「客卿教授」，實在是莘莘學子之不幸焉！可惜的是，由於既沒有漂亮的文憑，又缺乏堂皇的頭銜，因此雖然壯志凌雲，可是大半生蟄伏在蝸居之中，從來未曾有人問津，嗚呼，豈不是人才浪費，浪費人才乎？

因此，那一日，經吾友張三先生點破之後，莫理先生立刻也與張三先生一樣，立志要弄個啥啥「博士」來當當，哪怕是北非小國的啥啥大學博士，只要是博士，都有興趣！猶記得吾友錢鍾書博士，在他的大著《圍城》中曾提出亞美利堅合眾國有間啥啥大學，雖然連校址也沒有，可是，只要繳得起學雜費，便可以頒發文憑，頒賜博士頭銜，不知道讀者諸君之中，有誰知道錢鍾書博士現址安在，讓莫理先生專函去請教他這間專發文憑的大學，好湊一筆學雜費入學，去弄個博士來當當！

如果皇天不負苦心人，有朝一日，莫理先生能弄到一個啥啥「博士」的頭銜，那麼，一定會發動親朋戚友，新知舊雨，街坊老友聯合在報章上登載賀詞廣告，一連數十天，足以媲美曾永森、李三春兩位老弟角逐總會長時所刊登的廣告；然後，莫理先生一定會東抄西湊，東拼西合地弄出一些大作來，特別是寫出八十篇連題目讀起來也拗口和不知所云的專論來，弄到讀者讀了大感暈陶陶，而覺得莫理先生真是高深莫測焉！再下來，莫理先生還要苦練「腳功」，用足學字和用足畫畫，不讓人家的「指畫」專美於前，寫出一大堆足以與毛主席媲美的「狂草」書法與畫出一些揉合「印象派」與「野獸派」畫風的「摩登鴨」（現代畫之洋名字也），然後，莫理博士將「挾藝」周遊列國，凡是有唐人街，有華人宗親會的地方，一定要去，非洲各國更是非去不可。到那個時候，莫理博士每到一地，總有人到機場接機，揚著「熱烈歡迎華裔腳畫家與書法家莫理博士」的旗幟來歡迎，真是極盡一時之風光焉。

　　然後，莫理博士便要在各地舉行「腳畫」與「腳書法」展覽會，而且每天還「當眾揮腳」，與那些書法家畫家的「當眾揮毫」一模一樣，而且這些曠世傑作，還公開接受當地僑賢的「欣賞」，只要惠贈英鎊或美鈔，加幣或澳幣，必定奉贈名作一幅，並題上上下款。這麼一來，莫理博士不搞到名利雙收，撈到盆滿缽滿都幾難焉！

1979年11月11日

飲食文化

　　記不清是哪一位大人先生說過的話了，他說：俺們華族的文化是建立在「吃吃喝喝」之上的。他老哥還舉出了好些個例子，譬如逢年過節，都與「吃吃喝喝」有關：除夕嘛，吃團年飯；端午節吃粽子；中秋節吃月餅；冬至吃湯圓等等；清明祭祖，中元祭鬼，也仍然是大魚大肉；娶老婆要請人大吃大喝，嫁女兒照樣是吃吃喝喝，連阿公翹了辮子，為阿婆追薦功德，還是從「鹹糜」（粥）吃到大魚大肉；另外再加上做大生日，搬進新屋子，商店新張大吉，賞月亮，賞菊花，看大戲，看電影，聽王小玉唱大鼓書……等等等等，還是要吃吃喝喝，從瓜子花生，清茶淡酒到大魚大蝦，觥籌交錯，真是不一而足，不勝枚舉！

　　此時此地，雖然是十里洋場，華巫印以及紅毛雜處，可是，我們的華人社會，還是獨樹一格，吃吃喝喝的風氣，仍然是興旺，大有欲罷不能之勢！於是乎，從老友重逢，親友過訪，男女交遊開始，一直到生意來往，豐功偉業，仍然是要來一個「吃吃喝喝」。俺們原本的傳統習慣已經夠豐富了，再加上從異族那兒吸收過來的新花樣，顯得多姿多彩；於是，人們從歎[1]早茶開始，一直到吃消夜為止，一天之中，大吃小吃的便有好幾餐，再加上盛大宴會，雞尾酒會，自動餐會，自由酒會等等，真是多得不得了。普通一個人，除了一日三餐外加下午茶和消夜，至少便有了五次吃喝，再加上遇到朋友新婚，長輩做壽，同業新張，同事聚餐，生意上應酬的聚餐，慶賀社會要人慶功宴會，啥啥社團理事會就職典禮後的照例聚餐……人人都會遇到「三

---

[1]　歎：廣東話，就是「嚐」的意思。

日一小宴，五日一大宴」的盛會哩！

　　特別是最近十來年間，遇到有某些社會棟梁們蒙上寵賜，封賜啥啥名堂，總會有人主動來個「慶賀會」。雖然說許多人都和在下莫理先生一樣，只是個升斗小民，可是，既人在社會，總免不了人事上的關係。於是，上司之中，有人受封，我們得應酬，分攤付款，然後前去吃吃喝喝。同鄉中某些鄉賢受了封，我們又會受邀而去參加慶賀會；社會領袖受了封，有人發動社團街坊聯合慶賀會，我們又會受邀而叨陪主席。於是乎，十天之中倒有三五天在酒樓或會館的盛宴上吃吃喝喝；這麼一來，口福究竟是深是淺倒不知道，有無益於健康也未曾清楚，可是口袋中的鈔票燒了好幾張卻是鐵一般的事實。區區幾張鈔票，於那些月入數千的大人先生來說，自然不當一回事，可是，對於我們這些入息只是三位數，而每月領得的薪水，僅僅是那麼幾十張十元的鈔票的受薪階級來說，可就成了一個很大的負擔了！

　　更何況每一次參加宴會，總得東等西候，等候那些姍姍來遲的社會賢達，再加上還得花上兩三個小時洗耳恭聽他們發表偉大發現，或者金玉良言式的訓話，從時間上的消耗來說，也是極其不符經濟原則的！

　　可是，偏偏我們的社會卻樂此不疲，有不少人都是好於此道的，他們從來不曾放過一個慶賀的機會，因為這麼一搞，他們的受了封的頂頭上司自然會「龍心大悅」，「龍心」一大悅，自然會給他們天大的好處；更何況經常舉行宴會不但能促進飲食業的繁榮，也能促進理事人的荷包的繁榮，職是之故，大宴小宴，更是此起彼落了矣！於是乎，酒樓餐館，觥籌交錯，要歌功頌德的都上了台，既歌且頌，愛聽歌功頌德的都聽見了；然後記者先生們發發新聞報章長篇累牘的加以報導，自然使得一些人樂不可支，笑顏常開了矣！惜乎就是那些叨陪末席的苦著臉的尊容沒有機會上鏡頭，埋怨的聲音又不曾經過「麥克風」的傳送，所以人們看到的是喜氣洋洋的一面，聽到的又是歡笑的

聲調，一片歌舞昇平的好氣象——就是沒有人往裏層去看看，去聽聽，在歡笑的背後，還有著一片怨懟的聲響的！

1990年7月23日

「王果」

被譽稱為「萬果之王」的榴槤又上市了，今次雖然不是生產榴槤的「旺季」，可是，街頭巷尾，倒也有不少個售賣榴槤的檔子，走到市街，四處異香撲鼻，榴槤就有這一股異味，讓人們不能不正視它已經上市了的事實，也正因為這股異味，引得了多少人為之垂涎三丈，連「紗籠」[1]也捨得當了來親親它的芳澤！

可是，莫理先生卻也有個能耐，那就是不視不聽不聞，完全不去理會榴槤已上市的事實──倒不是像異鄉來客那樣怕了那一股異香而不敢吃，而是明知道榴槤喊價高昂，自知口袋羞澀，吃不起榴槤而裝聾作啞，充當瞎子和嗅覺不靈的人。

耳頭耳尾曾聽人說，早些日子，一斤榴槤賣二塊八角錢，據說賣到長堤彼岸去，一斤要三四塊錢呢！試想想看，周身皮殼的榴槤，四小顆有幾斤重，值上多少錢？就算花上二十來塊錢，買它四小顆吧，那一家數口每人可嚐到幾瓣榴槤？因此，索性仿效阿Q先生，既然吃不夠爽，不如索性不吃！

想當年，我的老媽子在緬懷著三分錢能吃一碗麵，角半錢便能買一家人的菜肴的日子；此刻，莫理先生卻在緬懷二毛錢一斤榴槤，角一錢一杯咖啡烏的日子啦！現下一斤榴槤沒有兩塊也要塊八，一斤「甘旺魚」兩塊多錢，一杯咖啡烏二角半……。雖說每個人的入息都增加了，聽起來滿耳都是一千八百，五百六百的入息，可是，卻不如二十年前，月入三百多的經理先生，當年月入三百八十塊的經理先生，不但有房屋、有汽車，還可以金屋藏嬌地偷養個小老婆，現下入

---

[1]　「紗籠」：馬來文sarung，即是「馬來裙裝束」。

息千元的人兒，要養小老婆，恐怕還得寄在小老婆的娘家呢，以今比昔，真是望塵莫及了！

一路來，榴槤都被稱譽為「果王」，莫理先生認為現在該倒轉過來成為「王果」，因為唯有入息「王牌」的人才配吃它，才能吃個痛快，稱它為「王果」，真是誰曰不宜乎！

榴槤的身價果然今非昔比了也！昔日一斤榴槤賣兩毛錢，我們不但隨時可以蹲（蹲在路邊攤販前）而吃之，還不時有親朋戚友上門時手提三幾粒來當見面禮，現在榴槤身價百倍，貴為「王果」，雖然仍舊被人們用來當作禮物饋送予人，然而，再也不是張三李四送來的禮物，也不是隨便送給趙七、錢二的禮物了——那是被利用來送給權貴人物或頂頭上司的貴重禮物了！像莫理先生這樣小號的人物，今後恐怕只有典當「紗籠」，換榴槤去當禮物用來巴結權貴的份兒，也不會有張三李四手提榴槤送來給莫理先生品嚐的份兒了，因為榴槤不再是等閑果子，而是「王果」的啦！

1978年6月21日

說者無心

我們華人有一句話說：「說者無心，聽者有意」，這句話是相當有趣的！在我們的日常生活裏，經常會碰到這種尷尬的場面，特別是人們一般上都十分敏感，懷疑心很重，因此這類事情更是經常發生。

潮籍人士有一句俚語說：「青盲（瞎眼）忌白點」，意思是說：瞎眼的人，最不喜歡人家講到眼睛生白點這些話語！這句俚語，正好作為「說者無心，聽者有意」的詮釋。

為什麼「說者」既然「無心」，而「聽者」卻會「有意」呢？我想，華人的一句「做賊心虛」的成語，大約可以作為這個問題的答案。正因為如此，所以我們有時說話便會在無意中開罪了人而不知覺，也因為如此，所以相信大家都會感覺到在這年頭，連說話也是一件相當困難的事！

明朝的開國皇帝朱元璋：小時候當過小和尚，長大後又曾經幹上了強盜這門無本生意，因此，後來「飛黃騰達」到不成體統——當上了「天子」，自然不願意人家知道他當過小和尚和幹過打家劫舍這個行業的「醜史」。因此，一聽見人家提到「和尚」，「強盜」就老大不高興，而且還不只為此呢，連人家寫文章，作詩歌，若見有「光」字，「道」字等等，就以為人家是「兜個圈子」罵他。

據說當時有不少文人，寫文作詩時一不小心犯上朱頭頭的忌諱，甚至連寫文章歌頌他的「三索文人」，腦袋兒全斷送在朱頭頭這種「以小人之心度君子之腹」的毛病之上，真是豈有此理之極！

現在雖然沒有皇帝老兒了，可是像朱頭頭這種「心虛」症患者，器量特小的人物，卻也不少。

　　記得有一年，我中了一點萬字票，小孩子們立刻把家中的舊電視機賣給了同學（這些小鬼頭長大了，不當市場經理也未免太埋沒了他們的天分），然後逼我去買個新的電視機。當我到電器店中買成電視機時，一時興奮起來，竟然對那位老闆的千金作「畫蛇添足」式的談話，我還自以為很幽默呢！

　　我說，我家那個舊電視，孩子們說要賣，立刻被人買去——真是的。就好像有人的女兒嫁不出去，而有人的女兒又早早便被人娶去——當我洋洋自得地說到這裏時，忽然瞥見那位正在開發票的老闆的臉兒黑得像墨硯，自然知道談話撞了板。後來向人提起，才知道那位小姐，年過摽梅，而嫁杏無期，我正是犯了「說者無心」的罪過哩！

1978年1月23日

表裏不一

　　在這個光怪陸離的現實社會裏，人們普遍地有越來越注重外表的趨勢了，而且「表裏不一」，換言之，便是「表面是一套，裏面又是另一套」！

　　表面上非常神聖高尚的一些大人先生們，一旦開口說話，無論是在台上抑或台下，都是辭嚴而義正，大義凜然，如果單聽他們的談話而不去查究事實，的確會為之佩服到五體投地。可是要是有朝一日，你有個機會去拆穿他們的內在實質，那時，你不大罵王八羔子，徒呼上當，則莫理先生願意輸你一毛錢！原來大喊「支持」什麼的，其實就是什麼的破壞者；大喊「反對」什麼的，譬如說：「反對販毒」啦，「反對」黃色文化啦，其實他閣下實際上卻是販毒機構的幕後老闆，色情的幕後主持人！

　　一些看來仁慈可親，開口閉口愛心什麼的，仁義道德說盡的人，如果你相信他閣下就是那樣的人，有朝一日，吃盡了他的虧，看清楚了他的猙獰恐怖的真面目，才知道原來人心叵測，表裏不一，那時就只有徒喚奈何！

　　社會上也普遍的充滿了「先敬羅衣後敬人」的心理，而且更有甚者，還加多一種「先敬汽車」的心理；當人們要衡量您的時候，必先看看閣下的衣冠革履，是否光鮮名貴；要先看看閣下是否屬於「行有車」階級者，萬一閣下「安步當車」，則他閣下不「敬而遠之」才怪呢！萬一閣下幸而「行有車」，則他閣下還要看看是哪一年的什麼牌子的汽車，是否二○○，二四○，二八○，三五○⋯⋯。

　　可是，最有趣味的莫過於由於「表裏不一」的緣故，一個出入有冷房轎車，住在大洋樓，開口閉口「我三千五千也是這樣賺，哪裏稀

罕這三百五百」的人，事實上是個債台高築，負債累累的人。而有時一個身穿白布唐山衫，穿著一條舊川綢褲子，拖著一雙日本拖鞋，手提舊紙袋的人，他的紙袋中正帶著十萬八萬要上銀行，而家裏的鈔票還要用鹹菜甕來裝，樹膠園有一千幾百英畝……。

　　莫理先生是個窮措大，有一次有事相煩銀行經理，大清早便起來洗臉梳頭，換上一身鮮光衣履，這才敢去敲經理的門，戰戰兢兢，畢恭畢敬，輕聲問道：「May I come in?」可是，不一會，一位身穿背心短褲，腳上拖著拖鞋的仁兄，連門也不敲便直闖進來了，莫理先生心想，這個魯莽傢伙不「撞板」才怪，誰知事實適得其反！後來仔細一打聽，才知道是某樹膠山的大老闆！因為銀行經理最知道閣下的「數目字」，所以任你怎樣偽裝外表，他還是可以一眼望穿：「數目字」大的人，則赤膊露背，外加兩條毛腿，也是不礙事的！

　　可惜的是，世間的人，像銀行經理那樣能洞悉別人的「數目字」的畢竟不多，因此，裝一裝外表的，還是很多很多！

1978年9月15日

活受罪

　　人本來就是一種奇怪的動物，生活不但須受到天生的七情六慾的支配，還會受到人為的「觀念」的約束。有時候，我們便不知不覺會失去自己，迷失自己，強迫自己去遷就環境，遷就別人；也正因為如此，有時我們簡直是在「活受罪」。

　　相信許多人都不喜歡一本正經，正襟危坐，甚至嘴巴上還要說些不是出自心底的話。可是，在日常生活中，有時候由於我們正在扮演著某一種角色，於是，我們不但要衣冠楚楚，還要道貌岸然；然後一副正正經經，正襟危坐的樣子，有時還得作出側耳傾聽的模樣，時不時頷頷首表示同意，有時還要開開口附和別人，說幾句不屬於自己本意的話。我不知道許多在人生舞台上擅於扮演此等角色的大人先生們對這一類的事物有何感受，不過莫理先生本身，卻認為這是屬於「活受罪」的事物！

　　莫理先生不適合過衣履整齊，然後作道貌岸然，正襟危坐，一本正經模樣的生活。莫理先生喜歡自由自在，不拘形式；興之所至，可以海闊天空，高談闊論，所謂「酒逢知己千杯少」，正是這種生活；萬一遇到「話不投機」的人物，那可就要金口難開了！勉強自己去作本身不喜愛的事物，畢竟「活受罪」極了！

　　這些年來，許是由於人類文明物質生活高度的發展，我們的生活水準也提高了不少的緣故，到處都有「高級觀光酒店」焉，有「第一流」的「冷氣餐廳」焉；有「咖啡屋」焉。有不少人一旦要歡歡世界，就非進入冷氣「咖啡屋」不可；想到治療饑餓，就非進入「第一流」的「冷氣餐廳」不可。其實，在莫理先生看來，這些事物，也十分使人「活受罪」！可不是嗎？在這些場合之中，雖然有不少風度翩

翩,彎腰曲背的僕歐和衛特力斯,個個臉上堆滿笑容,作殷勤招待狀,實際上卻全是虛偽造作,絲毫「人情味」與「親切感」都沒有。更加不妙的,是在這些場所,喝不到「咖啡烏厚厚」,也吃不到家鄉小菜,而價錢卻昂貴到要連賣幾百杯涼茶才能應付一餐。莫理先生原本最喜歡吃「潮州糜」,喜歡那三兩味佐膳的「潮州小菜」,可是,曾經幾度陪朋友出進那些「高級」場所,吃過幾餐「啥啥粥」,那幾味家鄉小菜完全沒有「潮州佬」的火候不算,價錢卻昂貴得可以讓莫理先生自個兒去吃幾十次「豬血一碟,鹹菜一碟,番薯糜兩碗」,真是不值得之至,可是,偏偏有人卻好此道,樂此不疲,也認為奇哉怪也!

閣下一定吃過西餐吧?有些人便愛此道,認為一吃西餐,便可身價百倍,一躍而成為「上流人」。其實,這也是屬於「活受罪」的事物之一。西餐吃起來,實在全不是味道,試想想看:先把一碗煮得漿糊似的湯水喝下去之後,才送上冷冰的魚或肉,已全然沒有味道了,何況那肉是薄薄的幾片。魚或雞肉,又煎得又硬又焦,那裏引得起食慾,又如何能夠充饑?吃過之後,又要喝杯熱茶或熱咖啡,另外再來一杯冰冷的冰淇淋,乍熱乍寒,不叫肚子吃出毛病才怪呢!最糟糕的還是吃西餐時要動刀又動叉,不能叮叮作響,又不能吃得嗤嗤有聲,完全不是味道,不是「活受罪」是什麼?

可是,許多人卻好此道,因此樂此不疲。聽說市內有一家「高級餐廳」,上菜時僕歐或衛特力斯還得屈膝作跪地狀,然後才把菜餚送到台面,友人戲稱之為去吃一餐,簡直是「做皇帝」。但莫理看來,這不是「活受罪」又是什麼?單看那些虛偽造作的繁文縟節,已令閣下大大倒胃了,還有什麼飲食樂趣可言哉?

莫理先生有一回和三五位朋友,在茨廠街上,見一檔吃一檔,一會兒吃吃薄餅,一會兒吃吃九層糕,一會兒吃吃豬肝腰子,大家站在檔子邊,想吃什麼就吃什麼,吃時還要呼三喝四,以表示心中的興

奮，大家吃得十分開懷，一點約束也沒有，多麼有趣，多麼開胃！

　　人，畢竟是崇尚自由的，不喜歡受人約束，「活受罪」的事兒，相信誰人也不喜歡！要不是這樣的話，畫家高更，也不會老遠跑到大溪地去與土人相處，終老他鄉；畢加索也不會到了古稀之齡，專畫兒童畫，為的便是要獲得純真，逍遙自在，不願意被「文明」的教條所束縛焉！

1980年9月27日

發薪日

對受薪階級來說：「發薪日」是個令人興奮的日子。工作了一個月，到了這一天，可以從會計部領取一小疊鈔票，作為工作的代價；然後憑這一筆錢，可以付還房租，可以購買米糧，可以交給太太作為伙食的開銷，可以讓孩子們繳付校車費和學雜費；上個月向老張挪借了伍拾元，也可以付清；此外，自然還有幾張是屬於自給的零用，至少可以鬆動十天八天。

因此，受薪階級都在盼望著這一天的到來：尤其是到了發薪前幾天，不善支配用度的，口袋早已艱澀，在那「青黃不接」的幾日裏，連喝一杯咖啡烏，買一包香煙，買幾塊錢萬字票都得「三思而後行」，多麼辛苦。現在，總算挨到了「發薪日」，口袋裏有「麥克麥克」的感覺了，心情自然為之而有輕鬆感！

領過了薪水在外工作的人兒，晚餐時可以多叫一兩味小菜，開開葷，打打牙祭了！能夠喝兩杯的，還會叫夥計開一枝大黑狗，然後三杯通大道，雖不一定一醉解千愁，至少可以有片刻的迷糊，所謂「醉眼看人生」，在迷迷糊糊之中，有什麼愁，有什麼煩惱，都可以暫且丟在一邊！在半醉半醒的境界裏，說不定也會覺得人生是有意義的，有樂趣的；說不定也感到自己並不見得太不如人，於是，也有一種飄飄然的滿足感……。

有家可歸的人兒，自然會想到回家的時候，順道為子女的晚餐加點菜餚，買一包叉燒，或斬三塊錢滷鴨，回到家裏，見著妻子兒女，也有點與昔日不同的感覺，至少，可以呼大喊小的，來，爸分鈔票給你們！來，這是伙食錢，另外有二十塊錢，可以去買布料，做一條新衣裳……。

　　說不定大孩子會趁機提起要買一雙球鞋，女兒會說下個月要參加同學的生日茶會，要做一條裙子，小兒子會要爸爸買一架電動火車，太太會說隔壁人家趙太太剛買一個電子砂鍋，很好用咧；說不定自己也會提議去看一場電影，或者到購物中心去逛……。

　　總之，「發薪日」是受薪階級所期望的日子。「發薪日」，為受薪階級帶來了片刻的滿足感，半天的興奮。

　　可是，時至今日，在文明物質生活登上了巔峰的時代，在通貨膨脹的陰影籠罩之下，「發薪日」有時給人們帶來的，反而是幾分憂傷，幾份煩惱，還有無限的感慨！

　　早些年頭，物質的誘惑畢竟不大，那年代，沒有花園住宅，沒有購物中心，沒有電子設備，大家的欲望不大，要求不高，因此，做一份工，領一份薪水，的確能夠供一家飽暖，也容易達到安居樂業的地步！時下可就不同了：大家都爭著買屋子，住到花園住宅區去了；然後，大家也要生活電子化，口袋裏有幾分錢的時候，又要逛購物中心，要坐咖啡廳，要進冷氣餐廳吃一頓去了。這麼一來，受薪階級之中，有幾個人可以做到打一份工，領一份薪水，扣除生活開銷之外，還略有盈餘的呢？反而是入不敷出，寅吃卯糧的居多了，這麼一來，發薪日是否能給人人帶來片刻的滿足感和半天的興奮，可就很成問題了！

　　照樣是從會計部領得了一小疊鈔票，左算算，右算算，算來算去，老是那麼的幾張。就憑那麼的一小疊鈔票，又哪裏夠分配呢？要付還供屋子的錢，要付還早已標用過的死會錢，雜貨店的一筆陳年賬，看樣子是不讓再拖欠下去了，然後，老大的補習費，老二要做新制服，女兒要付鋼琴學費，小舅子的黃道吉日轉眼間便要到了，不送份厚禮行嗎？……就憑著那麼一份薪水，那麼的幾張鈔票，就能應付得來嗎？

　　更何況，有些慣於「寅吃卯糧」的不是透支，便是挪借；「發薪日」，縱使沒有「大耳窿」上門討債，也必定有會頭上門鳩收會錢，雜貨店老闆上門收舊帳……。

　　「發薪日」，又怎不為受薪者帶來幾分憂傷，幾分煩惱，還有無限的感慨……。

　　「發薪日」，剛剛領到了薪水的「發薪日」，有人已經在盼望著下一個「發薪日」了……。

1980年10月4日

小貪

　　莫理先生有一回到一家華文小學去拜訪老友記焉，在其辦公室裏與朋友們聊聊時，忽然聽見一位女教師驚叫起來焉，莫理先生還以為她看見了大老鼠，趕快停下話頭，聽她談話，才知道原來她是該校的衛生股主任，學校中急救箱中的藥品向來是交由她掌管焉，前一日校方才交給她「笨那鹿」[1]藥片若干粒，藥膏布若干卷、並有剪刀紗布等物，由她置入藥箱之中，隔了一個下午和一個晚上，居然都不翼而飛了焉，如此就引起她的芳容失色而致叫起來；掌管藥品的女教師談完話，又聽見旁邊另外一位年輕的女教師長歎了一聲，曰：「現今的人，真是太過小貪了焉，連幾粒藥丸，幾卷藥膏布等物，都有人要偷拿焉，真是太說不過去了焉！」

　　這位年輕女老師的話語，實在令莫理先生聽了大讚「英雄所見略同」焉！因為她說得實在不錯，現下的人們，普遍地有一些「小貪」心理；小至幾卷藥膏布，幾十粒藥丸，都有人會看上眼，真是把這種「小貪」的心理表露無遺哩！在人性之中，原本就有「貪婪」的特質，只是人們受了教育的洗禮，有了「道德觀」之後，明白是非，懂得分辨事理，知道如何取捨，因此，才把貪婪的本性給壓抑了下去。可是，最近一些時日以來，人們的「貪婪」心理似乎又逐漸被誘發起來，而有些蔓延起來的趨勢，難怪乎有人要嗟歎「世風日下，人心不古」了焉！

　　「小貪」心理的發展，實在是相當的普遍；許許多多的人，經常會有一種「只要有得拿，一定不放過」的心理！因此，連公廁裏的衛

---

[1]　「笨那鹿」：即是英文的Panadol。

生紙，大家都會大拿特拿，大用特用；高級酒店裏，小至一兩塊肥皂，三幾條毛巾，面巾，大至昂貴的器具和裝飾品，都會有人將之「順手牽羊」，放進自己的行李箱中帶回家去，搞到家家的酒店，一定要在每一間客房中置放「住客須知」的告示牌，上面寫著：「住客如果對本酒店房內任何物品發生興趣，有意帶回去充作紀念品，可與本酒店經理部洽談。否則如有不告而取者，當作為偷竊論。」然後還開列一張清單，寫明：「浴巾若干元，煙灰碟若干元，小壺若干元」，真是洋洋大觀；百貨商店，購物中心之內，必然會在醒目之處貼上一張「告示」，上書：「偷竊是犯法的，當交予警方處理！」根據報章的報導，幾乎每一家購物中心，不時都會遇到這些「宵小」的「光顧」，而且充當「宵小」的，不是偷雞盜狗之輩，其中不乏衣冠楚楚的紳士，和出生良好的名門閨秀，可是，他們及她們，卻連一雙絲襪，兩條頭巾也感到興趣；這不是「小貪」心理作祟是什麼？

「小貪」心理的普遍蔓延，其中有一個因素固然是本性使然，心理學家指出：人性之中，本來便有「貪婪」這個因素。不過由於幼承庭訓，再加上飽受教育的熏陶，這種「貪婪」的本性，原該受到壓制而漸漸銳減才對，可是反觀時下社會之中，人們這種「小貪」心理，卻有些「方興未艾」，究竟又是什麼道理焉！

依莫理先生看來，這種現象，正顯示出人們的觀念正在劇烈改變之中。所謂怎樣的社會，會產生怎樣的現象，正是這個道理。時下的社會，許多安分守己的人，經常會被人視作「愚蠢」，誠實不欺的人，被人當作「老實無用」；某一些敢去鋌而走險的人，反而會有飛黃騰達的機會，還有一些「小貪」之輩，什麼都要取，什麼都不放過，占盡了便宜，而且更妙的是不分地位，不論尊卑，都有人在表現其「小貪」特質，這麼一來，大家見風跟風，有樣學樣，無怪乎「你貪我也貪、你拿我也拿」，一時之間，蔚為風氣，真是令有心之士頹然歎息之外，別無他途矣！

時代的不同，人們的觀念也跟著改變，時下許多人，不但在「小貪」一事上表露出人類劣根性的被誘發，就是在其他事物之上，也表現出人們的道德已有淪亡的趨勢。像人們已不再重視仁義道德，只是一味追求私己的私利，而且見利忘義，過橋抽板；不顧廉恥，只求達到私欲；而大庭廣眾之前，可以談淫論穢而其色不慚，以低級色情的事物引以為樂及榮幸，都把人類道德淪亡的事表露無遺了！真是「夫須何言」哉！

1980年8月30日

父欠子債

　　中國著名的漫畫家豐子愷先生有一幅漫畫，寫的是一位父親，背著書包，送兒子去上學，兒子走在前面，父親緊緊跟在後面。這幅漫畫，相信看過的人，都會留下深刻的印象的。特別是那些當了人家「老豆」的「父親大人」，更能體會個中滋味！

　　潮州人責罵子女，常常說本身是「前生欠了子女的債」，中國人也有一句俗語說：「一生兒女債」。事實上，說穿了，做人父母，的確是欠了子女的債！

　　「養兒當知父母恩」，這句話也只有當了人家的老父老母的人才能體會。要不然可能在挨了老豆一巴掌之後，還會想「你老頭子對我有什麼恩？當年天曉得你是在什麼情形下生下我？二十年養育，衣食住行，外加教育費，醫療費，這條數是可以計算出來的呀！」

　　可是，有朝一日，本身當上了人家的老豆，才知道事實完全不是這樣。姑不論當年是在何種情形之下把兒女生下來，可是從他們出生之後，你就與他們訂下「終身契約」了！兒女年幼，你擔心他們長不大，長大了不夠聰明用功；生了病，你也提心吊膽，害怕他會突然夭折；又擔心他書念不好，怕他考不上；考上了，你還得為他的教育費憂愁；為子女的交友不慎擔心；為子女的行為不良煩惱，為子女的戀愛和婚姻生氣和鬥氣；好不容易等到他長大成人，成家立業了，你和他的「契約」還是未曾解除，因為他的婚姻可能觸礁，子女可能不健康，事業可能不順利……總而言之，一直要到閣下翹了辮子，兩腿伸直，讓你的子女哭哭啼啼（天曉得是真情還是假意），跟在那羅厘車後，把你送上了義山，那時候，閣下才正式「入土為安」，跟他解除了「契約」！

世間為人父母者，除了一小部份極其不負責任的之外，大致上都與莫理先生上面所說的相去不遠，可是，閣下可曾聽過有人在說：「某啥人的父親真好啊！」「某啥人對他的子女真好啊！」

可是，要是社會上有那麼幾個做子女的，只要做到反哺，和顏悅色等幾個地步，就幾乎全天下的人都在讚美他們，說他們真是孝順了！

如果閣下還不相信，那麼莫理先生可以再舉一兩個真實的例子！要是有一個有汽車的兒子，每天清早載送父親到草地上去作晨運，或者一個禮拜之中有一天去茶樓吃吃大包，或者三五天便載送父母去看看大戲，那麼，全個城市見到的人幾乎沒有一個不會同聲稱讚說：「你看，某人的兒子多好，天天載他的父親去打太極！」其實，在兒子的大半生中，他老豆陪他去晨運，吃大包，看戲的次數，何只千百次？何況，除了晨運，吃大包，看戲等等之外，還給了很多很多呢！

1987年9月2日

一生兒女債

　　不久以前，新加坡有一位「英雄好漢」，因犯下械劫之罪而被判死刑，正法之日，老母前去收屍，老淚縱流的時候，被記者先生拍了照而見了報，莫理先生看了這幅照片，真要為之灑下幾滴心酸淚；誰知天下事，經常無獨有偶，我國其實也有兩位「英雄好漢」，犯了搶劫罪而控上法庭，判罪之日，其中一位「好漢」的年老父母，在那公堂之外老淚縱流，也被拍了照而見了報，真是令到天下父母心，為之而心酸難過哩！

　　莫理先生也是人家的兒子，兼是人家的老父，見了這兩張令人心酸的照片，豈能無動於衷哉！人類既然屬於萬物中的一種生物，自然也有保命與傳種的「使命」；在「人生我，我生人」的情況下，大家都是「人家的兒女」，也兼為「兒女的父母」。咱們華人有句俗語說：「一生兒女債，半世老婆奴」。對於「半世老婆奴」這一句話，莫理先生尚且無法苟同，可是對於「一生兒女債」這句話，卻是深深地表示贊同！

　　任何一個人，若是還沒有機會成為兒女們的父母，則一定無法想像得出父母的恩情究竟有多少深淺！俗語說：「養兒當知父母恩」，確確實實是有道理哉！莫理先生少不更事的時候，曾經跟家父莫管先生嘔氣焉，莫理先生在憤怒之下，心裏不禁想道：「老頭子，你也不過把我生下，養大而已！養了多少年，消耗了多少米糧，花了多少錢的教育費，這條數是可以算得出來的，最多也不過花十數千元罷了，大不了將來我把錢還你算了！」嗚呼，為人子女而心生此念，實實在在是不如禽獸焉，可是，那年代，莫理先生畢竟少不更事，未嘗為人之父，因此，只想到父母生我養我，不過花了多少牛奶粉，多少米

糧，而從未想到父母為我們而花盡心血，傷盡腦筋，給予我們無限的慈愛與關心。事實上，為人父母，確確實實是欠了子女的債焉；自從子女呱呱墜地之後，便與子女欠下了「生死契」，從那一日開始，一直到了自己蓋上雙眼（天曉得蓋上或蓋不上！）伸直雙腿，然後才能夠解除這「契約」焉！宗教家們認為人們死亡之後，尚有靈魂焉，尚能知道陽間的事物焉，如果真是如此的話，那麼，為人父母，仍舊無法對子女放下心焉！莫理先生自知欠下父母的恩情甚重，因此，一直希望父母自從死去之後，便是一無所知，否則，死後還要為莫理先生縣昆仲，眾金蘭們提心吊膽，那不是更加不得安寧乎？

為人父母者，在子女生下之後，便一直要為子女操心焉！子女稚齡之時，要因他們的健康，頑皮等等事情傷腦勞神焉；稍為長大之後，要為他們的升學讀書傷腦勞神焉；成長之後，要為他們的戀愛，婚姻，家庭與事業傷腦勞神焉……。子女自幼到大，自年輕到年老，每一個時期有每個時期的問題，每一個時期有每一個時期的煩惱；為人父母者，只要一息尚存，能知能想，則豈有不為子女們傷腦勞神的焉！兒子跌摩多車焉，女兒交上損友焉，兒子事業不順利焉，女兒遇人不淑焉……有哪一件事，是為人父母者能夠知道而無動於衷？這種愛心，這種恩情，又豈是兒女們個個所能明白領悟的焉？

經常聽到人們在閑談之中說：「現在養育子女沒有用焉，子女們很少有人會孝順父母的焉！」這種論調，事實上也並不是偏激之論！放眼縱觀，社會之中，有為子女鞠躬盡瘁的父母，而鮮有為父母作出犧牲的焉！為人父母者，胼手胝足，培育子女成材，可是，子女一旦成材之後，他們要買車焉，要供屋焉，要交女朋友焉，要結婚焉，要生活享受焉……有幾個會把「報答父母」列為大前提的事焉？在街頭巷尾，年老的男女，為孫兒孫女撐傘提鞋，接送上學回家的，比比皆是；在藥房與醫院的候診室中，卻也經常可以看見年老而患病的老年人，在無人照拂的情況之下，獨自摸上醫院與藥房求醫治的，他們豈

是個個沒有子女乎？為何不見子女陪送他們前來求醫看病焉？由此觀之，為人父母者，還不是「一生兒女債」乎？

　　子女成龍也好，子女成鳳也好，子女成蟲或成為一條四腳蛇也好，天下的父母親們，總有為子女們操心傷腦的時候！就像報章上刊登出來的兩對犯罪的白髮父母一樣，連子女犯下滔天大罪，要銀鐺入獄或被正法之後，還要在那公堂之外，刑場之外老淚縱橫，此情此景，豈能不令為人父母者見之心酸，為人灑淚焉？

　　「一生兒女債」，真是天下父母的寫照焉！

1979年11月16日

話說「養兒防老」和「積穀防饑」

　　咱們華人有一個古已有之的明訓，那便是：「積穀防饑」和「養兒防老」。這兩句話，原本是顛仆不破的道理，因為：「花無百日紅，人無千日好」，要是我們不趁年輕時代好好地「積」下一些「穀子」，一朝年紀大，或者由於疾病，不能再幹活時，何以所依賴呢？因此，古之聖賢便教誨我們得「積穀防饑」。至於「養兒防老」，道理也一般無二，在兒女們幼年時代，父母得養之育之，等待子女們長大成人，父母已垂垂老矣，不能再幹活了，自然就要仰賴子女提供生活了矣。何況華人觀念「孝道」為做人的最大德行，俗語說：「萬惡淫為首，百善孝為先」，講的便是孝道的重要。

　　無論古今中外，有許許多多的實例，成百上千的寓言與故事，都是環繞上述兩句話而生。西洋寓言中有一則：「螞蟻與螳螂」的故事，說是在夏天時分，螞蟻為了儲藏米糧而在忙個不停，而好玩的螳螂先生則在優遊嬉戲，舞者兩把大關刀，威風之至，因此，螞蟻先生便勸告他不能再有遊手好閑，不務正業，應該趁著風和日麗的大好時辰忙著幹活，才能多收藏一些糧食，在嚴冬來臨之時，才能溫飽無缺，挨過那白雪皚皚而且荒涼的冬天，可惜螞蟻先生言之諄諄，但是螳螂先生卻視若耳邊風，不聞不問，仍舊過著他那優閑的生活，故事的結局，自然是冬神來了，螞蟻躲進窩中過其溫飽的生活，而螳螂先生則既饑而寒，凍死在冷雪之中，這個寓言，幾乎連文學課本都不忘收入，因此簡直是人人都是耳熟能詳的，它講的，正是「積穀防饑」的大道理。

　　說到「養兒防老」的道理，莫理先生早在五六十年前，正在小學唸其「手拍手，拍拍手」的年代，便唸過一課書，莫理先生生來博聞

強記，還能整本書背誦出來，課文如是曰：「小鴉小，不能飛，老鴉銜了小蟲，給小鴉吃」，「老鴉老，不能飛，小鴉銜了小蟲，給老鴉吃」！還記得當時老師教到這一課時，尚且不忘額外加料，告訴我們：做子女的，要懂得「孝順」父母，現在我們年紀小，不能幹活，父母親不辭勞苦，為我們提供衣食住宿以及教育培養我們，他日父母親年紀老邁，我們得「孝順」父母，得盡「反哺」之義，好好奉養父母。除此之外，在什麼《孝經》，什麼《論語》，什麼「廿四孝」等等古書之中，也一再講到「孝道」，總而言之，聖賢們都教導我們，年輕的時代，要生男育女，然後教之育之，這樣，老來才不至於生活無著。

雖然，「積穀防饑」和「養兒防老」有著「顛仆不破」的道理，可是，隨著時代的進步，社會制度的變遷，人們觀念的改變，這兩回事也已不再屬於「顛仆不破」的大道理。首先是「積穀」不一定能防止饑餓，跟著，「養兒」也不一定能「防老」了！

時局的變幻，世事的變化，都不是常人所能預測的了。許許多多明瞭「積穀防饑」的人們，為了「防饑」，拼命的「積穀」，而且還在「積穀」之外，還「積」下房屋地產，開了商行店鋪，不但使自己在年老之時，可免於「饑餓」，甚至連子子孫孫，也可以免於「饑餓」；可是，卻由於時勢的變化太大，一夜之間失去所有的財產，變得流離失所，成了赤貧之人，這麼一來，怎不令人對「積穀防饑」發生了懷疑哉？

再說到「養兒防老」一事，更是難以指望了。遠的姑且不必說，單看近人近事，便不難明瞭，「養兒」是否真的能夠「防老」了！時下許多做父母的，千辛萬苦把子女養育成人，還儉衣省食地送他們放洋國外去深造，指望子女能早日長大成人，出人頭地，則兩老也可以享享清福，度過一個安安樂樂的晚年。可是，有誰知道，時下許多年輕人，學的是洋教育，滿腦子都是洋思想，一旦學成歸來，果真是出

人頭地，你道他們便會大盡孝道，好好善待對他們有過生養之恩的父母嗎？莫理先生有位文人老友，生前節衣省食，送其獨生子遠渡重洋去深造，一心指望其早日出人頭地，他兩老也可以過著含飴弄孫的寫意晚年。當他的兒子學成歸來時，也正是他告老榮休之日。兒子既然學成歸來，有了收入不菲的職業，成了家，立了室，自然與兒媳住在一起，當起「老太爺」來了。誰知道他的寶貝兒子和媳婦，居然不耐煩起來，幾個月之後，兒子竟然對他說：「爸爸，你有你的家庭，我有我的家庭，你這樣不做事，住在我的家中，總不是長遠之計吧！」老頭子聞言，老淚立刻直湧而出，還好老頭子堅忍成性，總算沒有當場被氣死，第二天立刻東托人，西托人地找事做。後來，總算在一家報社中當「兼職」編輯，老夫妻搬出了兒子的公館，租房而住，三餐自行炊煮，後來，老頭子幹到「死於任內」，沒有再去吃過兒子媳婦一餐米飯。這個事實，聽起來做父親的真是硬骨頭，有志氣，可是，在佩服別人之餘，卻也不免因前車之鑒而心中暗自發毛，心想：什麼時候兒子也要對自己說：「爸爸，你老是不做工，住在我的家中，總不是個長遠之計吧！」

「積穀防饑」和「養兒防老」這兩件事，現已經令人懷疑它們的正確性了？

1980年3月23日

「自私」，人類的劣根性

一個「懶洋洋的下午」，莫理老先生在一家咖啡店裏，叫了一杯「咖啡烏厚」，歎其世界。誰知道這份閑情逸致卻被鄰座一位年輕的「咖啡店議士」正在聲色俱屬地對著另外兩位同伴大發偉論而受到干擾：

「說起來，我們華族同胞最該打！因為我們的人最自私！」

這位咖啡店議士的偉論，雖不算得上是「危言」，可是卻十分「聳聽」，莫老先生遂細心聆聽他的偉論！

「我可以跟你們任何人打賭，」那位年輕的咖啡店議士引起了人們聆聽的「動機」之後，繼續發言道：「我們各駕一架摩多單車，沿著大街，然後一家一家去借電話打，我敢和你們打賭，凡是華人的店鋪和住家一概借不到──不是說電話機壞，則是理由，反正不借就是不借，反而是外族同胞的電話可以借得到！」

接著，年輕人又述說了他的一個親身經歷：有一天夜裏，他因有急事，便到同村的某一家熟人那兒去借電話，那家的主人推說電話壞了；後來，他在另外一家外族人士那兒借到了電話，打完後，再撥一個號碼，到方才不肯借他電話的那家去，還是那家主人親自接電話，他責問他為何騙他電話機壞了，還狠狠地把那人訓了一頓。

年輕的「咖啡店議士」結束了他的親身經歷故事，做出了一個結論，他說：「我們華人，是最自私不過的民族，假如我們不革除這種劣根性的話，我們會有苦頭吃的！」

莫理先生聽完他老哥的偉論，雖然心中不會一百巴仙地贊同他的「結論」，可是，也同意了「自私，是人類的劣根性」的事實，而且也相當同意：華族同胞，在許多地方都會表現出「自私」的劣根性！

　　雖然，借人電話，可能會引起一些不方便，可是，在各地借打電話，倒是幾乎有到處碰壁的現象——不肯把電話借予人方便的，確是華族同胞居多，而且都以種種藉口來作推搪，或者給人難看的臉色！其實，有人前來借電話，大可來個「先小人後君子」，言明電話費高昂，除非付出加倍的電話費，以及不能借用太久等等，大可不必給人壞臉色，或用種種藉口推搪！

　　除了從「借電話」可以看出華族同胞「自私」之外，在其他方面，也有「自私」的表現！

　　譬如說：人們普遍地有著一種「自掃門前雪，不管他人瓦上霜」，及「隔岸觀火」的心理，也正是「自私」劣根性的表現。

　　二十多年前，在麻坡有一位踏腳車上學的中學生，在上學途中被軍車撞倒，其同學慌忙地到肇禍地點附近的一位華裔西醫的府上去搖電鈴求助，那位西醫先生竟然有「見死不救」的精神，口中說了幾百個「堂而皇之」的理由，然後像童謠中的「不開不開不能開」那樣，死命也不肯開門讓傷者入屋，也不肯移其玉步出來施救，後來那位受傷的高中生，由於時間的拖延，失血過多而逝世了！雖事隔二十多年，可是，莫理先生印象尤深，相信該地的居民，能詳其事者，至今也一定不會忘懷！誰知道世間的事常常有偶無獨，五六年前，馬六甲古城有一位工友，在工作時從屋頂上翻跌了下來，剛好有一位華族西醫先生開車路過，路人攔車求助，那位華族西醫先生，居然不肯「路見傷者，拔聽診器相助」，也提出種種堂而皇之的大道理，說是先要報案，送院等等，這樣下車急救是「不合手續」等等，後來傷者好像也因失救而進了「枉死城」，就不知道那位「深明法律」與「手續」的西醫先生心中作何感想哉？

　　在華族社會中，隔岸觀火，見死不救等等的偉大「表現」，真是不勝枚舉；而其中以商場上以及知識分子群中更是屢見不鮮，此外，那種「路見不平，拔刀相助」以及「見義勇為」的偉大仁風義舉，在

華族同胞中，也是越來越少見到，相信人們這種「自私」的心理若是不會加以革除的話，再過若干年後，上述精神將成為歷史性的詞語了焉！

在我國Ａ級都市之中，有時帶一家大小或陪三五老友去吃頓便飯，雖然只是在街邊的「露天」飯檔，若是不會事先講明價錢，哼哼，付賬之時，一問價錢，閣下的臉孔一定會比看到僵屍復活時更為恐怖！因為在路邊吃一頓便飯，價錢可能十分驚人！在吉隆坡以及新山乘搭德士車，也經常會遇到這種現象。有時老天爺不過下了幾滴甘霖，德士佬便趁機加價了焉，在街邊攔了部德士，等到閣下坐進了車廂，德士佬便會厲聲正色地告訴你：「到ＸＸ處嗎？Ｘ元！」有時遇到市中有啥啥遊戲節目，路人稍為多了一些，他們也會以「塞車」為理由，要提高車資焉！前幾天適逢華人春節大節日，一些德士佬更是「不加價都幾難」哉，而且還厲聲正色對待顧客，好像顧客個個都是欠他老哥的債似的！像這種情形，莫理先生年老力衰，除了下車之外，只好照數付給如儀，如果莫理先生是重量級摔角明星，必定也厲聲正色地對這類老兄怒吼道：「閣下何不乾脆去打槍更妙！」

讀者諸君，請莫怪莫老頭子下筆時有幾分火氣，事實上，大家都會有過相同的遭遇，心中也有著相同的感想，只不過大家不說出罷了！如果我們愛我們的同胞，也希望我民族有輝煌前途的話，是不是應該提將出來，大家檢討檢討，有則改之，無則加勉！幸甚，幸甚。

1979年12月30日

我要講華語

　　話說那一日，莫理先生到首都吉隆坡去，趁便到聯邦酒店的會議廳去聆聽「推廣使用華語」的演講大會，語言學家黃汀湘先生在演講中曾經舉出一個生活中的實例，他大意如是說：「推廣使用華語的另外一個障礙，便是人們擔心別人不會講華語，聽不懂華語！」他說：「譬如我們參加宴會，一席人從頭到尾都用華語交談，講得好好的，其中一人忽然回轉過頭來，用粵語向夥計說：『攞支牙簽嚟』便是在這種擔心別人聽不懂的心理下產生的現象。」黃汀湘先生還提起他的一位朋友，莫理先生由於年事已高，聽不清楚他們這位貴友的尊姓大名，不然一定要寫在拙文中，以示表揚！黃先生說他這位朋友是個使用「華語」的實行家，因為他無論在那一個場合裏都講華語，不管人家聽懂聽不懂，特別是某些以講外語為榮的商業場合，他更要使用華語，還說：「我才不管他聽懂聽不懂，反正他們要賺我們的錢，一定要設法聽懂！」

　　莫理先生聽到這裏，忍不住用力猛拍大腿，暗自叫好！當時就不知道黃汀湘先生這位貴友是不是在會場，否則莫理先生真想跑上前去吻他一下，然後翹起拇指大讚：「老兄，您真是要得，要得喎！」

　　黃汀湘先生所論甚為正確：在我們的社會中，就有不少二毛子，以「我不懂得講華語」為榮事，這些人通常由於自幼受外文教育，因此不認得方塊字，不懂得講華語，然後這些人「有幸」（他們心目中的想法）而受雇於一些「洋大人」的商業機關或商家，諸如大酒店啦、大餐廳啦、以及一些商業機構，雖然他們本身是「黃皮膚的華裔」，在工作上也經常需要接觸到華裔同胞，其中又有大部份是「使用華語」的，按理說，他們是有必要學習華文華語，以應付工作上

所需，可是，他們就由於「二毛子」思想作祟，以「我不懂得講華語」為榮，硬是不肯學，不肯講，真是莫名其妙的妙！

這些仁兄仁姐，遇到不會講英語的華裔同胞，便會擺出一副偉哉大哉的鬼樣子，歪著頭，尖著嘴用英文說：「你能不能講英語？我不懂得華語！」就好像懂得講幾句英吉利斯就像英女皇封了他一個「蛇」（爵士）似的。記得有一回，莫理先生剛好住在一家大酒店焉，有一批不懂得講英語的朋友來訪焉，在櫃台上與那位「二毛子」經理講了半天，弄得不清不楚，最後「二毛子」經理大約只弄懂是與莫理先生有關的人，打電話到房裏焉，居然說：「哎呀，密士得莫，這些人講曼德玲，我聽不懂，你趕快下來！」打電話上來原本沒有問題，問題就出在他那種以不懂華語而沾沾自喜，而在看不起只會講華語的顧客那種態度與語氣上，可不是嗎？閣下的老闆請閣下來接待顧客，顧客只會講華語，閣下應付不來，還要怪人家不講英語乎！若是來了一個講「亞里卡多」的日本顧客，不懂講英語滿口「亞里卡多」，二毛子經理恐怕一點兒都不敢怠慢，一定弄懂了為止！這種輕視本身母語，富有「奴性」的二毛子與事實到處可以見到，真是要令人為之擲筆大歎三聲：「奴才相！」焉。

還有一些檔販和夥計——特別是在怡保和吉隆坡的，明明懂得講華語，就硬是不講：原因倒不是由於「二毛子」思想作祟，而是由於以為講廣東話可以嚇唬那些不懂得講廣東話的「山芭佬」焉，趁機可以多敲幾塊錢！早年莫理先生曾經到怡保去，到飯檔上去叫飯吃，檔販就是不跟莫理先生講華語，也不講福建話，更不講潮州話，莫理先生當年十足是個土包子，拿他沒辦法，只好用自編廣東話亂指亂講隨便點了幾樣菜；那傢伙聽了，居然用潮州話對火頭軍交代道：「芥蘭二塊，炒魚片二塊，鹹菜豆腐湯」，真是把莫理先生氣得發昏！這種情形，在首都吉隆坡也是經常遇到的，這些「吉隆坡佬」，一方面自以為講廣東話為體面事，一方面也可以嚇唬一下外地客，等下在結帳

時也以裝裝糊塗，假借聽不懂華語而來個渾水摸魚，真是叫人心中大罵「他媽的」不已！

那天聽完了劉偉專家演講，走出會場，莫理先生心中暗道：「我要講華語！」剛好是午後時間，正是用午膳的時辰，便步入「金河廣場」焉，上了頂層的「小食中心」去，就被一個賣「釀豆腐」的小當家迎了進去。莫理先生用華語問他有什麼賣的，他閣下便硬是不講華語，用廣東話來回答，莫理先生見他十七八歲，一副學生哥的模樣，硬是不講華語，氣上頭來，便和氣地責問他道：「你沒有念過華文嗎？幹麼不講華語？你不會閱報嗎？不知道華人社會正在如火如荼地推廣講華語運動嗎？」那小當家給莫理先生這麼一說，臉上是沒有紅，不過倒是立刻改口說起華語來了！此事是千真萬確，那位「學生哥」模樣的「小當家」若是《華商報》讀者，看到本文，心中自然有數！喂，「學生哥」，莫理先生請你喝涼茶，味道雖然苦澀，可是卻能降肝火，健脾胃，真正「對你有益」哉！

1980年8月26日

「我不會講華語」！

　　記得當莫理先生年輕的時候，有時「驛馬星動」，南下新加坡遊玩，或者北上吉隆坡、怡保等地訪友探親，就往往吃盡了「方言」的大虧。原因是在當時，新加坡的社會流行著講廣東話，而芙蓉、吉隆坡、怡保等地，也都是「廣東話世界」；莫理先生一介土老頭，除了能操本身的家鄉話之外，就只會講華語而已。因此，一旦身處異鄉，便變成了「開口啞巴」，無論是乘搭巴士、德士車，抑或上小館子叫幾樣便菜，不會講廣東話，也聽不懂廣東話，往往大擺烏龍，當其時也，這些地方的人士，卻以講廣東話為榮，縱使他們懂得講其他方言，也不肯為您「提供」那種利便，硬硬要講廣東話，真把莫理先生弄得異常不「利便」，實在是辛苦之至！

　　近十多年來，莫理先生雖仍然不懂得講廣東話，可是，南下北上，可就不再遇到這種方言上的不便與痛苦了，原來由於母語教育的普及，許多人都能聽能講華語了，於是，無論是查問地點，乘搭車輛，或者吃飯叫菜等等，「講華語」都能「通行無阻」，真是利便之極，這些，都是華人講華語的好處哩！

　　莫理先生幾年前曾在一個小鄉鎮上工作過，有一天，因事到地方議會的辦事處去，就曾經看到一場既屬「有趣」，又令人感到「痛心」的事。原來那天來了一位剛從怡保調下來的「阿兵哥」，雖然是位華族同胞，可是卻只會講廣東話，其他方言以及華語都不會聽，也不會講；地方議會裏的職員，卻只會講華語和福建話，聽不懂他滿口的廣東話，兩人有如一隻雞和一隻鴨，你講什麼，我「聽不懂」，我講什麼，你又「唔識聽」，最後只好用國語來交談，總算能夠互相溝通。兩人屬於同樣的民族，卻無法用本身的語言來交談，「有趣」是

相當「有趣」，可也是將令人們感到痛心的事！最近各族社會，社團及社會賢達，正在提倡「講華語運動」，真是「凡吾同胞，咸應支持」哩！

母語教育普及是一回事，社會提倡也是一回事，目下在我們的四百萬同胞之中，不曾接受過母語教育，聽不懂也講不得華語的人們，還是大有人在。其中一部分是由於他們的年齡太大，不曾學過華語，也有一部分是由於自幼只接受過英語或國語教育，因此才會有這種現象，這原本是無可厚非的，只希望在大家大力提倡，推動之下，華族社會，華族同胞，普遍地學習華語，使用華語。

許多人都說：馬來西亞的華人們，是具有語言天才的，假以時日，一定能夠達到凡吾華族同胞，都會講華語，能用華語「溝通」的目標。

可是，在此時此地，就有一種怪現象，竟然有不少華裔，動不動便說：「我不會講華語」，「我連一個華文也不認識」，言下大有以此為榮的模樣，真是令人不欲觀之，也不欲聞之！

遠的姑且不講，單只以近事為例。前幾天，莫理先生由於出席一個會議，被人招待住在一家超級觀光酒店焉。那家酒店的職員，小自一個服務員，高至主任，經理級的小姐和先生，十之八九，就不懂聽，也不懂講（也可能是不願講，不肯講）華語，而且其中還有自以為這是一件榮幸的事，足以提高「身價」，光宗耀祖。有一次，電話響了起來，莫理先生拿起聽話筒來一靠近耳朵，便聽見那頭有一位先生口操英語，不耐煩地對在下說：「你跟他講，他只會說曼達鈴（華語），我跟他講不通！」那種口氣，既自大又有不屑之意，真是怪事一件！華人不會講華語，原來是一件「體面」的事！在以做華人生意為主的機構做事，不講華語，已有種種不便了，照理便應該找一個機會去加緊「惡補」，努力學習。（某國總理當年也是一句華語都不懂，可是在他努力學習之下，在很短的時間內，便能用流利的華語演

講，真是令人五體投地的佩服！）怎可自以為榮，對講華語的人加以藐視，甚至不屑一顧呢？

事實上，就有許許多多的二毛子，以「我不會講華語」，「我連一個華文字也不懂」而津津樂道，引以為榮──我們應該學好母語，然後也要學好其他的語文，在同種同文的場合裏，盡量用母語交談；在與異族相處的場合裏，也應該視情形而定，該講華語時，還是應該講華語，不要像當年某代表，到了聯合國，明明可以講華語，還是硬硬要講英吉利斯，真是丟盡華人的臉！

記得在馬來亞淪陷的時候，許多不會講母語的華人，被日本軍閥大罵「八個野鹿」，被他們用穿著軍靴的腳踢屁股，這些事情，記憶猶新，應該時時用以警惕！

本地華語

　　最近一兩個星期以來，幾乎日日都是「天不作美」。霪雨連綿，莫理先生的「涼茶檔」無法開檔；擡頭望望，老天爺一直苦著臉，於是索性把檔子推進屋子裏，買了張長途快車車票，學人「遊埠」，到首都吉隆坡「歎歎世界」去焉。

　　那日在旅舍裏閱報，知道推動講華語運動的工委會在聯邦酒店主辦了一個「如何推廣使用華語」的演講會，邀請了文教界知名人士朱自存、黃宗理、方北方、吳天才、黃汀湘、賴觀福六位先生主講，發表有關的創見，於是便一早去占了一個最前面的座位，既能一睹這幾位文教界知名人士的風采，又能聆聽他們的教益，使莫理先生的茅塞開啓，真是何樂不為哉的大事焉！

　　那日擔任主講的六位先生，都是飽學之士，對「如何推廣使用華語」，都發表了創見。其中黃汀湘先生與賴觀福碩士，更是語言專家，兩位先生對本地人士講的華語，不夠純正，都先後發表了意見，都認為在「推廣使用華語」這事兒之上，大家不但要講華語，而且應該力求講純正的華語；縱使不能滿口「京片子」，也不能太過「南腔北調」，兩位先生也不約而同地認為：要提倡純正華語，則「為人師表」的老師們，是難辭其責的！因為老師們與學生有直接的關係，學生們又對老師們有一種「馬首是瞻」的態度，所以，在「推廣使用華語」的運動上，老師們是應扮演一個極其主要的角色的！

　　住在我國的華裔同胞，大多數是廣東與福建兩省人士，因此，大家經常都使用自家的方言交談，譬如粵語、潮語、客語、瓊語、閩南語、永春語、福州語……等等。由於方言講得多了，因此，大家一講起「華語」（北京話）來時，在語氣及語調上，不免受了方言的影

響，西馬地區可劃分為中、南、北三區，北馬人多數講福建話，中馬則以廣東話為主，至於南馬，便是福建話與潮州話的世界了，其中又有一些鄉鎮，以客家人或瓊州人為多，因此，瓊語或客語也很流行。這麼一來，北馬人講的華語，便夾雜著閩語的腔調和帶著閩語的尾音，中馬（加上吡叻州）則帶著濃厚的廣東腔，南馬一帶，特別是柔南一帶，則不免滲雜了客語或潮州話的腔調與語氣了。於是乎，各色人口中的「華語」，都帶有其「特色」，使得我們這裏的「本地華語」，也成為形形色色的了！

譬如說，潮州人和福建人看東西，看不見叫「看無」；找東西，找不到叫「找無」，於是，我們的「華語」之中，便有「看沒有」和「找沒有」的詞句了，學生們看不到黑板上的字，會大喊：「老師，看沒有！」老師找不到學生的簿子時，也會說：「我到辦公室去，找了半天，找沒有！」廣東人最愛講「搞掂」和「搞唔掂」，因此，我們的本地華語裏，也有「那件事你搞掂了沒有？」「哎喲，搞不掂啦！」我們也可以經常聽到：「頂不順了」的「華語」，廣東籍人士及客家人講華語，講到「我發起脾氣來」時，一定會這麼講法：「我看到火起」，這個「火起」，便是由粵語或客語「發火」演變而來，意思是「發起脾氣」了，而且這個「火」字，還是念去聲的，一聽，便知道他閣下不是廣東人，便是客家人。客家人和廣東人講到「花」、「火」等字眼，一定會有這個「特色」，誠如潮州人講到「山」、「三」、「商」、或「船」、「床」等字眼，也一定有其「特色」一般！

在柔南一帶，這種「本地華語」，更是被「方言化」了！我們經常可以聽見人們問：「阿姨，幾錢？」（阿姨，這東西賣多少錢？）顯然是受了客家話或廣東話的影響；東西煮得不夠爛，柔南的人會講：「不棉」，好像「豬腸粉還不棉」；還有「你們做你們走，我們做我們走」的華語，顯然是「潮語化」了的「華語」。莫理先生一次

到馬六甲去，坐在車子中，有一位馬六甲的小妹子充當「嚮導」，只聽她頻頻向司機指路，嘴裏：「向左哇，向右哇」地「哇」個不停；這「哇」是代表轉，顯然是受了福建話的影響，因為福建人向左轉，向右轉，這轉便叫「哇」。至於「看沒有」，更是普遍得不得了！

「本地華語」除了被「方言化」了之外，還有一個現象，便是讀音不準；譬如東西「便宜」或「昂貴」幾乎十之八九是讀成「方便」與「大小二便」的「便」宜了！「倔強」一詞，若是你讀成正確的「倔匠」，恐怕沒有幾個人聽得懂，反而是讀「屈強」才是人人聽得懂！電影明星李菁小姐，這個「菁」字，也幾乎九十巴仙讀成「清」，萬一閣下讀對了時，反而會被人誤以為讀錯了呢！

在提倡「推廣」與「使用」華語的運動之中，我們的確有必要糾正「本地華語」中的一些錯誤，而不能因循苟且，將錯就錯的！

1980年8月16日

本地薑不辣

　　咱們華人有一句俗話：「本地薑不辣」；潮州人的方言中也有一句俗話說：「遠紗好紡」，這兩句俗語乍看起來似乎不同，實際上意義卻是一般無二。它的意義，莫理先生縱然不講，大家也不會不明白的，那就是「本地的東西，一定不夠好的」啦，換句話說：「外來的東西，才是好嘢」啦！

　　可與「本地薑不辣」相提並論的，是有一句叫「月亮是外國的圓」的俗語，其意義與「本地薑不辣」，可說是同出一轍的！

　　「本地薑不辣」與「月亮是外國的圓」的心理，普遍地存在一般人的腦海之中。莫理先生小時候便曾經聽過一則笑話，笑話如是說：有一個鄉下人，去了一回北京城；回來之後，連連講了三天三夜，還沒有把他在北京的見聞講完！他無論說到什麼，總是說：「這個就沒有北京的好！」月亮自然是北京的亮，東西也自然是北京的好！他的老子在一邊聽得發起火來，狠狠地打了他一個巴掌，厲聲問道：「這巴掌恐怕也沒有北京城的辣吧！」

　　這自然只是一則笑話而已；不過笑話歸笑話，事實歸事實；事實上，人們都有這種「本地薑不辣」的心理，即使只在馬華文壇，或者馬華新聞界裏，大家還是一樣的認為「本地薑不辣，月亮是外國的圓」！

　　遠的姑且不去談它，單單是馬華的寫作人，就一直被人視為「本地薑」，他們寫出來的作品，自然是「本地薑不辣」啦！更由於「文人相輕，自古已然」，因此，一談到本地的寫作人，有些人總是有些蔑視心理，談到本地的作品，有些人雖然從來也不會加以「惠顧」一下，可是，卻會立刻以不屑的口吻說：「寫得沒有深度，對嗎？」

有人會問：「怎麼說，本地的寫作人，都沒有瓊瑤和依達紅吧？」也有人會說：「旁的不說，本地的寫作人，恐怕就沒有人會寫武俠小說吧？」這「沒有深度」，這「沒有瓊瑤和依達紅」，這「沒有人會寫武俠小說」，都是在「本地薑不辣」的心理下產生的問題。雖然，明白的人，都知道：談論馬華文藝，不是從一句「沒有深度」，或者「沒有瓊瑤和依達紅」，或者「沒有人會寫武俠小說」來作為尺度的，可是，有些人就愛以這樣子的問題，來貶低馬華文藝，來對馬華作品表示蔑視。

莫理先生不是搞文藝批評的人，也沒有能耐來批評馬華文藝；不過卻願意指出：單只提出這樣的問題，或者抱著「本地薑不辣」的偏見，對馬華文藝是不夠公允的！

為什麼不提出這樣的問題：「馬華寫作人是在怎樣的情況下從事寫作的？」「馬華寫作人曾經受到怎樣的鼓勵？」「出版界或報界，曾為寫作人提供過怎樣的協助與方便？」

遠的姑且不說，我們不妨從「出版界或報界，曾為寫作人提供過怎樣的協助與方便？」這件事上來看看一些事實。

由於「本地薑不辣」心理的驅使，因此，大家都崇拜「外國的月亮」去了，至於「本地的月亮」，究竟是「月兒像檸檬」，抑或「月亮像西瓜」，大家都絲毫也不感到興趣！有時候，也真為本地寫作人叫屈和呼冤！可不是嗎？本地寫作人，一旦寫成一兩萬字的小說，就會找不到地方發表；假使報章有著多樣化的副刊，可是，大部份為了節省稿費而用上了剪刀和漿糊，剪剪貼貼外地的作品去了。有些報章，的確曾花了不菲的稿費來購買小說刊登權，可是，卻從未考慮到給予本地寫作人機會，原意「本地薑不辣」，不會有什麼吸引讀者的作品的；本地的作者沒有名氣，要培養本地作者，使他（或她）們知名度提高是多費時費事，還是派遣專員，飛到外國去看看人家捧紅了哪幾位「作家」，然後高價購買回來刊登算了！

在這樣的心理之下，在如此的情況之下，真是樂透了外國的「作家」哩！他們（或她們），不只作品有人爭著購買「刊登權」，而且還有機會赤著足踝，拿著酒杯，或斜靠在沙發裏口噴香煙讓人家拍了照，再發表一些似是而非的人生觀，文藝觀，婚姻觀，發表如何歎世界，如何泡妞兒的偉論，耗費大篇幅加以介紹，加以報導……。

這年頭，那裏還會有人關心：「報章雜誌應該擔負起文化任務」，「文化機關應該協助培養本地作家」的問題？連搖筆桿出身的寫稿佬，本身也屬於本地寫作人，都要菲薄同仁，認為本地薑不辣，更難怪「文化商人」們要視外國的月亮為珍寶，把本地的月亮視若塵土了哉！

1980年9月6日

寫不得的

前些日子，曾經拜讀過元明宋老弟寫的〈不可說的〉一文，寫的妙趣橫生，令人大有百讀不厭之感！其實，有些話固然是屬於「不可說的」，而在寫作之上，也有許許多多的事物，是屬於「寫不得的」。

譬如說，莫理先生府上，不久之前裝置了一架電話焉；那個前來負責裝置電話的；「阿布內」（莫理先生孫兒們把他們這一種人全部稱為「阿布內」）說東話西，說什麼沒有這個焉，沒有那個焉，要拖延三幾天焉。其實，當局已經批准了電話的裝置，按櫃金也已照繳不誤，電話機也已送來了，室內電線也已裝置好了，哪裏還有這個那個的，「阿布內」拖三延四的目的是為了「過水」，「水」一過，這個那個的困難全部沒了，電話機立刻可以「運用」了焉。這一類屬於現實社會的「不正常」現象，馬華的寫作人筆下能寫之乎？

譬如說，莫理先生在公路上驅車前進焉，剛好一時粗心，忘了繫上「安全帶」焉。不久之後，果然遇見「攔路人」焉，要這要那焉，總而言之，麻煩多多焉，幸好莫理先生社會經驗豐富，人急智生，把「家兄」請出來焉，「家兄」一請出來，事情便搞妥了焉！這一類事物，真是多如牛毛，可是，馬華寫作人筆下能將之寫出來乎？

譬如說：坐德士車焉，同皮膚色的德士大佬經常會漫天索價，而且一副流氓相焉；坐皮膚顏色不同的德士大佬的德士，卻罕於遇見這種現象焉；再譬如說，向同膚色的店家商借電話，難如登天；向不同膚色的店家商借電話，反而有得商量；再譬如說，同膚色的同胞，缺乏團結精神焉，缺乏同舟共濟精神焉，具有見死不救，落井下石，隔岸觀火等等的偉大精神焉……諸如此類，馬華寫作人筆下能寫之乎？

　　馬華寫作人，大多數不是當個教書先生，便是在吃報館飯；教書先生們，眼看著粉筆圈內的奇形怪狀，吃報館飯的先生們，整天也看見圈圈裏的形形色色，可是，下筆的時候，能夠毫不保留地寫之乎？

　　莫理先生是個年高德劭的老人家焉，雖然有豐富的戀愛經驗，有動人的戀愛經驗，可是，正由於莫理先生是個年高德劭的老先生，一路來寫慣道德文章，一旦寫起戀愛故事，不怕文藝批評家群起批而評之乎？不怕崇拜莫理先生，景仰老先生德行的讀者小姐和先生們為之譁然乎？戀愛故事對一個年高德劭，以寫道德文章的老先生來說，尚且是「寫不得」，更不要說涉及「性」問題的題材了焉；全是寫不得焉！

　　再下來，揭露社會黑暗與人間不平的題材「寫不得」焉；因為寫了之後，有人會認為那是「攻擊」他們焉，然後假使不設法弄掉閣下的飯碗，也可能當閣下上街回來，在黝暗之處，突然闖出幾條彪形大漢焉；涉及種族，帶有「沙文主義」的題材，寫不得焉；自然有更多的事物，更是寫不得焉，寫了之後，閣下難道不怕半夜有人敲門乎？

　　除此之外，還有一些「文藝批評家」認為「寫不得」的事物也是「寫不得」焉；他們認為缺乏「健康主題」，認為「沒有正面批判性」，認為「不合時代需要」，認為這個那個的，全部都是「寫不得」焉，若是寫了，不怕「文藝批評家」糾眾圍而攻之乎？不怕人家批評閣下的作品的，還要給閣下加上「帽子」乎？

　　總而言之，在此時此地，寫作人有許許多多的事物是屬於「寫不得」的焉。這也寫不得，那也寫不得，只好吟風弄月焉，只好從太太上巴剎寫起，寫到魚貴了焉，肉也貴了焉，然後東拉西扯，扯到通貨膨脹了焉，生活擔子重了焉……。

　　於是當人家談起馬華文藝，便會用不屑的口吻說：「缺乏深度」焉；「跳不出肚臍眼」焉。為什麼不想到題材上的諸多限制上頭去？

為什麼要讓大家訂下許許多多的限制？為什麼要自己為自己訂下許多「束縛」，來限制自己的題材焉？

1980年9月9日

文藝具有偉大功能！

　　最近一些時日以來，有許多人正在提倡文藝，認為文藝具有價值，文藝的力量不容忽視；可是，也有人在唱其反調，認為文藝一無是處，在此時此地我們可以不必有文藝，提倡文藝是沒有必要的！

　　說起來，「文藝」也是怪可憐的，特別是在高度物質文明享受的今天，大家都一味在追逐享受，哪裏會重視屬於精神生活的文藝乎？在今天的社會裏，人們重視的是金錢，有了錢便可以換取各種物質享受，哪裏需要什麼文藝哉？更有甚者，此時此地，大家都不重視精神生活，兩腳一踏入社會，便要拼命賺錢，只要有錢，人家就會把你當作一條人龍，才可以要風得風，要雨得雨，大家更是不管什麼文藝不文藝了！

　　在人們的生活中，可以不必有文藝，不要說是文藝，根本許多人連書都不必讀了，經常可以聽見靠舌耕過活的人，或者在文化機關做事的人，大聲說道：「我從來就不曾好好讀過一本書！」可見不讀書已是一件體面的事了，更何況是文藝哉！

　　於是，許多人視「文藝」為毒蛇猛獸，視「寫作人」為怪物！人們對於「文藝」，有一套自訂的注釋，認為「文藝」是無聊的事物者有之，認為「文藝」是枯燥乏味的事物者也有之；更有人認為「文藝」是說教的，講道理的，甚至是攻擊性的，罵人的……。

　　文藝，文藝，真是被人誤解多過於了解；人們不是用古怪的眼光看「文藝」，便是用蔑視的態度來對待文藝……。

　　事實上，文藝並非毒蛇猛獸，也不是無聊透頂的事物；它既不是枯燥乏味，一味說教和大講道理，也不是攻擊罵人的工具。「文藝」是多姿多彩的，它可以是雄壯激昂的，也可以溫柔婉約的，在文藝作

品之中，固然有正氣磅礴的作品，也有充滿愛心和溫情富有人情味的作品。

文藝，是現實的反映；文藝，也是歷史的見證，我們談杜甫或者白居易等人的詩篇，才能明瞭在亂世之中，苛政猛於虎，貪官汙吏的行為比豺狼更為狠毒，也知道當「朱門酒肉臭」的時候，居然「路有凍死骨」，我們讀《儒林外史》、《老殘遊記》或《二十年目睹怪現象》之時，才明瞭當時官場上的黑暗，知道人情冷暖，世態炎涼之一斑；我們讀《戰爭與和平》或《齊瓦哥醫生》之時，可以看出大時代中的悲歡離合，也從而知道亂世之中，人民流離失所的痛苦；我們讀莫伯桑、奧亨利、契柯夫等人的小說，從而明瞭那個時代的情況。文藝，是現實的反映；文藝，也是時代的寫照，文藝豈是一無是處，無聊透頂的事物哉？

通過「文藝」，可以暴露社會的黑暗，刻畫社會的不平；通過「文藝」，也可以歌頌光明，傳播人類偉大的愛心，以及人與人之間可貴的溫情！「文藝」不是少數人所擁有的，它是大眾的精神糧食。許多人可以不懂得什麼政治的教條，深奧的理論，可是，卻可以接近平易可親的文藝作品。許多人可以不懂得馬克思、列寧或者恩格斯，可是，由於接觸文藝，閱讀了反映現實，暴露黑暗與腐敗的文藝作品，從而明瞭某些事物是應予打倒，加以革除的；因此而產生一種敵愾同仇的心理，群策群力，將腐敗的社會加以改革，把社會中不平等的現象，不合理的事物加以鏟除！文藝，豈是一無用處哉？

梁任公在他的〈論小說與群治之關係〉一文中，開門見山地說：「欲新一國之民，不可不先新一國之小說，故欲新道德，必新小說；欲新宗教，必新小說；欲新政治，必新小說；欲新風俗，必新小說；欲新學藝，必新小說；乃至欲新人心，欲新人格，必新小說。何以故？小說有不可思議之力，支配人道故。」

　　小說，即為文藝的一種形式，其實，在梁任公這一段話中，把
「文藝」帶入，以「文藝」來代替「小說」，又何嘗不可呢？

　　文藝，是具有其使命，力量與功效的，並非如某些人偏激所見，
認為「文藝」是一無是處；更不能將「文藝」視為無聊透頂的事物，
或者當做「毒蛇猛獸」！

1980年9月5日

安得廣廈千萬間

　　我國政府當局自獨立建國以來，便有一個為民謀求幸福生活的目標，那就是努力推動「建屋計劃」，以期達到「居者有其屋」的目標。建國廿二載之中，建屋業在我國各地廣泛地展開，時至今日，我們若是到國內各大小城鎮去看看，便可以看到，一個個「花園住宅區」一建便是數千間的各式各類房屋。結果，在短短的時間內，便為人們搶訂一空。由此可見，我們民眾對房屋的需求孔殷，雖然各地的住宅像雨後春筍般地建立起來，還是不能達到人們對房屋的需求量。

　　莫理先生不是一個「先知先覺」的人，再加上生活中長期患著口袋「饑渴症」，因此，早在十幾年以前，一幢毗鄰式三房兩廳的住宅，只要付出七八千元，便可以獲得該房屋的「擁有權」之時，並不曾去訂購一間；七八年前，上述的房屋價格雖然隨著「世界性的通貨膨脹」浪潮而宣告「調整」，自每間七八千元漲至一萬二千左右，莫理先生仍在做著清秋大夢，一點也未曾醒覺，絲毫也未曾在意，不懂得趕快東借西湊一筆錢買下一間，蓋其時也，莫理先生雖然住在一間簡陋的木屋內，但只要老天爺不縱狂風下驟雨，倒也可以安居其間，而且每個月的租金只要四五十元；窮人自有窮打算，覺得又何必去東借西湊，找一筆「頭期錢」購買一間「分期付款」的房屋，然後每個月還要繳租式的付出一百幾十元，簡直是作繭自縛，何必為此而傷神費腦呢？

　　孰料，俗語說得好：「人無遠慮，必有近憂」。在短短幾年之中，先是各種房屋價格爆漲焉，跟著又是人工「調整」了焉，於是，一間原本一萬一二千便能購得的三房兩廳毗鄰式房屋，漲至二萬五六千焉，一間原本只要二萬上下的「半獨立房屋」，漲至三萬幾千

焉，獨立式的房屋，也由三四萬漲至七八萬焉；許多人由於「先知先覺」而購買了房屋的，都由於屋價爆漲而賺了錢；那些有閑錢而一口氣訂購了三五間房屋的人，在短短的時間之內，把房屋轉讓出去，便能發一筆數目不菲的「小財」焉；這麼一來，弄到許多人都兼做起房屋買賣生意來，東訂一間屋子，西訂一間屋子，然後每間三千兩千的加價，轉手售出，花花綠綠的鈔票於是便進了口袋焉。

有一日在笨珍見到「同文」林兄，林兄賢伉儷正在風塵僕僕地到處訂屋子，找「空頭」，大忙其「房屋買賣」。好個迂腐的莫理先生還去追問：「最近為何少見大作出籠焉？」林兄莞爾而曰：「我現在不再幹千字數元的玩意兒啦，那太辛苦了焉，簡直不是人幹的！我現在做房屋買賣，只要訂購三兩間房屋，然後待價而沽，轉眼之間，三五千塊錢便進了口袋焉！」莫理先生聞言，方才恍然大悟，知道自己一路來打錯算盤了焉，莫理先生若是要賺三五千元，可要填滿五百萬個方格子，才能賺到手，若是每天寫其千字，可要寫整整二百五十天才能賺到焉，「爬格子」的確不是好玩的事焉！

話說由於許多人因買賣房屋，或者「炒」房屋而發了財，導致更多的人熱衷於房屋買賣和「炒」房屋生意焉。於是，一個準備興建三千間房屋的住宅區，廣告才見了報，立刻被搶訂一空焉！若是閣下以為三千間屋子都被「居者有其屋」的人訂購了去，那麼閣下便大大錯了焉，事實上，其中大半數都是被「炒」家訂了去焉，然後，誰要房子，向他們訂買焉，至少每間要多付一千幾百塊錢焉！這麼一來，自然是樂壞了「炒家」，苦壞了「無家」（居者「無」其屋者謂之「無家」焉）。

刻下一間毗鄰式三房兩廳的房子，價格又告「調整」了焉，不要說七八千，一萬二千都買不到焉，即使是二萬四五千，也難望其「項背」了焉，這樣的房屋，刻下要三萬五千以上了焉；半獨立的沒有六七千以上，休想問津了焉，至於獨立式的洋房，沒有十萬，也是休

談了焉！

　　一個受薪階級，而且屬於中低薪入息者，像在下莫理先生，此刻就算想從「無家」到「有家」，也是難如登天了焉！蓋原來光是一間三房毗鄰式住屋，價格三萬五千，「頭期錢」三十巴仙，便要一萬了焉，一萬對一個中低薪入息者，可不是個小數目焉！若是每個月省吃省穿，省下一百幾十元，可要省了五年的時光焉；然後，還只是買了一間空屋子，簡直連個「電燈膽」也得再付錢裝置，外加必要的裝修（譬如裝天井「蓋」焉，圍籬牆焉，擴建廚房焉等等）至少還要花上三五千元焉，那又是要花費一兩年的「省吃省穿」焉；這樣還要欠下銀行二萬五千，每月若是攤還三百元，還得還上十年以上，才能「本利」清還！若是一個受薪者，月薪沒有一千塊錢，又如何負擔三百元的供屋費呢？更何況還有那「門牌稅」，也不是一個小負擔焉！照莫理先生這一張清單看來，一個中低薪入息者，又如何達到「居者有其屋」的目標焉？走筆至此，簡直要擲筆而三歎曰：「安得廣廈千萬間，大庇天下寒士盡歡顏」！

1979年9月2日

守時運動應從「要人」做起

　　前些日子有人提倡華人「精神革命」，在提倡「精神革命」聲中，也有人提倡「守時運動」。說實在的，華族同胞無論在生活中，抑或在精神上，的確是有許多事物可以歸納入「陋習」之中的，實在應該加以革除。譬如說在時間觀念上，華族的確不如歐美人士，我們經常不能遵守時間，因而造成時間上的無謂浪費。

　　兩個禮拜前，有一位馬來女同事出閣，設國餐於某大餐廳，宴請全體同事，莫理先生忝屬同事，自然也受其邀請，叨陪末席。這項宴客，未曾印發請柬，只是口頭邀請，通知在「Ｘ月Ｘ日Ｘ時正，假座某馬來餐廳設宴」招待，如是而已。到了那天下午，莫理先生暗自一想：華人的時間向來被異族譏笑為：「橡皮時間」，可加以拖延，巫族人士聽說十分的守時，因此，雖然宴客時間訂在七時，莫理先生在六時左右，便已搭車啟程，一心一意要準時到會，以免被異族同胞嘲笑；可是，誰知道莫理先生在六時四十分到了宴會地點，不但未曾見到賓客，即使是主人家，也未見到，只得懷著詫異的心情，在餐廳外隨意徜徉。十幾分鐘之後，才見到同事三三兩兩悠閑而至；到了七時廿五分，才見到作為宴會主人的新婚夫婦抵步，再過一些時辰，全體同事總算到齊了，宴會至此才宣告開始。莫理先生見了此情此景，真是狐疑滿腹，暗忖道：「難道馬來同胞也像我們華族一樣不能遵守時間了嗎？」後來向同事問起，才知道原來馬來同事深知華族同胞有「不守時」的習慣，原訂七時卅分宴客，只好通知早半個鐘頭，說是七時入席，這樣一來，時間才不會拖延太久。

　　問明原委之後，莫理先生心中真彆不是味道，想不到咱們華族同胞的「橡皮時間」，已經被異族所週知，因此才故意把時間說早半個

鐘頭，讓華族同胞去拖延半個小時，以期準時開始。──事實上，是晚還有人到了七時四十五分方才姍姍來遲的！職是之故，人對我們的「守時」精神加以懷疑，實在是怪不了別人的，夫復何言！

事實上，不要說是異族人士對我們的「橡皮時間」不敢領教，即使是我們華族同胞，也有絕大多數對這種「不守時」的陋習不敢領教的！原因是我們無論與朋友約會，出席啥啥會議，參加啥啥宴席，經常都會遇上這種不守時間的人，飽嚐等候的滋味。我們的日常生活之中，明明與朋友約定二點半見面，可是等了大半個鐘頭，才見到他老哥姍姍來遲，還理直氣壯地看看腕表，慢條斯理地說：「才遲到二三十分鐘，還早呢！」出席會議或參加宴會亦復如此，明明通知書或請柬上寫明入席及開會時間，可是，若是我們準時抵達會場，總是人影稀疏，要一等再等，才見到人們姍姍而來；至於那些所謂「貴賓」，「要人」，受邀前來主持會議者或前來致訓詞者，更是大有「千等萬候始到來」的情況，真不知道這些「要人」先生們是該來向人「致訓詞」呢，抑或該前來聆聽人們「致訓詞」──訓斥他們的不遵守時間，訓斥他們造成時間上的無謂損失！

幾乎所有的升斗小民都領教過社會上「要人」們的「橡皮時間」，這些「要人」們好像若是早到一些，或者準時一點，便會「有失身份」一樣，也好像人們的時間都像垃圾一般不值錢，個個生來便得「恭候」他們，為他們飽嚐坐冷板凳「恭候」的滋味，為他們犧牲時間與精神一般。

除了那些自以為「高人一等」的要人先生們以外，在我們的社會中，醫生先生們通常也有「不準時」的「習慣」。相信讀者小姐與先生們一定有到過醫院──診療所，藥房去「請教」醫生的經驗罷，那麼，一定深知醫生先生們有「不守時」的習慣，縱使是那些不屬於「慈善」機關的醫生們，替人看病打針要收相當昂貴費用的，也都有「不守時」的習慣。在診所的「告示板」上，明明寫明「上午九時正

至一時正，下午二時正至五時正」，可是，事實上，診病時間訂在「上午九時正」的，往往到了九時半才姍姍來遲，然後再拖上一、二十分鐘才「正式」診病；可憐那些飽受病魔折騰的病黎們，七早八早便抱病而至，枯坐在候診室裏，聆聽護士們悠哉閑哉地談購物，談跳舞，談哪個男明星夠英俊，挨上一個半個鐘頭，才見醫生到來，再由於病人排長龍以及醫生在診病時接聽電話，與朋友在電話中東拉西扯，談股票，談宴會等等的時間拖延，看一次醫生，往往要一兩個鐘頭；至於那些公家醫生或屬於「看病不收錢」的慈善機關的醫生，更是不必說了；幸好一般的病人都總算命大和挨得了苦，要不然早就翹辮子，到地府中去與奶奶相見了哩！

因此，當看見有人在提倡「守時運動」，以及有人在主辦「守時運動」徵文之際，莫理先生不禁想起了以上這些經驗，此刻把它們記載下來，公諸各位，同時，也不嫌淺陋，在此獻曝，籲請社會上的「要人」先生們，以及醫生們以身作則，遵守時間，則升斗小民們不但能免掉久候之苦，也可以省下些時間與精神去幹活。

1980年3月16日

君子與小人

　　莫理先生是個「小人」；連帶莫理先生的朋友王二先生、馬三先生、方四先生也都是「小人」。

　　上述四位「小人」都有一些共同之點：一、四位「小人」先生手頭常常沒有孔方兄；二、四位「小人」先生都不愛矯揉做作；三、四位「小人」先生都不擅長吹牛拍馬；四、四位「小人」先生都不會替自己打廣告，作宣傳；五、四位「小人」先生都一條直腸直到肛門，直話直說，不善修飾；六、四位「小人」先生都有一些「短處」……。總之，在那些自以為「君子」的大人先生看來，他們十十足足是屬於小人；既然那些大人先生可以自以為是「君子」，那麼莫理先生等四人，為什麼就不可以自以為是「小人」呢？

　　話說這四位「小人」，手頭沒有「孔方兄」（或者是少許，卻不多），一來固由於他們不善鑽營，除了正業之外，既不會跑經紀，又不會代理保險，所以沒有額外入息；二來則由於他們都是「散財」童，當不了守財奴，不似某些人，賺一塊錢，花六角半，另外三角半存入銀行生息，還有一點是他們常常忘記本身是「窮措大」，因而常常跟別人搶付帳，有時對於公益捐款，也居然不落「闊佬」之後。因此，這四位小人先生每月月頭，必定春風滿面，大宴小宴，儼然闊佬四個，到了月中，已是面罩秋風，個個蹲大排檔邊吃潮州粥矣，到了月底，則個個已為隆冬所困，動彈不得矣。因此，此四人之此種行徑，常為君子先生們嗤之以鼻，君子先生們除了當面譏諷，背後議論之外，尚且在心裡暗笑曰：「看你們將來的晚年要如何過矣？」蓋君子先生們，理財高明，慳衣節食所剩款項，不是存入銀行生息，便是投資生意，或置地購屋，在他們眼中，這四位小人先生晚年之時，不

淪為丐幫之士才是怪事呀！

四位小人先生因不愛矯揉做作，不喜拍馬吹牛，又不善於替自己打廣告，作宣傳；加上直話直說，每個人又都有若干短處。所以，在君子先生們的心中，越覺得他們個個都是不折不扣的小人了矣！首先，君子先生們大都是表一套、裡一套的。譬如君子先生們偕同其尊夫人出門，必定扶且持之，惟恐不周，遇到吃飯之際，也必頻頻為身邊夫人挾菜，時時刻刻不忘讓別人知道他夫妻倆是如何恩愛；至於回到家裡，關上房門，夫妻要相罵了，還得扭響收音機來干擾，免得隔壁禿頭阿五聽了出去宣揚，而四位小人先生就全不來這一套，個個喜形於色，在眾人面前，責備夫人，而在眾人之後，對夫人痛且惜之，完全不理旁人知道不知道了矣！

君子先生們大都是人生舞臺上出色之演員，他們一旦粉墨登場，都會拉長嗓子大唱高調的。於是，君子阿甲先生可以通過報章（當然，阿甲先生首先必須弄個什麼名堂哉）大談：「我國應該杜絕色情文化」，他老哥從未涉足歡場，也從未看過一場成人電影，但是，誰知道阿甲先生家中的春宮圖片多得可以開展覽會，夫人回娘家時，偷偷窺看女傭出浴；君子阿乙先生在什麼會大力抨擊「身為子女者，不善待父母，簡直禽獸不如」，但是，有誰知道阿乙先生的令尊大人在鄉下割樹膠，令堂大人則在阿乙府中當「義務」女傭；君子阿丙先生大寫「夫人類之有異於禽獸者，乃因人類有惻隱之心，能幼吾幼以及人之幼，老吾老以及人之老」的高論，但是，自他老哥發達之後，已經六親不認，連自己兄弟都不相帶，更遑論去老他人之老，幼人家之幼矣！君子阿丁先生每年到老人院去派送一百八十塊錢的「慈善金」，事前必先廣招記者先生同往探訪及拍照，事後若報章沒有刊登消息，也必定大發雷霆，大罵記者先生不夠朋友……。

我們的四個小人先生不時也喜歡做些慈善事業，更以為「朋友有通財之義」，可是，卻是「做過就算」、「做過就忘」，從不借機作

自我宣傳，抑或施點小惠而圖報答；我們的四位小人先生閒時也愛打打衛生麻將，興之所至也涉足歌廳舞榭，忙裡偷閒也看過三五場成人電影，但是，卻從未大發什麼「杜絕色情文化」，「成人電影應嚴加禁止」偉論，四位小人先生的令尊令堂大人也未曾被冷落過，雖然四位小人先生從未大聲疾呼：「不善待父母者，簡直禽獸不如！」

　　四位小人先生從不理會君子先生們以何種眼光來看待他們，反而是那些君子大人先生們卻愛以君子之腹，度小人之心！真是奇哉怪也！

1973年7月13日

做生意，豈能包賺

　　昨晚，莫理先生偕同幼公子彬彬小先生到麻坡新街場去看象棋比賽，在新街場的大門口，看到了一張招租啟事，莫理先生忽然傻勁大作，心裡想到：「要是俺莫理有那麼的三千塊錢，每天賠得起二元五角的租金，那麼何妨在這裡開一間書店啊！」想著想著，可把書店取名為：「理想書店」，連印刷街招的廣告詞句也擬好了，那是：「提倡讀書風氣，供應精神糧食」十二個堂堂皇皇的字眼。莫理先生素來有點自戀狂的傾向，對這店名與廣告詞句，也頗為陶醉起來，認為想出如此妙句，天下捨我其誰哉！

　　喝完一大瓶汽水，嗑完一小包「加尖布爹」[1]，便以輕飄飄的腳步，與幼公子打道回府了也。回到莫府，莫理先生傻勁未闌，心想自己沒有本錢，莫理夫人有一點「私房錢」，何不勸勸夫人來為這偉大的「文化事業」花點小錢呢？於是，遂把腦中所思所想，全盤向莫理夫人報告，並曉以大義，希望莫理夫人能回應斯舉，傾囊相助。誰知莫理夫人聽罷，雙眼翻了翻白，「要老娘拿出私房錢也行，只是你能擔保賺錢乎？」莫理先生雖然素來有點兒季常癖，這時義憤填胸，居然大聲駁斥道：「夫人，天下有哪樁生意是包賺的，請夫人道來！」莫理夫人學問沒有莫理先生那麼大，一時為之語塞，悻悻然地走進臥房去了。

　　莫理先生待夫人進得房中，心裡不住地玩味著「生意包賺」這句話。心裡想：福建人有一句粗不可耐的俚語，上句莫理先生嫌其太不文雅，不敢寫將出來，以免傷了編輯老爺、讀者小姐先生的大雅。可

---

[1] 「加尖布爹」：馬來文Kacang putih，即是「白豆」。

是，問題卻在：天下沒有包賺的生意。要不，誰也會拋下本行，去做這行「包賺」的生意了。

可是，雖然做生意不一定能「包賺」，卻不是說明：生意就不能夠去做做看的道理。近些時候，某國的達官顯要，認為某一家英文報可能另有陰謀，便是在這個「賺錢」與「不賺錢」的題目上做文章。蓋學問很大、地位很高的大人先生一口咬定：「沒有人肯在一宗不賺錢的出版生意上投下鉅資，除非另有所圖。」

莫理先生有時也自以為學問很大，可是，一比起這些學問真正很大的大人先生們來，就顯得渺小得如滄海一粟了。那家出版生意有沒有陰謀，恕莫理先生沒有情報可以作為根據，不能回答。但是，對「不賺錢，哪裡會有人投資」這事情，卻頗有一番心得。茲願效野人獻曝之心，聊說數言。首先莫理先生，願指出一個事實，那就是，任何一種行業，包括新聞事業，斷沒有「包賺」的可能；特別是在草創的時期，更看不出能否賺錢。尤其是出版業，可能要連連賠本一年兩載的，俟根基紮穩了，困難克服了，說不定才能有些小錢賺，再過十年八載，或許才能幾千、幾萬地賺起來。只要翻翻新馬任何一家報館的歷史，最早的經濟情況，便是鐵一般的事實。

再說：世界上許多事業，都不能以金錢來衡量它的價值。許多有意義的事業，假使是賠錢，也不能否定其價值。而有些被功利主義者目為「傻子」之流的，卻往往基於理想與興趣的理由，在做那些被人認為是屬於傻的事情。譬如莫理先生，若是中他一張福利頭獎，獲得四十萬獎金，相信是會幹他幾件人們認為傻事的事情。這也便是所謂：「知其不可為而為之」，「在沙灘上種花」，「不按常理而出牌」云云了。說不定，憑著一些「傻子」，一股「傻勁」，也會做出頂天立地的大事業來。

做生意雖然沒有「包賺」的道理，搞政黨與做其他事業，又豈是穩操勝券呢？可是，事實上，商店倒了一家，又有一家屹立起來；一

些政黨，草創的時期，也是毫無勢力可言的，經過無數次的失敗，在
不斷地吸收人才，改善政策，增添財力之後，逐漸壯大，才能成為強
有力的執政黨或反對黨的！這個事實，連毫無學問可言的莫理夫人也
懂，難道那些學問很大的大人先生卻不懂嗎？真妙，也真怪！

1971年6月3日

忠厚相

　　根據我們聰明的老祖宗說：人的忠奸厚薄，與他閣下那一副尊容有關，所以學問很大的啥啥古人就說過一句千古名言：「人心不同如其面焉」。莫理先生前些日子，由於處身於逆境之中，出門時每每被麻雀屙了滿頭屎，打麻將則必輸，所以在自歎命運坎坷之餘也買些《麻衣相命》，《命相奇談》《觀人於微》之類的書來看看。一來想算算命，看看何時何日方能大富大貴，二來則想學他幾套功夫，以便有一天可以在吉隆坡巴士車站擺個算命攤子。這些相書中，都告訴人們，可以從一個人的相貌，得悉他閣下的內心人品性情，譬如說：三角眼，則主必奸惡；鷹嘴鼻，主為人必險惡等等。

　　莫理先生做事向來虎頭蛇尾，相書看不了三本，麻將檯上就轉了好運，所以相命畢竟沒有學成，看來命中註定擺不成算命攤子了。不過，對於相貌與人的內心有關一事，則至今仍頗感興趣。

　　莫理先生曾顧影自憐幾千幾萬次，發現他那副尊容，雖然實實在無法與潘安那個臭小子相媲美，可是所幸五官之中，倒還生得端正，既沒有三角眼，也沒有鷹嘴鼻；更由於早年在煤油燈旁偷讀《金瓶梅》等小說次數太多的緣故，所以看壞了一雙眼。因此目下鼻樑上還架上了一副近視眼鏡。看來，莫理先生的尊容，是不折不扣的一副「忠厚相」。

　　但是，有著一副忠厚相的莫理先生，內心的世界可就真的是忠厚不奸乎？知己莫若己，莫理先生非常瞭解自己。莫理先生打麻將時，常常想出術，玩十三張時，也每每偷藏一兩張牌，想趁人不備時用將出來。有如此這般歪念頭的人，豈可謂是忠厚乎？

　　事實上，莫理先生曾經佔了「忠厚相」的便宜，也曾經吃了「忠厚相」的虧。譬如那年考師範班，面試時有一位金髮女士在打儀表的分數，莫理先生自知那天答非所問，答得亂七八糟，但是，放榜時卻和老友孫山兄的大名並排。可見一定是那位金髮女士，看見莫理先生一副忠厚相，心知在下與生俱來便是一個為人師表的好材料，所以分數打得特別高。前幾年，莫理先生由於上有高堂，下有兒女，單打一份誤人子弟的工，不夠一家四口之飽暖，所以想當保險經紀，撈外快。誰知見過經理之後，經理人連聲說：「No！」事後問過介紹人，他說：「經理說你一副忠厚相，不是幹這一行的腳色！」

　　中國人的腦子裏，倒是充滿著「以貌取人」的觀念。

　　在戲臺上如是，在影片上仍舊是如此這般。有一張忠厚相的明星，一定是演好到透頂的正派角色。吾友蔣光超、魏平澳二兄，不用說，只有演反派角色的份兒。中國時代，沒有照相這玩意兒，畫畫又不重寫實，所以歷代帝皇、聖賢豪傑，一定是國字臉，眉清目秀之輩。如果有人拍一部《孔老二傳》，請吾友魏平澳去當主角，觀眾不但要喝倒彩，而且一定鬧著要退票。什麼原因呢？因為不像也。蓋他們心目中的孔老二，一定又是一個滿臉忠厚相之徒。

　　據說：子羽老弟就是吃了沒有一張忠厚相的虧。而宰予老弟則占了忠厚相的便宜。所以，後來孔老二曾再三歎曰：「以貌取人，失之子羽！」今日的武俠小說中有一種「易容術」的功夫。我們那些有科學頭腦的影評家莫不大加攻擊，認為是無稽之談。莫理先生沒有科學腦袋，但又考證不出到底有無「易容術」。但是卻可以肯定一點，那就是我們的現今社會中，有不少人利用天賦的忠厚相，在幹其傷天害理、損人利己的勾當。譬如引誘少女出走的愛情騙子，十之八九都有一張漂亮臉孔，滿嘴巴甜言蜜語，才會有那麼多的少女，自動上鉤。在其他角落裏，也一定有仗賴著一副忠厚相而實際上狼心狗肺之輩，

在幹其不法的勾當的。所以，我們倒不能輕信凡本《觀人於微》之類
的相書，而去「以貌取人」，結果就不祗是「失之子羽」了！

1971年6月12日

談捐色變

談到要「捐錢」，相信絕大多數人都會為之色變的。這原因也是非常之簡單，蓋因為「捐」字本來就有「捨棄」的意思在裡頭。而「捐錢」者也，就是要從人家在口袋裏的錢拿出來者也。依照人之常情，把別人的錢拿來放進自己的口袋裏頭，常常是心情愉快，心情一愉快，則臉上也便現出笑咪咪的神色來了，只是要把自己口袋裏的錢拿將出來，而且還帶有「捨棄」之意者，則不免為之心痛焉，心裏一痛，臉色自然就顯得難看了。所以，聽到「捐錢」了，罕有不為之色變者。

在今天的人類社會裏，很少有不必錢而可一為的事物。興辦學校、發揚文化、推廣教育需要錢……。如果是屬於自己私人的事業則自己想辦法找錢應付算了，可是如果事情不是屬於私人範圍而是屬於公家的，則單叫幾個人來出錢，慢說個人的能力有限而不能為之，就算是非不能之事，也是罕有幾個人願意為之，所以，屬於公家的事業如一切公益事業，就非由大眾合力出錢不可。要大家合力出錢，則非「捐錢」不可了矣。

於是，負責人遂組成了「募捐委員會」焉，組織「募捐小組」焉……名目雖繁多，目的總都是一個，殊途同歸，都是在負起勸大家把錢捐將出來的責任。談到負責「募捐」的工作，相信只要當過「募捐」隊伍的隊員者，也莫不大叫「多隆」[1]，大有「談捐色變」之勢。蓋因為當起了「募捐」委員來，就非三五成群沿門挨戶去「勸捐」不可；「勸捐」之時，則非和顏悅色、低聲下氣地「勸」人捐錢

---

[1] 「多隆」：馬來文tolong，即是「幫忙」的意思。

不可，可是，到底要人家把口袋裏的錢拿將出來是件不容易的事情，所以儘管您鞠躬彎腰，口中不斷地曉以大義，可是聽者藐藐，這個不是喊窮，那個就是「行情壞，無生理²」地大打太極拳，打完之後肯接下原子筆在提捐冊上寫下一個「合理」的數目尚且不要緊，偏偏就有一個人，不但口頭上喊窮，而且還以「這個要捐錢，那個要捐錢」為理由，把閣下大訓一頓，就好像他捐出來的錢，不是為了公益事業而是每一分都落入閣下的口袋中一般。這樣是不要緊，可惡的是在他訓過之後，還來一句：「這樣吧，不必寫名字了，拿五毛錢去罷！」然後果然從抽屜中掏出那個大過牛車輪的銀幣，丟在檯面上，然後揮揮手請閣下「請便」，猶如打發叫化子一般，這才令募捐的人既憎且恨，心中把他大幹一頓之後，暗自發誓說：「下次要我再出來募捐的話，算我祖宗十八代倒了楣！」

就因為捐錢不易，所以想捐錢的人，更得動之腦筋，想出一些妙極了的辦法來吸引人家捐錢。也許閣下會問：難道向人家捐錢，也有學問在其中嗎？也得想些妙極了的辦法嗎？那樣嗎？就讓莫理先生來介紹一下，相信聰明如閣下者，一聽便會領悟，而且還會發現，這些捐錢妙法在日常生活中早已司空見慣了矣！

儘管人類自封為「萬物之靈」，可是萬物之靈們都有一些共同的弱點（也許應該算為優點也說不定，這點莫理老先生也不能肯定」，譬如人們既愛利也愛名，通常也喜歡出出風頭等等。要把人家口袋中的錢捐將出來的人，當然也明白這些道理（雖然他本身也免不了這些優點或缺點），他們募捐的時候，常利用了這個缺點（或優點），於是效果斐然，而且屢試屢驗。

譬如說，在大眾集合的場所，掛起一個大黑板，然後公開宣佈為某種目的而要捐錢，希望大家慷慨解囊，然後就有一些人起來捐

---

² 「生理」：方言「生意」的諧音。

錢焉，主持募捐的人於是便把這些「熱心公益事業」的有心人的大名寫在黑板上，下面寫上他所認捐的款額，讓大家有目共睹，然後再向別人勸捐，口中說：「XX先生捐一百大洋，請問XX先生要捐若干？」這XX先生一聽之下，心想不能示弱，於是遂喊出了「一百另五元」。於是聽眾中便響起了一陣掌聲，主持人再接著向其他的人勸捐，間中也常常會有人自動向其他的人「挑戰」的，譬如說：「要是XX先生捐若干，我便再捐若干。」這麼一來，便熱鬧起來，於是效果也必定良佳了。

　　還有一些則用鼓勵的方法來吸引人家捐款，譬如說一次捐若干元，可以在禮堂上掛多少寸「玉照」一張，若干元可以掛若干寸「玉照」，總之捐出款額越大，則可掛出的「玉照」也越大；或者建好後的什麼建築物可以捐款人的大名為名。如一些學府的禮堂叫「亞狗堂」，科學室叫「亞貓室」……之類。近幾十年來因為新聞事業發達，於是募捐的人也常利用報紙來作鼓吹。譬如某位頭家捐若干萬，攝影記者拍下其玉照焉，記者先生為之為文報導或作訪問記，或作小傳，表彰一番焉，其效果也每每良佳也！當然，這些捐款方式都是利用人之共同缺點（或謂優點），好名及好出風頭，並且把握時機，在一個人感情衝動之際請其認捐焉。該人因一時出名慾望過重而承諾，於是遂一諾千金焉，事後也雖「痛定思痛」後不肯拿出錢來而做賴帳佬，譬如最近有人揭發當年有些人為了興辦某件百年大計而一諾數千萬，一直到現在還不肯把錢挖出來，就是這個道理也！

1965年4月23日

晏嬰與車夫

　　春秋時代的晏嬰先生在齊國當宰相，皇帝老兒自然為他提供了「座車」──那是一輛「馬車」，並且聘有「專用司機」一名──那是「車夫」，御馬的馬車夫先生！古書上有記載，晏嬰先生貴為一國的宰相，享有「一人之下，萬人之上」的地位，對人卻謙恭有禮，和藹可親；可是，他的「底下人」──車夫先生，卻自以為靠到「權貴」，向來都是目中無人，趾高氣揚的作風，完全是一副「仗勢欺人」的「奴才相」。

　　想不到，二千多年後的今天，在現實社會中，還是不時可以碰到晏嬰先生閣下的「車夫」。在政府的啥啥部門中，在商業銀行中，在達官顯要的府中……，我們幾乎隨時隨地都可以遇見到「車夫」先生。

　　譬如說為了辦理什麼手續吧，到啥啥部門去，碰到了三兩個「芝麻綠豆」官兒，那麼，閣下準定要受受他們的氣，不是讓您欣賞一下他那張不可愛的「晚娘臉」，便是聽聽他那副比「破銅鑼」還嚇人的嗓子；到商業銀行去，不論是向他們領錢也好，或者捧著一點小錢（在銀行家們眼中）去存寄在他們那兒，越是「小官兒」的臉色越難看，口氣越有大蒜的臭味──我常常在某間銀行中排隊時，作冷眼旁觀式地欣賞該行中一位上班不到三個月的年輕小夥子的一舉一動，他十足是晏嬰先生的車夫「轉世」的模樣，我常心裏想：「好小子，不知你要挨上多少年才能坐上經理位，經理的架子與脾氣還沒閣下大哩！」同樣的，有時候在某些所謂「神聖的機關」裏，也可以欣賞到某些「芝麻綠豆」般的官兒，那種趾高氣揚，不可一世，講話的聲音全從鼻孔裏湧出的那副「官樣」。

　　偶然，（對一個「人微言輕」的人來說，能「偶然」，也算是有幸了）也與這些「車夫」的「頂爺」有過接觸，沒想到他們卻謙恭有禮，客客氣氣，言語間絲毫也沒有刻薄別人，舉止上也平平淡淡，就像是個老朋友。

　　更加有趣的是：好像是以咱們「貴族人」的「車夫」作風最為濃厚，也最常見，因此，一般上，達官顯要的門房（看門的）與「跑腿」氣焰最盛；公會的某些「打工仔」的臉色，比會長與高層理事難看；政客底下的幾個「捐客」動輒以他們「老闆」的代言人姿態出現，高興起來就要斥責人，動肝火，把他們的「老闆」的形象都搞壞了。晏嬰先生的車夫「有幸」的是家有賢妻，保薦他去當「官兒」；而時下「車夫」先生的「轉世者」，安得也有個「賢妻」勸誡他們，要不然這種仗勢欺人的作風，真的要叫無辜者難受哩！

1991年9月12日

無名英雄

假如我們把華社中，一些專門在社團的理事會名單上「掛名」的人士戲稱為：「掛名英雄」的話，我想倒也是一個帶著幾分戲謔味道之外，還帶著幾分反映事實的意味的。因為，彼君子也，每逢社團舉行選舉大會，必定早早到會，然後在會前或現場上，展開交際手腕，東點頭，西握手，務求在理事會上「榜上有名」就心滿意足了。這些人志在掛名，而不在出力做事，不是英雄，難道是狗熊嗎？

在社團中也有個「特出」的有趣現象，那就是社團的領袖，或者某幾個舉足輕重的仁兄，也樂得「理事會」中有這些「掛名英雄」，因為這些「掛名英雄」九十九巴仙屬於「Yes Man」，無論做頭的人說什麼，他都「Sokong」到底的，至於有關會中的大小事，卻從不過問，只要領袖認為可以，便「你ok，我ok了」。所有社會賢達們便認定社團理事會裏，不能沒有這樣的「腳色」。於是，在每一年的選舉大會上，一定盡量「成全」他們，甚至有許多「掛名英雄」，連會也不須出席，連「交際」手腕也不施展，便坐穩了「理事」席位了。因此，我們不難看到「青年團」中有六十歲，做了內外公的「老青年」，不懂「教育」的也高踞在「教育」主任的寶座上，而且屆屆中選，年年有得好「掛名」，在樂此不疲焉！

與「掛名英雄」相對的，自然是「無名英雄」了哩！正如「掛名英雄」一樣，幾乎每一個社團中，都有一批「無名英雄」，這些人，有些的名字是「掛」在理事名表上的，也有不少是屬於「榜上無名」的，可是幹事的勁卻是一般無二。這些「無名英雄」經常會到會館或社團來，遇到有事就出力幫著做事，無事便看看報紙，打打乒乓。這些人是既可愛又可敬的，做事時則無分大小事，從扛桌椅做到「買

辦」，事事都做，樣樣充當「先鋒」，打前線，可是卻從來不居功，不計較有沒有「名分」。因此，有了這批「無名英雄」充當基層和幹部，才能讓那些擅長「剪綵」的，致「開幕詞」的，或者發表言論的可以到來「剪綵」，致開幕詞，或致訓詞，或者對報界發表洋洋灑灑的偉論。

前一兩年，曾見有些社團在活動時，籲請有專長的人士前來充當「自願工作人員」，這是一項革新，也是值得發揚的事。譬如說，某個社團辦文化活動時，邀請非理事，甚至非會員的寫作人前來作「友情客串」，共襄斯舉，使活動順利舉辦，這是一股新的風氣，今後應該多多發揚，這種不計「名份」而獻出力量的「自願工作人員」，正是今後社團活動中最需要的人才。假以時日，「掛名」的風氣便將會被時代的洪流所席捲。像大江之東去，一去不回頭了焉！

1989年5月12日

掛名

　　據說在我國的華社中，有一個特色，那就是「社團」特別多；可是，無論你同意或不同意，在不少的華人社團之中，也有不少的組織或單位只是掛名而已，實際上卻是形同虛設，而且，更妙的，連幹事會、理事會中「榜上有名」的人物，也僅是「掛掛名」而已。

　　說得具體一點，也就是說：在許許多多的社團組織裏頭，有不少的社團，事實上只是存有著一個名堂而已，雖然有其名堂，而且也煞有介事地有什麼理事會，幹事會的選舉與名單，可是事實上卻絲毫沒有活動。這一類的組織，只是名存而實亡，而作為它的理事的先生們，也只不過是「掛掛名」而已，根本就是無事可理，也無事可幹哩！

　　只需閣下曾經參與華社中的社團活動，便不難發現，上述所言，是一項事實。有不少「社團」，是虛有其名的；也有不少社團，表面上看來，是分設有若干個活動小組的，各小組也各擁有其理事會，而且職務分得清清楚楚的，有主席、有秘書、有財政、也有總務，甚至還有各種活動組長與委員。而且每一項職務，都有專人負責。可是，事實上，卻是形同虛設，理事名單中的各位理事先生，也只是掛掛名而已，過過癮性質的。不過，妙就妙在每一年或每兩年都循例地照章地舉行「選舉」，「選舉」之後，自然產生了一張張堂而皇之的名表來，而且還會煞有介事地舉行「就職典禮」。「就職典禮」之後，還會來個聚餐聯歡。只是，各理事先生們在聽過社會賢達或社團要人致過「訓詞」之後，再通過報章發發新聞，渲染一番，然後便宣告「功德圓滿」了。——因為從此之後，就不曾再聽說有任何的會議與活動，理事們既無會可開，也無事可理，然後一切便進入「冬眠」狀

態，一直要等到來年或兩年之後的「選舉大會」再選舉時，再產生新的理事會（大部分理事留任，換湯不換藥），然後又來個「就職典禮」與「聯歡聚餐」，拍過照片，聽過訓詞，又再進入「冬眠」狀態，然後，又要再等來年或兩年之後的「選舉」……。

我十分的不明白，像這樣的社團，即使是比他族的社團，多了幾個，又有什麼作用？有什麼地方可以令華裔感到自滿與自驕的呢？這樣的陳陳相因，因循苟且，社團照樣存在，理事照樣「掛名」，又有什麼值得自誇或滿意的呢？

1989年5月21日

言論上的巨人

　　在華社的社團中，「言論上」的巨人，簡直是無處不在，總之，無論你參與任何的社團或介入社會活動，一定會碰到這些仁兄和仁姐的！（因為現下社團中也多設「婦女組」，自然有女性理事了。）

　　屬於「言論上的巨人」的這批仁兄仁姐，都有一個「特徵」，那就是「能道會說」及「能言善辯」；他們的專長是，上臺是能演講，在臺下是則能發偉論；而且還有一個特色，那就是無論人家做什麼事，他們總是看不順眼，總會在雞蛋裏挑出骨頭來，然後大肆批評與攻擊。無論任何人，也無論大小事故，經過他們的嘴巴之後，一定有做得不妥善與不完美的地方。他們不開口則已，一開口的話，一定是數落張三的不是之處或李四什麼地方不應該這樣做，言下之意好像在說，如果別人事前能向他們討教，依照他們的指示去做，那麼便一定不會有錯誤或缺點產生了；或者這些事若是由他們負責去做的話，就不會這麼不完美了！

　　可是，這些「言論上的巨人」們，遇到要選人做事時，不是推搪，便是躲避，從來不曾看見過他們主動地挑大梁，負起重任來。

　　「言論上的巨人」在社團或組織裏，通常是以「反對黨」的姿態出現的，也就是「左派人士」———笑！雖然這些人的身份，地位，或在人們的心目中，算不上是「舉足輕重」的人物，可是，在現社會中，卻也是相當「吃得開」的「腳色」的！原因是一來，咱們華族同胞，都有一個「通好」（因為不能一味否定而稱之為「通病」），那就是對別人的事兒，老是看不順眼的；無論別人幹什麼事兒，我們若不開口批評人家幾句，就會擔心別人以為我們是啞巴，或者沒有本事，因此，這些「左派人士」倒是相當受人歡迎的；這些人也明白這

個道理，因此，他們便經常用這一套功夫，攏絡同好，組織起「反對黨統一陣線」來：二來，也不知道是什麼道理，某些頭頭總是對這些仁兄仁姐有所忌憚，因此，對這些人總是採取「讓三步」的態度，絲毫也不敢「冷落」或「冒犯」他們。這麼一來，這些「言論上的巨人」，也多能高踞理事會席位，然後經常在扮演「反對黨」的角色。

　　如果這些人，能夠有見識、有才幹，能夠真正的在理事會上扮演「壓力」的角色，自然能夠收到「監督」、「督促」，甚至「糾正」領袖與理事會的效果，對社團來說，未嘗不是一件好事，遺憾的是，現下出現在社團中的「言論上的巨人」，卻沒有這種能耐，因為他們只在「言論上」充當「巨人」，在「行動上」卻只是個「侏儒」罷了，因此，社團中有了這些人，並不是一件幸事！

1989年6月4日

吃「公家飯」

在社團的活動中，難免有「聚餐會」、「慰勞會」，以至一些大大小小都免不了的應酬餐會。譬如說，在一年之中，一般的會館便有春、秋兩祭；祭神完畢，把祭品切了，再加上些配菜水酒，便舉行個「宴會」，再如會慶，或者什麼活動過後，由頭頭掏腰包辦個宴會以表慰勞；或者友會的過訪，主方設宴招待等等……。

在這些餐會之中，有些屬於會員必須繳費的，譬如每人收費二十或三十元；也有些是花公家錢的，譬如春、秋兩祭，或慰勞宴，由社團向董事募捐，屬於不收費的；還有一些會後聚餐，或者招待友會的餐會，通常是由「做頭」的人自掏腰包招待的。這些大大小小的餐會，也有人稱之為「吃公家飯」。

先說那些需要繳費的：本來嘛，在民生社會之中，大家既然都是社團的一份子，享有社團所提供的權利；大家也必須盡一份義務的。因此，「聚餐會」之類，收費二十元或三十元的，人人都得出一份，那是天公地道的事。可是，如果我們去了解一下，不錯，許多會員都有繳費的義務，可是，也有一些「特權」階級是不曾繳費的，而且，更妙的是，有時候，連一些當「頭頭」的，也無需繳費。這種情形，若是讓繳費盡義務的明瞭之後，如何心服口服呢？

近十餘年間，華社中流行著舉辦一些「慶賀會」，譬如當某些社會賢達受了封賜，或者某些人的上司受了封賜時，大家都爭著為他們辦些「慶賀會」。慶賀會自然辦得愈堂皇，愈盛大愈妙，因為那麼一來才夠威風和體面嘛！於是，張三李四，生張熟魏都受邀前來參加，真是極盡一時之盛。可是，參加盛會的人眾之中，真正為了「慶賀」而來的，究竟有幾人呢？沒有人去調查和注意，反正主辦當局有「面

子」便行了！事實上，參加盛會的人，抱著「交了二十塊錢，有得吃有得喝」便來了，管他慶賀什麼人，什麼會？更有趣的，莫過於數以百計的參加者個個掏腰包交了費的，都成了「主人」。大家眼看著這些「頭頭」，以宴會的「主人」自居，從迎接受慶賀的主客，到演講、敬酒，都以「主人」身份出現，可是，這些人之中，反而有些人連半個銅板都不必交出。

另外，也有一些人，屬於社團的「掛名」會員或「掛名」理事的，平日裏不曾亮相的，當有「公家飯」吃的時候，個個露了臉，現了身，反正吃「亞公」的，不吃白不吃的心理之下，社團的大小宴會，經常是高朋滿座，桌無虛席的，對著這濟濟一堂，觥籌交錯的盛況，誰敢說：社團沒有人支持呢？

1989年6月25日

有錢聲音響

　　這個號稱「金錢掛帥」的華族社會之中，許許多多的事物，都被用「金錢」來作為衡量一個人，一件事，一種行業之時，都是用「有沒有錢」這個尺度來衡量。

　　正因為如此，所以「知識分子」、「書生」、「文人」、「作家」……，必然會被一般的人所忽略，甚至可以說，受到鄙視。這種情形，在社團之中，也不會例外。參與社團活動的人士必然會同意我的這種看法。當我年輕的時候，曾受邀參加某個鄉親社團的青年部活動，也被推選為職要之一。我參與之後不久，便感到一個不正常的現象──至少以我的評估尺度來說。那就是鄉團中的人士，都過分重視參與活動的青年們的「背景」，不但頻頻打聽「閣下是哪一家的子女」，「令尊是哪一位要人」之外，也明顯地看出：那些有個「龍父」的「龍子」及「龍女」們，是十分吃香的，反之，「出身」欠佳的人，都會被蔑視。我說這番話，是有事實可加以證明的，譬如說我在三十年前參與過的那個鄉親團中，有些仁兄，就因為「背景優越」──有個「龍父」，因而高踞青年部的要職，幾乎可以說「三十年不變」；而事實上這幾位仁兄並無什麼作為，也不曾對團體作出貢獻，可是，年年當選為要職，屆屆不落空，歷任「青年部」理事，迄今三十載，時至今日已達「知天命」的年齡，仍然高踞「青年團」要職！

　　事實上，在華族的社團之中，像上面所述的現象，可以說是隨時隨地可以見到的。參與過社團活動的人士一定曉得，在社團之中，「有錢的人」一定高踞職要的「寶座」，一定受到人們的「擁戴」與「尊敬」，同時，說的話也一定具有「分量」，不特聲音「洪亮」

而且也有一定的影響力。更妙的是，當與人有所爭執的時候，只要使出：「令伯出錢比你多！」這個絕招，也往往是會占上風的！真偉大！

華社中之所以會出現這麼的一個現象，大抵上都是由於「錢作怪」——蓋因為搞社團，搞活動，都在在需要到金錢，為了維持社團的生存，為了使到活動可以展開，就非找來一些出得這些「有錢佬」的支持，自然非給予一個「尊高」的職位不可，也不可不對這些人多尊敬兩分，不然又如何叫他們給予金錢上的「支持」呢？

可是，一旦這種情況過分擴張的話，那麼便不難產生一些後遺症，諸如衍變成「派系」的對峙局面，或者出現了「包庇」某一撮人士的不良後果，這麼一來，也就難怪有些有識之士會在「看不過眼」的情形下「隱退」或者「裹足不前」了焉！

1989年7月9日

質疑・嘲諷・觀火

　　我實在不明白，為什麼華族同胞基本上都不會太過相信別人，或者對某些人事加以信任。我猜，這或許是由於此地的華裔同胞，絕大多數都是來自中國南部粵、閩兩省的人士以及他們的後裔；尤其這些地區的鄉村居民，在過去三兩百年，大多數是過著艱辛的生活的，更何況其中不少屬於貧窮的農人或鄉民，不曾受過高深教育，也缺乏看看世面的機緣，加以滿清以還，人們都在被壓迫、欺詐、欺侮的環境中生活，縱使是南來之後，由於民智未開，經驗缺乏，仍然是受人壓迫、欺詐、欺侮。因此長期累積下對人事缺乏信心，對任何人與任何事物，都保持著懷疑態度而寧可妄加猜疑，不願全盤加以信任。

　　這種心態，或者便是形成今日華裔同胞不容易相信別人與事物的心理因素。我們不能說：這樣的心態一無是處，因為至少對人對事有加以警惕，總比一成不變地接受下來更好。可是，這種心態若是擴張之後，變成「寧可妄加猜度而不願相信別人」的情況之後，則可能會成為社會進步的障礙了。

　　說華族同胞不肯輕易相信別人，寧可自個兒胡加猜度，不是毫無根據的。譬如存在於華社中的任何人與事，人們便會經常加以猜度，或者以本身的想法，或在人云亦云的情形之下，妄自加諸某些領袖或是事情之上。譬如說：由於現社會中，許多人總愛利用社團與地位，利用活動來爭取本身的知名度，甚至利用工作上或活動上的利便來達到私利的目的，因此，人們常會以偏蓋全，對社會中的領袖的出發點、誠意與貢獻等等加以質疑，認為他們之所以挺身而出，是為了本身的名與利，甚或還有更加嚴重的指摘，而是毫無根據，且憑本身的度臆，或者屬於人云亦云的。

　　我不是說事實上沒有人是利用社團、利用社會活動來達到年利的目的。可是，若是做毫無根據的猜臆，或以既有的現象，硬硬加在某些人或事物之上，畢竟是不公平的，同時也可能照成偏差與阻礙的！

　　華社中有不少人，對任何事物都抱持著消極的態度，不但本身不願意去做，而且也不願看到別人去做。因此，無論人們做任何事，他們總是加以嘲諷、潑冷水，甚至惡意地誹謗與破壞，誠為可悲的事態！關於這一點，只要是曾經參與社會工作者的人，或者曾經有過理想與抱負，有過熱忱去幹某一件有意義的事的人士，一定可以列舉許多證據與實例！——相反的，凡是沒有意義的事務，舉凡是吃喝嫖賭，卻可沒有一絲閑言冷語，或者受人破壞與造謠，誠為奇怪的事！

　　然後，許許多多的人，都樂於把在為華社工作，為族群效勞的人，或者有理想有抱負，有熱誠的人當作「傻子」看待——有些人客氣一點則會用包涵了褒與貶，稱之為：「理想派」，然後人人樂於袖手旁觀，隔岸觀火。萬一幹的人出了差錯，大家都忙著撿起石頭扔擲過去；若是有幹的人掉到水井之中，石塊更是紛紛如雨之墜，幹的人有了災難，惹禍上身，則那時候啊，隔岸觀火的人還會用幸災樂禍的態度或以「智多星」的態度大作「馬後炮」般的「評論」！

　　怪哉，這麼樣的現象！——原本應該隨著教育的普級，眼界的大開之後有所改變的！

　　哀哉，華社中竟然存有許多如此這般的人，以及這麼樣的現象！——我們不是自詡為「龍之傳人」，秉承了五千年文化與優良傳統的民族嗎？寫到這裏，我實在想擲筆而三嘆：「哀哉……」！

1989年7月30日

傳承些什麼？

　　近些年來，華裔同胞們經常以本身是「龍的傳人」自詡。因此，我們動不動便可以聽見人們在說：「當然啦，我們是龍的傳人！」

　　我們的同胞們，能夠不忘本身是「龍的傳人」，這種現象，如果從積極的角度來看，那實在是一個良好的現象。因為這至少反映出我們的「根源」，自有許多值得我們引以為豪，以及讓我們去承受，去延續、去發揚光大的歷史、文化、思想，傳統以至習俗；從另一方面來看，也可以說同胞們能夠飲水思源，不致於忘本，不會數典忘祖，這是多麼美好的現象呀！

　　遺憾的是：由於我們飽受西方文化與思想的衝擊之後，許許多多的同胞們，已經不明瞭究竟什麼是中華文化，什麼是華族的優良傳統了。甚至，由於我們在中小學的教育裏，再也難於讀到中華歷史與中華文化，甚至連華族偉人、英雄、烈士、忠臣、孝子的故事都無法讀到了；而新的一代反而從香港的錄影帶中或電影裏，以至從海外，（包括了香港、新加坡、歐美以至我國）的華裔同胞在萬難重重的環境下求生存，圖發展的一些事實，以至在這種惡劣的環境下，同胞們的應變上表現，特別是近些年間，許多海外華裔，不擇手段，唯利是圖，不顧仁義，不講信用的種種事實中去吸取經驗，因而年輕一代之中，不少人反而誤以為這些便是「優良文化」與「優良傳統」了！

　　因為，我們不時可以聽到從同胞們口中說出這樣的話：「當然啦，我們是龍之傳人嘛，什麼事做不出來！」

　　不久之前，某地有一名大亨，由於失信案件而遭受提控並判刑，入獄前接受某報記者訪問時，這位大亨便表示：「沒什麼大不了。龍之傳人嘛，濕濕碎啦！」他老哥的言下之意是指身為龍之傳人嘛，失

信、入獄等等罪行，都屬於小兒科之舉，中國人嘛，什麼事幹不出來呢？如果這位大亨心中如斯的想；如果同胞們（尤其是年輕的一代們）如斯的想，那麼我們將感到萬分的悲哀，因為「龍之傳人」，竟然不了解我們要秉承些什麼，要傳授些什麼？我們的祖先有什麼好的教誨，值得我們去學習，去承受；我族同胞有些什麼優良傳統與思想，要我們去發揚光大。

一部五千年的悠久歷史與文化，許許多多的忠臣、孝子、信人、烈士……許許多多友愛、善行、慈悲……的故事不是我們三言兩語所能說盡的，可是，概括的來說，中國人向來當作「四維八德」的「四維」──禮、義、廉、恥與「八德」──忠、孝、仁、愛、信、義、和、平，便是整個民族的優良傳統。「四維」與「八德」，都要我們有禮貌，講仁義，識廉恥，以廉潔自律自詡也告訴我們要愛國（古時候的忠君，應演變成民主時代的愛國思想），要博愛、要慈悲、要講信用、要重義氣，還要和平、寬容大量……。哪一點告訴我們能幹下不仁不義的事？能夠失信於人？能夠不知羞恥，去幹敗壞道德與行為的事？哪一點告訴我們可以貪求無厭，奪取不仁不義之財？……

遺憾的是，由於移民異國的同胞，飽受西方文化衝擊與熏陶，加以在惡劣環境中為求生存與發展，因而汲取了他族的惡行與汙跡，才使「龍的傳人」變了本質。現在，我們竟然以「龍之傳人」自詡，而不明了究竟根源的優良歷史、文化、傳統為何物，誤以為自私、重功利，見利忘義，奸詐不誠，不講道義與信用為本身的文化與傳統，怎麼不令有心的同胞們感到傷心欲絕呢？

嘗於東海岸某城中，某位拿督的家中見到一副對聯，上書「不怕夷化華，只怕橘變枳」。如果我們以「龍之傳人」自詡，而不知道要傳承的終究是什麼，真是莫大的悲哀，而且，不必別人來消滅我們的

歷史、文化與傳統，我們自己也得宣告自我消滅或變質無存。此刻，我們能夠不加以警惕嗎？

1989年8月6日

出錢・出力與出口

　　要組織一個社團，非具備有經濟條件不可。因此，搞社團，非找來一些既屬熱心份子，而又出得起金錢的人物不可。可是，光是有了良好的經濟基礎還是不夠的，因為沒有肯來領導、策劃以至推動會務及活動的人士，一個社團，只具備有良好的經濟條件的話，那麼，充其量也不過光有著堂皇的會所，光鮮的「招牌」，而無法推動會務及展開活動，實在還算不上是一個健全的社團的。

　　因此，在一般的社團中，自然得有一批既屬熱心，而又能夠出得起錢的先生女士們；同時，也必須找來一批有才幹，有熱誠，甚至有傻勁的人才來負責會務的領導、策劃、以及推動實際工作。

　　在社團中，負責以金錢支援的人士們，可以說是屬於「出錢」的人士；至於以實際的力量，以實際的行動來推動及發展會務的人士，可以概稱之為「出力」的人士。這也就是華籍人士經常掛在口中的：「有錢出錢，有力出力」這一句話。我想，我國的許許多多華人社團，便是由於有著「出錢」的人士支持，又有一批「出力」的基層，因此，不但能夠維持下來而且還能展開活動，對華社及華裔同胞做出貢獻。

　　華裔同胞有一種良好的觀念與傳統，那便是「取之社會，用之社會」的思想。而且，長久以來，源遠流長的，中國人以及華裔同胞，對興學與公益事業，都列為義不容辭的責任。因此，當我們閱讀神州的歷史，可以讀到像陶朱公那樣的成功人士，慨然地在辦教育與於修橋、造路、布施等等公益事業，甚至其中毀家興學的例子有之，連像義丐武訓那樣，求乞尚不忘興學的例子也有之。就是移民異國的華裔同胞，仍然秉承了這種優良的傳統，像陳嘉庚、胡文虎、陳六使、李

光前、李延年等等這類大慈善家可說是每一個時期，每一個地區都有的，而一般的市井小民也一直在扮演著「有一分熱，發一分光」的角色的，單只當年興辦南洋大學事，三輪車夫、小販、勞工等等小市民，都義不容辭慷慨解囊，便是一個最好的歷史明證。如果我們進一步到全國各社團去看看那些照片掛在大廳之上，屬於當年慷慨解囊，捐獻興建會所的熱心同胞，便不難發現，其中不乏市井小民，老嫗女流之輩，都在捐款人士的行列之中；全國的六十間獨中與千餘間華小，所興建的校舍與禮堂，在千千萬萬塊的磚頭之中，不少是由普通的華裔同胞所捐獻出來的！

因此，在今天，當我們看到有一些別有居心的人士，在藉著社團與會館中飽私囊之時，我們在不恥於他們的劣行之外，也附帶產生了對華族會館、社團喪失了信心之時，我們是有必要把上述這一些事實列舉出來，讓同胞們深切的明白我們的族人之中，真真正正肯慷慨解囊，以公家事業興辦教育及公益事業的人士是不少的。同時，這也是我們族人的優良思想，優良的傳統，千萬不要因少數人的劣行而喪失了信心，用「功利」的眼光來看待華社的問題。

至於屬於「出力」的人士，有熱誠、有才幹、有幹勁與有傻勁的人士，更是多得車載斗量，縱使是在「功利至上」的今天，全馬每一個活躍的社團，都由於有一批肯出力的人士在領導、在推動，才有輝煌的活動與貢獻的！

遺憾的是，由於「功利主義」的膨脹，在今天，華社中也有不少「功利至上」者，滲透入社會之中，或在把持著，或在操縱著，以圖中飽。此外，也有一些錢不出（或出小錢），力也不出（或出點小力），然後以空談空論，動輒攻擊這個，攻擊那個，或在自吹自擂，自我膨脹的人士。這一類的人士，每每在組織中，在會議上以「萬事通」姿態出現，然後大言不慚地在作長篇偉論，凡是別人幹的，都幹得不好。他自己本身幹的，都十全十美，這一類人士也充斥華社之

中。不過，所幸的是「人們的眼睛是雪亮的」，這些什麼都不出，只出把「口」的人士，最終必然遭人所唾棄的！

1989年8月13日

華社代有「傻子」出

　　華族有一句俗語如是說「江山代有人才出，各領風騷數十年」。今天，我倒要把這句話改一改，改成：「華社代有傻子出，各領風騷數十年」。因為在咱們華社中，幾乎可以說：每一個時期都出了一些「傻仔」，也由於這一些傻仔在發揚著「犧牲小我，完成大我」的大無畏精神，在為華族同胞爭取權力，爭取利益，在為吾族的文化、教育、自由，因此，我們今天不但能夠生活在一個較良好的環境之中，享受著在某些地方所享受不到的某些自由與權力，而且，還可以看到我們的文化與教育在發展著，在茁壯著。

　　我為「傻子」所訂下的「定義」是：凡是不為私利，而肯「犧牲小我，完成大我」，能夠拋開個人的生活享受、利益、願為廣大的族人做出貢獻——無論是出錢抑或出力的人士，都足以冠予「傻子」。

　　原因是：時至今日，在社會中某一些人士都樂於去當楊朱先生的信徒，抱持著「拔一毛利天下而不為」的思想，抱著「明哲保身」的心理，把「人不為己，天誅地滅」視作金科玉律，當作待人處事的「座右銘」，這一類人士，往往以「聰明人」自居，他們會把那些樂於為公益事業或族群利益而作出貢獻，作出努力的社工們當作「傻瓜」看待。

　　而事實上，整部華社的歷史，簡直大部分是由「傻子」寫下來的。

　　沒有「傻子」，誰會去向當政的權貴爭取族群的生存與權益；尤其是當族人面對著被驅逐出境的危難之時，「傻子」們「忘我」地去爭取公民權、居留權與權益。

　　沒有「傻子」，誰會為母語教育的生存與發展，披星戴月地去開會，去會談，去爭取；甚至有些「傻子」還因而被褫奪了公民權，失

去了工作與入息？

　　沒有「傻子」，許多文化事業與藝術工作就不會有人去幹，去從事了。

　　沒有「傻子」，許許多多會館、社團，大大小小的活動，也不會有人去主持、去推動、去發展了……。

　　我在上個星期的本欄中曾指出：在新山，正由於有一批熱情奔放的社會工作者，在他們幾近「忘我」的工作熱誠與傻勁之下，不但搞成了每年一度的「中秋園遊會」，而且一連幾年，規模越來越為盛大，陣容越來越為壯大，活動也越來越多樣化，而且已附帶地搞成了「詩人節・詩人雅集」、「歌之夜」、「七夕・兩岸」，以及「動地吟」等等深具意義，影響至深的活動……。

　　其實，這個號稱為「半島南端的門戶」的首邑中，正由於華社中「傻子」輩出，因此，許多原本是無法辦成的事業，給興辦了起來；許多原本屬於「不可為」的事業，給完成與實現了。就拿全國規模最大的獨立中學，在前幾天為創校七十六週年而舉辦的「萬人盛宴」來說吧。在那個霪雨連綿的夜晚，出席盛宴的熱心人士幾近一萬名；在盛宴之上，為支持興建「校友樓」而慨解義囊的熱心人士，即席捐獻了五十萬元的巨款。在宴會中，我們聽見司儀先生在臺上為呼籲捐輸而喊到聲音嘶啞，我們也看見到熱心人士慨解義囊的熱烈情況……。如果人人都是只顧私利的聰明人，肯定是看不到這樣的場面的！

　　我們也在這個水湄城裏，看見另外一批人士，一年復一年，在熱心地主辦「中學生校際辯論會」，越辦越旺，越辦反應及效果也越好；我們又知道，是一些社會領袖及社工們，正在為復興「德教會圖書館」而奔波，而努力……。

　　正當我在為這些傻子們的熱誠與行動感動的當兒，從麻坡，又有一位文藝界的傻子，給我捎來了一份由他及他的「傻子朋友」合力出版的《麻坡文藝》期刊，還帶來了一些充滿理想，信念的訊息……。

　　華社中能夠湧現這麼多的「傻子」朋友，我們怎能不因而額手稱慶呢？我們又豈能還感到徬徨與絕望呢？

　　不，我們應該燃起信心的火炬，然後手持著這把信心的火炬，以無私無畏的精神，投入「傻子朋友」的行列中去，然後也為華社，為吾族同胞獻出一份力量！

1989年9月17日

等久就有

「等久就有」這句話是流行於南馬的福建和潮州原籍同胞口中的一句方言，因此，單從字面上來看，是無法望文生義的。這句話是南馬一帶的潮、閩籍族人的俗語，它包含著「慢慢等吧，或許等得久了，任何期望獲得的東西便會出現，希望也將會實現！」而且，這句話的反面意義占了較大的巴仙率，換言之，這是一句帶有諷刺與嘲笑意味的反語。

我相信人們之所以會「創造」出這麼一句俗語，全都是由於在生活中磨練久了，經驗豐富而產生的。

華族的同胞深具忍耐的能力，對待許多事物，都能夠加以忍耐與等待而不至於太過急躁。因此，當辦起事來或處理問題來時，一般上都不會操之過急。在華族的處世哲學上，認為「操之過急」反而不妙，因為它常常會有「成事不足，敗事有餘」的後果。

或許由於這種心理和處世哲學吧，使到別有居心的人士便利用為「拖延」或變相的拒絕。

在華族的傳統觀念裏，當安慰別人的時候，也總愛用「等」來作為借口。什麼王寶釧獨守寒窰十八載，最後終於「守得雲開見得月」等等，都在一般人的意識裏生了根，「等吧，日子久了，問題自然會解決」，「等吧，目前情況不佳，日子久了，自然會變得很好的」！

可是，當我們在社會的大烘爐裏被煎熬得久了，便會領悟到：「等」原來是「美麗的謊言」，是「花言巧語」，是「無言的結局」……時，於是，人們失望了，對「等待」不再具有信心了，就這麼地，「等久就有」這句俗語便產生下來了……

　　想不到「等久就有」也會被搞職工會的大人先生和搞政治的政客們所慣用。因此，我們不難看到，當每一屆國會選舉近時，許多大人先生們會對選民們許下種種的承諾，啥啥問題將獲得解決了，啥啥法令將被修改得盡善盡美了，還有啥啥和啥啥……可是，當一朝登上代儀士寶座之後，一切的承諾都有了個「無言的結局」。然後，大人先生會對選民說：「這回來不及了，下回吧，你們要有耐心的，慢慢的等，我們會為你們爭取的！」

　　當職工會要廣招會員時，也會對其同道拍著胸膛說：「加入我們的陣營吧，我們是強大的，保證會為你們爭取合理的待遇的！」然後，大人先生們會迫不及待地通過報章，發表一些「在爭取中」了啦，「很有希望啦」，「這回一定解決了」啦的文告。一朝「塵埃落定」，所爭取的成了「無言的結局」時，大人先生不再廣發文告與訊息了，不過，倒會稍微表示「感到十分遺憾」，然後不忘呼籲同道們：「不要太衝動，不要太急躁，耐心的等，我們會繼續為你們爭取的！」

　　等等等，政客叫我們「等」，工會頭頭也叫我們「等」。我們五年一度普賢，一等便是五年，再等是十年，三等便是十五年。我們不禁想起莊子的「轍鮒之急」來。全國一萬左右名B級教員們的「合理待遇」，就拜託您們慢慢去爭取吧，爭到的時候，拜託把這訊息送到「老人院」或「天堂」裏來吧！

1989年10月22日

百忍成金

在華人的意識中，在華族的處世哲學裏，「忍」也是相當被重視的一種處世態度。因此，在教育子女之時，我們曉以「忍」的大義；在安慰別人之時，我們也再三以「忍」來告誡他們，要人家「忍耐」；什麼「忍一時，則風平浪靜」，「讓一步，則海闊天空」，更甚的，還用「百忍成金」來勉勵再四。

的確，凡事固然不能操之過急，遇到任何情況，也必須有「忍耐」的精神。急躁，暴跳如雷，衝動，魯莽，輕浮……都是不足取法的處世態度。在某些事物之上，的的確確是需要將忍耐擺上用場的。「小而不忍，則亂大謀」以至「忍一時，則風平浪靜；讓一步，則海闊天空」，在處理某些生活中的事故時，實在是有需要，也有功效的！

可是，隨著社會的演變，人們思想的改變也有很大的不同。特別是此時此地，人們普遍地有著「欺善怕惡」的心理，因此，在我們這一方，可能是在發揮「忍」功的效能，可是在對方看來，閣下實在是個「蒙仔」，笨都笨到要死，笨到連本身的利益都不曉得爭取，所以索性什麼都不要理睬你，到了這個時候，你去「百忍」，便是「白等」了！尤其是當與別人合作之時，或者要與別人「分享」什麼「大蛋糕」之時，要是你在發揮「忍」功，靜寂寂的在「忍」與在「等」，真的是人家「睬你都戇」啦，真真正正是「吃到連渣也不留給閣下」了啦！

在我們的祖父年代，可能有人會欣賞閣下「百忍成金」的精神；也可能有不少人是屬於天良未曾泯滅的善者；因此，當有「蛋糕」可以「共享」之時，會留下一份讓你「分享」；當有「油水」可以「共

享」之時，會讓你分得一羹之樂。可是，在此時此地就完全不同了。這是個講究「實力」的時代，你有「力量」，你有「勢力」，你有「法寶」，你有「本事」與「本錢」，你懂得爭取，你曉得把握時機，善用心機，那麼，你可以「爭取」得你應得的權力；如果閣下連「大聲夾惡」都不會，只會用上「百忍成金」這一招，一味在那邊「等待」，「等」人家「天良發現」，等人家「顧全大局」，那麼，等吧，最終「百忍」必定成了個「白等」的結局。

　　不知為什麼，我的腦子裏常常泛起一幅漫畫的畫面來：一個以「主子」自居的先生正在餐桌上享用著大魚大肉，旁邊有一隻善良的狗，仰著頭在癡癡的等，期待著那位「主子」先生會扔下一塊骨頭還是什麼的，可是，「主子」模樣的先生，眼睛裏不曾有那隻狗的存在，把一桌子的魚肉，吃得連渣也不剩下⋯⋯

　　我在想，要是那隻狗，猁猁地大吠幾聲，或者是惡狠狠地往那個「主子」自居的先生腿上咬他兩口，那位先生是不是會扔下些「食物」來，還是仍然吃得那麼泰然呢？

　　我這個意念，經常在利益被人所忽略了時，就會在腦子裏浮現⋯⋯

1989年11月5日

道聽途說與以訛傳訛

　　曾經有一位年逾半百的朋友，感慨萬千的對我說：「現在的年輕人竟然比我們這些老頭子更加迷信了，他們不但深信有鬼神，而且還是逢神便信，逢鬼便拜呢！」他還意味深長地說：「從前我們年輕的時代，常責怪我們的父母迷信，想不到此刻卻在怪責我們的下一代比我們更加迷信！」

　　我相信許多人都能夠同意我這位老朋友的見解。記得當我們年輕的時代，社會中似乎沒有這麼多的宗教以及這麼多的神神鬼鬼來讓我們去膜拜，去信仰，反觀時下全國各地，不但宗教巧立名目，而且還令人有一種「三步一小廟，五步一大廟」的感覺。我們周遭的人們，幾乎也在為拜神祭鬼而忙個不停。為事業，為前途，須求神拜鬼；為家庭，為婚姻，得求神拜鬼；為前途，為命運，要求神拜鬼；為中偏財則無論跑馬、買千字與萬字，更加應該求神拜鬼了焉……

　　迷信的風氣籠罩著整個華社，說明了人們的心態正在徬徨無主，也說明了人們對任何人任何領袖與頭兒都缺乏信心，覺得朝令夕改，或者朝秦暮楚，或者世事變化無常，已經沒有一個定律或一種力量可以讓人們去寄託，去信賴，去依靠了；因此，大家逼得去信鬼神並且寄託一切了。

　　這個事實，也說明了華族同胞缺乏理性的精神，反而大家都愛道聽途說，而且以訛傳訛，最終便變成深信不疑的地步。在這種情況之下，當人們從道聽途說中獲悉某地有一位「神明」，能夠祥雲垂蔭，庇佑信徒之時，便莫不趨之若鶩，不但不辭舟車勞苦，全去膜拜，而且還會廣為宣傳；一般的人士也不去窮源探本，對這些道聽途說的事加以相信，然後再以訛傳訛的加以傳播，遂使得許許多多的人士認

定這是鐵一般的事實而深信不疑了。至於醫卜鬼怪一類的事物，也都在同樣的一種情況之下，使到人們趨之若鶩，而敬若神明了。

人們在喜歡接受道聽途說般的傳聞，然後不加探討，不加思考，更會再以訛傳訛地加以傳播的習慣，使到許多別有居心的人士有機會可趁，於是，這些別有居心及有所企圖的人士，正好利用這種有利的條件，然後「製造」出一些「傳聞」，讓人們去渲染，去傳播，於是乎，他們的目的便能夠得逞了。

因此，我們應該提倡「理性」的精神，也應該讓同胞們明了，「道聽途說」是靠不住的，「以訛傳訛」更是要不得的作法。畢竟「道聽途說」與「以訛傳訛」的作法是會助長不法之徒，或別有居心的人士從事不法或損人利己勾當得逞的目的，為杜絕造搖與撞騙，這種陋習是必須加以革除的！

1989年12月10日

三日溫飽，面目可憎

　　中國古代的賢人，為了提倡閱讀風氣，曾有格言留下焉，這句格言可以說已是膾炙人口的了，那就是：「三日不讀書，便覺人語無味，面目可憎」。

　　或許由於在此時此地，大家都不太熱衷於讀書之事上，因此無法看得出是否「三日不讀書」便覺「言語無味，面目可憎」。倒是許許多多的實例證明了，在此時此地的華族人群之中，許多人倒是：「三日溫飽」，便出現了「面目可憎」的模樣兒了！

　　記得早在三十年前，我還是一個剛踏入社會，初出茅廬的小子的時候，便曾經從一位熟人的身上，領悟到原來華族同胞，只要「三日溫飽」便令人覺得「面目可憎」了焉。原來，話說三四月前，有一位熟人焉，也與我一樣是個窮措大，出身貧寒，家庭負擔又奇重，簡直是屬於「家無隔月糧」之輩。後來，這位仁兄由於長袖善舞，弄了個小小的官兒來當；只當上不了幾天，剛好我們一夥人在城中某間餐館裏聚餐。席間，便看見仁兄一邊用牙籤剔牙，一邊用不屑的口氣在批評這家餐館的菜色欠佳；接著，連城中五六間餐館的菜肴，都經他的金口加以月旦了一遍。當年我由於入世未深，對他在月旦之時的那副嘴臉甚感驚訝，心想：一個跟我一樣的，一年難得有幾餐在餐館進膳，怎麼當不上幾天官爺，便有月旦菜肴的能耐呢？及至年長之後，我才明白：這便是「三日溫飽」，便覺「面目可憎」的最具體表現了焉。

　　曾經看見一位年輕時候，同我一塊兒用一支幾毛錢買來的原子筆在爬方格子，然後寄去報館「撈稿費」來彌補生活費的所面的窮文友，在他當上「老編」寶座之時，手操生殺大權之日，便一邊啜著煙

斗，一邊用一副不可一世的口氣在對另外一位準備來替他的雜誌寫稿的文友說道：「你寫的東西，我可以給你十五塊錢一千個字啦，這對你來說，已經很高的了！要是你有本事寫些林梧桐或李延年發達史來嘛，我可以發給一千字一百五十元的稿費，嚇嚇！問題是你有本領來賺這一百五十塊錢一千字沒有！」看到這位自以為是文壇「暴發戶」的編輯老爺那一副面目可憎的面目，真令人要為之作嘔，因為他的老闆，都不曾用這麼一副面目對人說這話哩！

由於我族同胞一旦「三日溫飽」，便會「面目可憎」：因此對於那些自命是當朝紅人或者當前的新貴，一朝小人得志，動輒便是用猙獰的面目示人，或者作呼呼喝喝，不可一世狀，也就沒有什麼奇怪了焉。問題是，華族也有一句話說得好：「得意莫忘失意時」；更何況在此時此地，人人忙忙碌碌，無非為「搵食」耳，何況人生起落，得志與失意，也如潮起潮落一般，大可不必太過得意，不必躊躇滿志，然後仗勢欺人，慎防有朝一日，失意之時，則其時也，要找個臺階才不致於手忙腳亂哩！

1989年12月24日

門縫裏看人

　　華族同胞普遍地有兩種現象，一種是把別人看得太偉大了，以為自己不如別人，或者當別人有些什麼成就之時，便以為人家有個三頭六臂；另一種則是拼命膨脹自己，而把別人看小了，誠如俗語所說的：「門縫裏看人」——把人給看扁了。

　　在此時此地，一般的華裔同胞普遍都會有這個毛病——「門縫裏看人——把人給看扁了！」而且，還附帶地有著一絲兒寧可把別人看扁了，更希望不只是看扁了，而對方是真正的「扁」的；那時候，心理上便會有一種快感，似乎就證明了本身聰明過人，能力過人，也深具眼光。……然後，本身便獲得一股阿Q式的勝利！

　　在這種心態之下，於是，我們不難發現，許許多多的人，一旦談起話來，總是愛把話題兒扯上別人的身上去，有的人甚至每一天，總要找個「別人」來作為談笑的對象。每一天，總愛找某一個人的所作所為，來當做批評或炫耀本身才幹，眼光過人的材料。

　　當有個同事去開餐廳的時候，談論的人便會每日以「悲天憫人」的姿態，替那些去開餐廳的同事擔心這個，擔心那個；要是有一天，他花上十塊八塊，摸上那些同事所開的廳裏「幫襯」了一回，然後，在接下來的十天八天了，他簡直像個「批評家」那樣的，天天在批評人家的菜色欠佳，價錢太過高昂，招待又不夠周到……除此之外，還在為別人操心，擔心那人要是搞不成，那時可如何是好？……萬一，結果被他「不幸」而「言中」的話，那時刻，他可真是樂壞了，因為一來事實證明了他的評議沒有錯誤，眼觀的確準準；二來嘛，也證明了不是他自己缺乏嘗試的膽量，而是生意難做啦……。

　　偏偏上述這一類的「議論家」在此時此地，比比皆是，尤其是在那公館裏，俱樂部之中，他們作方城之戰的時候，一邊摸麻將牌，一邊道盡天下人的是是非非，評盡他的任何事故，真是「做神仙」，也沒有這樣的樂趣！

　　這一類的人，為了滿足自己的口舌快感，因此得拼命去臆度別人的事務，不管被他議論的人們究竟是否與他們臆度的，或渲染的一模一樣，總之，為了本身精神上的快感與勝利，是樂得不顧事實，不顧正義與真理，一心一意去做毫無根據的猜測，然後作極其不負責任的渲染與評論，盡極了侮辱別人、低貶別人與汙衊別人的能事。要是一些不學無術的老粗或者低三下四的市井之徒整日無所事事，作言不及義式的招搖與誹謗，那還是無可厚非的現象，可惜的是時下一些「知識份子」，社會中「中堅份子」，甚至當「人類靈魂的工程師」者，也墮落到和下里巴人沒有兩樣，一邊摸牌，一邊逞口舌之快樂，盡情誹謗與誣衊別人，真是令人不嘆「世風日下，人心不古」都幾難哩！

1990年1月7日

臺前與幕後

　　福建同胞們有一句俗語這麼地說：「做戲小（瘋），看戲戆（笨）」。意思是說：在臺上演戲的演員們，當在作演出的當兒，是非常投入的程度已經幾近「瘋狂」了；因此，在那一齣戲中，他扮演什麼角色，就得把自個兒當成那個角色的模樣兒，無論是言語、動作、表情，舉手投足，沒有一樣不能當成真的是那個人物的；因此，福建同胞們在讚賞之時，便認定演戲的人兒在演出時是「小」的（瘋狂）的。

　　演員們在作演出的當兒是「小」（瘋）的，那麼，臺下看戲的人們呢？那是「戆」的！因為啊因為，他們明明知道臺下那些演員，原原本本不是那樣的人物：扮「奸臣」的，原本是個忠厚之士；扮「匪徒」的，原本是個「乖仔」；演「善士」的，私底下卻是一個大壞蛋；演「公主」的，是個可憐蟲；扮「絕情」的，是個「多情種」，相反的，演「情多」的公子哥兒，才是個無情無義的人；……可是，看戲的卻同情起戲裏的「多情郎」，為他的求婚不遂或懷才不遇而灑淚；憎恨起扮奸人的忠厚者；為舞臺上的不幸者傷心淚一把流了又一把；為舞臺上幹勁壞事的奸人而氣得咬牙切齒，義憤填胸……當看戲的人兒進入了這麼樣的一個境界時，不是「戆」（笨）的，又如何解釋呢？這也難怪我們的福建同胞們為演戲與看戲的人兒，留下了這麼一句俗語來：「做戲小，看戲戆！」

　　其實，看戲的人兒是「戆」（傻）的，這一點倒是不爭的事實；至於說「做戲」的是「小」的，那可就未必了！事實上，「做戲」的人多半就明白這一切是「假」的，「演戲而已嘛，當不了真的！」總之演戲的人兒，誠如潮州人士俗語所說的：「皮燈籠，肚內光」

（亮）。他們明明知道這一切根本是烏有子虛的，是虛偽的，是假情假意的，因此，怎能說他們是「小」（瘋）的呢？要說的話，應該說「做戲精」，或者「做戲假」，因為畢竟演戲的人是聰明的，他們明明知道情節是假的，情也假，愛也假，仁也假，義也假……偏偏，他們卻可以演得那麼「逼真」，幾乎「亂真」，結果，把臺下的「戇」人騙倒了，賺取了不少的同情心，也賺取了不少的同情淚……博得了不絕的掌聲與雷動的喝彩聲……真要佩服「做戲」的這麼會「騙」人，這麼會「假戲真做」，「以假亂真」哩！

　　不過，要說演戲的人在「騙」人，「騙人眼淚」或「騙取同情」也不完全公道；真正在「騙」人的不是演戲的人兒，而是那幾個躲在幕後的戲班老闆啦，編劇啦，導演啦……可不是嗎？戲要怎麼演？情節要如何發展？不全是編劇本的幕後人早就安排好的嗎？還有那當導演的，教唆演戲的如何演出，如何用假情去騙真情；還有那戲班的老闆，因為戲的演出，畢竟是他安排的呀，甚至連「演出」，也是為了戲班的老闆嘛，為名！為利！為……！因此，如果要指摘「做戲」的人「騙」人，倒不如把幕後的這幾個「要角」揪出來，「主謀」畢竟是他們呀！

　　演「人戲」尚且如此，要是演「傀儡戲」嘛，那更加是如此哩！在「傀儡戲」臺前演出的那幾個「傀儡」，不但一舉一動而且連啼連笑，連說連唱全都被「幕後」人操縱著。因此，「傀儡戲」的幕後操作人，包括了提線控制傀儡的人，以及說話、唱歌的在內，才是真正在「騙」──騙看戲的「戇」人，騙掌聲，騙彩聲，騙眼淚……

　　假如「傀儡」們有知覺且有思想的話，那麼，他們應該是最感到「悲哀」的──因為他們的一舉一動，說的話或唱的詞，全部由人所操縱；更甚的還是當幕後操縱者一句「不玩了」時，全臺的傀儡便立刻宣告：「英雄無用武之地」；而在臺下看戲的「戇」人呢？尚且搞不清為了啥理由，不明白其來龍去脈時，「傀儡」已然靜止，幕後不

再有聲息，臺前也不再有演出，看戲的「戀」人，只好帶著怏怏的心情，離開戲棚回家去啦⋯⋯

1990年1月14日

別為「傳統」所困

「過了一個大年頭一天，我要來給王小哥拜新年……」

「咚咚咚吧，咚咚咚吧……」

多少個年頭裏，每逢「春節」來臨，大街小巷和左鄰右舍的錄音機，唱機和收音機，必定會播放起這些個所謂應時的「新年歌」來。

多少個年頭了——若是屈著手指頭算算看的話，大家都會感到驚訝，因為你記得剛懂事，而且也是記憶所及的年代，過年時聽的便是這些歌兒，而你時下只不過二十歲剛出頭；若是我告訴你一個事實，那麼你會更加的驚訝，因為我是個步入五十「高齡」的老頭兒了，在我年少的時候，聽的也是這幾首「新年歌」呀！

「新年歌」不曾有過改變不奇怪，同時也無傷大雅，更影響不了我族同胞的事業或辦事的效率，也算不上是一種陋習；不幸的是，華族同胞仍然在沿襲著這一些過年「傳統」，也正如那首「新年歌」一般的，仍然在陳陳相因，因循苟且著，不曾在所變革，那才是令人要為之扼腕嘆息的事兒哩！

過新年嘛，做工的人們期望著早「收工」，又期望著慢「開工」。於是，許多事業早在農曆十二月二十四前後便「收工」，宣告「停頓」下來了；至於什麼時候才「開工大吉」呢？一般上要到了大年初五或者初六，甚至有些公司，有些行業要等到拜過「天公」，「天公誕」過後才肯「開工」，換句話說，要拖到初十才宣告「開工大吉」哩。

這還不算什麼，要令人感到難過的是許多同胞們認定在「新年」期間，應是「破戒」讓家家戶戶，男女老幼賭個痛快，搏殺得過癮一下。「因為一年一度嘛，有什麼關係」、「新年期間賭博，博一個好

彩頭啦！」就這麼地，原本已屬於多賭成性的同胞們，破戒開賭之後，就心如平原跑馬，易放難收了焉，於是乎，從年廿九開始搏殺，一直殺到年初十，勉勉強強「開了工」，仍然心不在焉，無心工作，然後敷衍塞責幾下去，再去賭場去，讓精神散漫下去，也讓意志萎靡不振……

　　許多人都認為這是咱們華族同胞的「傳統」呀，「傳統」必須承傳沿襲下呀，豈能說改便改呢……

　　請看看這些個事實，這些個事實，都是由於「傳統」的沿襲而產生的：──

　　年初一或初二，單身漢或浪跡天涯的人兒，肯定是找不到膳食──除非到異族同胞所開的餐室或攤檔去；不要說初一或初二，縱使到了初四或初五「開工」之後，工作地點附近這條長長的街上，甚至一連走盡了三五條街，仍然無法覓得一家「開市」了的餐室……

　　年初三閣下的汽車爆了一條車胎，要找間輪胎店裝個新的，那可不容易啦，因為人家還沒有「開市」，還不曾「興工」呢！

　　年初五來了個親戚，假定是內弟呢──太太的親弟弟，作客的賓客，出奇的是從口袋中掏出了一副「撲克牌」來，然後，大家來個「大小一家親」──姐姐、姐夫、內弟、外甥，等等，呼呼喝喝搏殺起來，口裏你一句「幹令娘」，他一句「你媽的」……真真做到不分彼此，不計長幼，大家打成一片哩，就不知道讓外族人士看到了，聽見了時，會不會感到驚訝！

　　到了年初六以後，各行各業是陸陸續續「開了市」，也「興了工」，可是，由於前後停頓了十幾天了，樣樣都沒有工作，沒有生產，必須從頭來過，整個市場，仍然停頓著……

　　就以敝行業來說：印務館早在新年前收了工，書無法印出來；印好了的書早在年前送進了裝釘廠，可是裝釘廠仍未開工，書本仍然生產不出來；有某幾本書是印好，裝釘好了，也包裝好了，早已送進了

運輸公司的貨倉，無奈司機老闆仍然未來「開工」，書還是在貨倉中冬眠；書店或學校來催貨了，我們的發行部職員縱然已經開了工，可是前幾「關」仍然未開工，我們也一樣的開不了工⋯⋯

　　舉一隅而反三隅，因過年的陋習，使到社會與市場停滯不前，損失何其之大，為什麼我們還要堅持著這一些困囿我們的「傳統」呢？

1990年2月11日

壯哉！李述禹

　　一九九二年度「林連玉精神獎」的得獎人是李述禹老先生。李述禹先生是何許人也？相信未經過報章的報導，麻坡以外的人士是沒有幾個人認識他的，即使是麻坡人，也不知道那個在街角弓著背賣麵的「潮州老頭」名字叫做「李述禹」。

　　原來李述禹是麻坡一位年齡已登八十高壽的賣麵老伯伯，他在麻坡賣了三、四十年的麵湯。由於他的麵湯好味道，真正是又平又好吃，所以每一天都「高朋滿座」；李老伯伯也是「妙人」一個，每當顧客要他煮麵時，他嘴裏總是說：「我還有二十碗未煮，你能等得嗎？」可是，由於他的煮麵既好吃，又便宜，因此麻坡人個個都「等得」，李老伯的麵檔成為著名的小食檔。可是，在如雲的顧客中，確然還沒有幾個人知道這位日日弓著腰在街口為顧客煮麵的老伯伯名叫：「李述禹」，頂多知道他叫「李伯伯」或者「賣麵阿伯」而已。

　　可是，這一回李老伯卻是：「名震西馬」焉。不是由於他煮的麵太好吃而「名震西馬」，而是由於他榮獲本年度的「林連玉精神獎」，為什麼林連玉基金委員會的袞袞諸公決定頒發「精神獎」給李述禹呢？原因無他只因為他捐錢給獨中。原來李述禹在過去幾十年間，只要是華文教育機關向他捐錢，他必然是慷慨解囊，每一回都是「有求必應」的。雖然他不曾五十萬或一百萬地捐獻，只是一百塊，幾十塊，或者三五百塊的捐獻，可是，卻是持之有恒地，數十年如一日的捐獻；長年累月下來，也捐輸了好多錢焉！何況，他的錢是賣一碗又一碗麵湯換來的，每碗是一塊錢，塊半兩塊錢地賣，每一碗的利潤只是幾角錢而已，他若是捐出五十塊錢，恐怕至少得賣上一百碗麵湯，至少令他弓了一百次的腰背，額角也滴下了無數滴的汗水焉！

　　最妙的是有一回李老伯為「麻坡中化獨中」舉行「義賣會」，許多人怕吃一碗麵得捐上五十或一百塊，居然裹足不前，不敢前來光顧。到了李老伯一看，錢箱中，鈔票沒幾張，竟然從腰包裏掏出五百塊錢放進義款箱中。五百塊錢，若是每賣一碗麵獲得利潤五角錢，得賣上一千碗麵了！您說，李老伯偉大不偉大？今年李老伯的女兒為他做八十大壽，他把所有賀金都捐獻給中化獨中，客人吃的和喝的，全部由李老伯和五名千金自掏腰包去償付焉。

　　因此，林連玉基金委員會議決將本年度的「林連玉精神獎」頒發於他。李老伯也開開心心地到首都吉隆坡領獎焉。

　　莫理先生敢和任何人打賭，在全馬五百萬華族同胞之中，一定有很多人會問：「『林連玉精神獎』可獲得什麼東西？有多少獎金可得乎？」答案是僅僅有獎狀一份，獎牌一面之類。相信這個答案一定會令許多華裔同胞嘩然，大嘆：「傻佬！這樣豈不是蝕大本乎？」莫理先生也願意代為作答，答案是：「捐款焉，自然蝕本哉！如果捐款的為了換取利益或者祈求實際好處，那乾脆叫做生意不更直截了當，為何要玷汙了捐款的名義？」莫理先生不諳李述禹先生，李老先生也不諳莫老，不過，相信李老對莫老代答的答案，必然會同意焉。

1992年12月31日

「龍父」與「龍子」

　　咱們華裔同胞普遍地都有著一種濃厚的「望子成龍」及「望女成鳳」的心理。蓋所生的兒女，若果男的成了龍，女的成了鳳，不但能證明本身的「品種」良好，而且能在給本身帶來了光宗耀祖，門楣光彩的顏面之外，還可以有「下半世衣食不愁」的好處。

　　可是，由於時代畢竟不同了，因此，有不少的為人父母者，雖然是達到了「兒子成龍」，「女兒成鳳」的願望，可是，除了得了光耀門楣與臉上有光之外，並不曾為他們帶來了什麼實際上的好處──原因是成了「龍」與成了「鳳」的兒女，不一定像其父母所盼望的那麼孝順；時下不孝順父母，不肯奉養父母，不盡反哺責任的例子比比皆是；不少「龍子」與「龍女」在成龍成鳳之後，撇下父母移民外國，一去不再回頭，幾乎不再是奇怪的情況。閣下若是不相信的話，不妨到「安老院」去訪問那些無依無靠的孤老頭兒們，當知其中不乏屬於「好父好母」當年為了子女，儉食儉穿，誰知把子女栽培成龍成鳳之後，遭受子女撇去不顧的！因此，盼望能栽培出一兩個「龍子」或「龍女」的人們，則遠不如本身有個「龍父」或「龍母」來得實際！

　　所謂有個「龍父」或「龍母」，簡單來說便是出身於有錢有勢的門第之下；也就是說本身是屬於「銜著金鎖匙出生之人」；再說得更露骨一點，就像《紅樓夢》書中的賈寶玉，一生下來，便是個大富大貴之家的寵兒或者生為「希臘船王」之女，或為女王伊麗莎白二世的王子或公主⋯⋯

　　莫理先生引為終生憾事的，便是一生下來便置身於貧民窟中的亞答厝中的窮措大的家中。先父一生勞勞碌碌，也只能換取三餐稍微飽暖的生活而已。因此，莫理先生縱使是「文曲星」下凡塵，也由於只

受過基本的初中學歷便得到社會中來混口飯吃，一生中受盡白眼，就因為沒有個足以炫耀的學歷。每當聽見那些受過「大專」教育，戴過方帽子的高人雅士在嘲笑沒有大專學歷的人也敢來舞文弄墨時，便自卑得無地自容。看見不少高人雅士在發表作品之時，名字後面連帶還印上「碩士」或「博士」頭銜，令人肅然起敬時，更是遺憾不曾有個「龍父」，得以多念幾年書，念出個名堂來焉！

　　幸好莫理先生時下幹的只是「煮字療饑」的生涯，還不是個賣畫的畫家。要不然當看到中國女畫家鄧琳小姐攜帶了卅一幅名畫來展賣，三幾天裏便賣得個「滿堂彩」，帶回馬幣一百萬元，那是更不知道要感到如何難受焉！

1992年12月10日

戲說頭銜

最近幾十年中，社會人士越來越有「追求」頭銜的趨向，不但想盡辦法去弄個「頭銜」，而且還以在名字前面加個頭銜為榮。

我相信許多人都有同感，認為「我國華社人士太過重視『頭銜』了」。原因是近幾十年中，社會人士越來越有「追求」頭銜的趨向，人們不但想盡辦法去『弄』個頭銜，而且以在名字的前面或後面加個頭銜是件光榮的事。有個時期，即連在報上發表文章，也紛紛以印上個「頭銜」為幸，像在下這種沒有頭銜的「文人」，文章似乎也被人認為「不足觀之」矣！

其實，我們稱之為「頭銜」者也，其「正名」是「頭銜」，在中國出版的《現代漢語詞典》中列為規範詞，並解釋為：「指官銜、學銜等稱呼。」根據這個註解，我們對「頭銜」的定義也就明確了。

因此，注重「頭銜」並沒有不對的，如果真正有那種官銜或學銜──包括學歷或學術職位等等，加在名字之前或後，不但名正言順，同時也可讓人一目了然，一看就明白該人居何官職或職位，不但好稱呼，也可以對他有深一層的認識，就如某人的名字前面有個「Dr.」的英文頭銜，你必定先要弄清楚他是個「醫生」，還是個「博士」，以免一見有個「Dr.」頭銜便向他請教：「癌症病後如何調理」，而他卻是個研究水稻的農科博士。

對社會有貢獻被封賜

不過，在我國人們的「頭銜」除了官銜及學銜之外，還有其它的各種各類，有的是統治者封賜的，有的是對社會群眾有貢獻而被封賜的，此外也有自己本身所訂下的，尤其是商界人士，常見一些經營商

業的人士，自稱「東主」、「董事主席」、「總裁」等等，不一而
足，其中有的所開的不曾註冊有限公司的，他自稱為「董事主席」，
嘗見某一位親友，退休後承頂了一家咖啡店，分租予小販售賣麵食與
經濟飯的，名片上赫然是「ABC咖啡店總裁」，難免叫識者抿嘴訕
笑了。再說即使是註冊了有限公司，只有三五個家屬，全為董事老
爺，每月生意額只有三兩萬令吉，老頭子自稱「董事主席」，如果有
人挑剔的話，的確是會被當笑話來講的。

因此，雖然「頭銜」被人們所重視，人人爭著要有個「頭銜」，
可見有些「頭銜」與某位人士是配稱的，跟某位人士卻不配稱了。我
猜想李嘉誠大富豪與郭鶴年、邵逸夫、李光耀資政，根本就不必「頭
銜」，人們只要聽見或見到他閣下，單只看到他的尊容或聽見其大
名，不必提起「大富豪」、「郭氏集團」或「慈善家」等等，人們都
會肅然起敬——為他們的成就、貢獻及仁風義舉。

喜歡替別人加頭銜

偏偏許多人一旦被人硬硬加了個「頭銜」便十分滿意，譬如老夫
每次捐小錢給慈善機關，人家稱我為「慈善家」，我很受用，或者由
於比別人多出了幾本書，被人家稱為「馬華大作家」時便沾沾自喜。
（請別忘了老夫乃凡夫俗子，有如此心理不足為奇焉）。於是，許多
人便喜歡替別人亂加頭銜，有個文人喜歡在文章裏胡加頭銜，於是
寫漢語語法者被套上「語文專家」，寫寫文壇舊事者被稱為「史料
家」……最令我難堪的是多年前我在某出版社上班，不到一個月便收
到他寄來的信，信封上稱我是「XX出版社中文部總編輯」，害我在
收發處領取時不敢擡頭，蓋同事們（甚至老闆）必以為我在外招搖，
自封頭銜焉，可是又不能啟齒否認或說明，奈何！

2008年4月17日《南洋商報》〈商餘〉

戲說罵人的藝術

約莫在一年多以前,北京政府立下法令,嚴禁老百姓口出粗言,出口成髒,因為當局認為華族喜歡罵粗口,開口閉口汙言穢語,臭氣熏天,必然給遊客留下不良的印象……

2008年終於展開了,十一億中國人民所盼望的創世紀大活動也將蒞臨了,那就是「奧林匹克運動會」,有史以來第一次在中國的首都北京舉行。自從中國政府實行改革開放以來,十餘年間數度申辦世運會,先後兩度被他國擊敗而未果,這一回總算如願以償,因此舉國人民都以熱烈的心情在期盼著這項盛會的到來。

從新聞中獲悉,中國政府自從數年前便在北京市展開各種的改革,包括修建及擴建古跡如紫禁城、頤和園等等歷史的遺跡,同時也美化市容,擴建道路等等,以期迎接數以萬計的世運迷及遊客,不但賺旅業錢,也企望趁此機會樹立國威,將中國的各項措施及改變展現給來自五湖四海的遊客,俾留下深刻、美好的印象。

約莫是一年多以前,我就從報章的報道中獲悉,北京政府立下法令,嚴禁老百姓口出粗言,出口成髒,因為當局認為華族喜歡罵粗口,開口閉口汙言穢語,臭氣熏天,必然給遊客留下不良的印象。

發洩感情的最佳途徑

在下不曾研究「人類語言學」,對各國人民是否喜歡罵人,出口成髒向無心得。不過在華、巫、洋各族都有的我國生活了七十年,或多或少也聽過各種語言的粗話,曉得除了印度話以外,其他華、巫、英三種語言之中,粗話都不少,而且人們不但以罵粗口來發洩心中的怨恨與憤怒,還有其他的用途,包括了親昵的表現,有時候也會用上

屬於不文的粗言的。

其實，如果我們平日曾經稍作留意，多聽、多觀察，縱使不曾研究語言學，也當明瞭，有時，罵人或罵粗話，也是最佳的感情發洩途徑；同時也不單只是用來罵人及發洩憤怒，當興奮極點之時，粗話也經常派上用場的！譬如久候朋友不至，當對方姍姍來遲之時，就會粗口一句，甚至吃到美味佳餚時，不覺脫口也會罵幾句以表開心。

當一個人受了侮辱，被人欺侮之後，承受不了壓力之時，罵一兩句粗話，的確能抒解心中的不忿。曾見鄰居一名約僅四歲的幼童，跟另一個鄰童發生爭執，把對方惹哭了，另一個稚童的父親是個流氓相十足的老粗，竟然大聲斥喝惹他兒子的幼童，大聲叱喝之外，還作狀要打他。

那個幼童受盡委屈，竟然脫口罵了兩句粗口，這位幼童向來很斯文、溫順，當他受到逼迫之時，都會用粗話來發洩心中的憤怒，足見當人們受盡委屈和逼迫之時，會以罵粗話來發洩，不論是當面或背地裏。

「罵」人無痕是高手

可是，罵人也有高下之分的，缺乏功夫的形同潑婦罵街，無理咆哮即是；高層次者則臉無懼色、和和氣氣對人或對事冷諷熱嘲，講反話，讓人聽時不覺得對他有所傷害，過後回味時才曉得已經挨了罵——真是「罵」人無痕，高手是也！這道功夫俺們華族十分拿手，其中老北京與老潮州可算最本事，這種罵人的藝術，也被稱為「刻薄話」或「削皮話」。

曾經在舊書檔上買了一本六十年前在上海出版的《人間世》雜誌，那是繼林語堂博士之後創辦的幽默雜誌之一，曾經風行一時，後來臺北也出過「臺灣」版，自有一批支持者。話說我從買下那本「上海版」的《人間世》，讀到一篇題目為〈藝術大師劉海粟個展參觀

記〉，文章約有三千言。

　　顧名思義，當明白那是去參觀劉海粟的畫展後寫下的。作者一開頭便寫明某日他到大會堂去參觀畫家個展，於是，他從大會堂大門外兩隻石獅子描述起，寫他進入大廳，看到觀眾的儀態，看到樓梯的樣子，看到大廳側旁有個噴水池，一路走，一路看，一直描寫到後來尿急進入廁所，看到廁所中的抽水馬桶、水喉、各種設備……無所不見、無所不描，一直寫到走出大會堂踏上歸途。洋洋三千言，沒有半個字提到大畫家的生平、作品，自然無褒也無貶。

　　看官諸君，大家看看文章的題目，再看他的「參觀記」，內容所寫的全與畫展無關，當能明白他對大師的作品是褒抑或貶了。你們說：這種罵人文章，這種罵人的藝術，高不高明耶？

　　按：劉海粟是中國當代藝術大師，活到九十多歲才逝世。年輕時在上海，名氣很盛，樹敵良多，可見〈參觀記〉的作者必然是他的「對頭」也。

戲說筆名

　　古今中外的文人一般上都喜歡用「筆名」來發表文章或者出版著作，只要讀一讀世界文學史，或者作家傳記一類的書籍，便可以獲得佐證。

　　許多作家由於用「筆名」發表文章及出版著作，當作品一紙風行之後，其所用之筆名變成如雷貫耳的「字號」，其真實姓名由於不常被提起，反而不被人們所知的了！

　　中國與港臺的作家擁有筆名，新加坡與馬來西亞的作家也以筆名而名見經傳。聽說，在中國與臺灣，有專門研究作家所用的筆名的「專家」，然後著成專書，付梓面世，竟然是厚敦敦的巨冊。在下有幸向馬侖先生借來一閱，這部巨著之中，也列入了多位我國華文作家的筆名，真的是令人「刮目相看」也！

　　在下無意成為研究作家的筆名的專家，不過，此番倒是寫了這篇劣作，把馬、新兩地的華文作家，所用過的筆名，依照本人的主觀猜測分成十幾個類別，公諸《商餘》的各位讀者，聊充大家茶餘飯後扯淡時的資料耳。

　　根據在下個人主觀的看法，把作家們所用過的筆名，分為十四個類別，分述如後。

　　（一）「西洋風味」類：譬如艾斯、愛薇、夢露（新加坡作者）、耶魯（黃望青）、蒙路、柯里夫、傑倫、瑪戈（星洲畫評家許鐘右）等個筆名，大致上都是西洋名字的漢譯，因而將之歸納入「西洋風味類」中。

　　（二）「言志」類：用這一類筆名的作家，一般上都會把志趣與抱負寄情於筆名之上，讀者們可以望「名」而「生

義」的。

　　屬於這一類別的筆名有：文丁（沈仕坤）、筆抗、文戈、鐵抗（戰前作家鄭卓群）、林獨步、洪浪、姚拓（開拓一條新的生路）、黃崖（取「懸崖勒馬」之意）、黃思騁、蕭遙天、林參天、雲里風、征雁、莫理、陳其非⋯⋯等等，都可從字面上取推測其抱負或用意。

（三）「拆字格」類：「武俠大師」金庸便是這一類別的代表；他老哥原名查良鏞，把「鏞」字拆開來，變成為「金庸」了。「化拾」是前幾年經常在華文報副刊出現的筆名，真的是猜不出是誰人的筆名，又為何叫做「化拾」？莫非取「化石」的諧音麼？後來才曉得原來是女作家潘碧華的筆名；問她為什麼取用此名？潘小姐對老夫說：「老伯伯，『華』（簡體『华』）分開來不正是化十乎？」老夫這才恍然大悟焉。同樣情形的有一位已作古了的作家「老杜」，原名是黃桐城，取：「桐」的「木」字偏旁，並上「城」字的「土」，便成「杜」字，故用上「老杜」這個名號焉。

（四）「玄機暗藏」類：像韋量、唐雪、劉郎⋯⋯這幾位文壇前輩的筆名，便屬此類。原來「韋量」是區文莊先生在日治時代所取的筆名，「韋」取「違」的諧音，「量」是「日軍」二字的合併，「韋量」暗藏「違（抗）日軍」的「玄機」。「唐雪」是李公冰人的筆名，唐朝是李家的「江山」，「雪」即為「冰雪」之意，「唐雪」暗藏了「李冰人」這個真實姓名；劉郎是前輩作家（亦為翻譯家）劉前度的筆名，取「前度劉郎」之意也。

（五）戲謔性類：好像方又圓，李系德（你系得）、魯莽、牛筋學士（張木欽）以及多年前在《商餘》發表文章的「吳彩

功」（用閩語念便知其意），還有三十餘年前寫《文人的氣質》的文懷朗用「姜太公」，林連玉用「康如也」（連「糠」也無之意）……都可歸納進此類中。

（六）艷情類：好像早期的馬華作家馬蝶影，與六七十年代的青年作家「冷燕秋」（麥留芳）等人，可歸入此類。用這一類的筆名的男性作家，通常會被「熱情如火」的男性讀者當成「追求」的女性。譬如早年芙蓉青春出版社的青年詩人胡玉華，經常被讀者當成「小姐」而函件紛投，誰知道「胡玉華」乃一條大漢也！

（七）復古類：好像榴連館主（吳太山）、永春峇峇、韓江四舍、翠園（彭士驎）、已故的醉夢齋（馮兆昌）和原上草，江醉月等。

（八）「諧音」類：前輩作家方北方有個筆名叫「作兵」，即為其真實姓名「方作斌」的諧音；「良貫」（梁貫中）、「陸七一」（劉棋裕）。新加坡的林復利用「林鶴李」為筆名等。

（九）復姓類：不少作家喜歡用「上官」或「歐陽」等複姓，如吳天才早年用過：「上官娟娟」；黃愛民用「端木虹」、梁明廣用「完顏籍」與黃永恩用「淳於汾」等。（後兩人為新華作家）。

（十）「顏色」繽紛類：像紫曦、紅白、於青、林綠、年紅、姚紫、林年綠……等都是。

（十一）「東洋風味」類：如伊藤（江開競）、蓉子、葉靜子、吳靜子、東門草四郎（砂拉越寫作人）。

（十二）「唯美派」類，如：林姍姍（原名林鐵魂）、牧羚奴（陳瑞獻）、范北羚、柳北岸、陳雪風、葉曼沙、東方月、風沙雁、黃昏星、黃梅雨、江醉月、孟沙、駝鈴等

等都是。

（十三）「撲朔迷離」類：如張小蘭、林娜娜、冷燕秋、馬蝶
影……乍看之下，會令人以為是一位女性，殊不知卻是
彪形大漢或老頭子一名（如林姍姍）。再如「馬漢」，
乍看以為高頭大馬的關東大漢，哪知是個矮胖老頭也！

（十四）寄情類：好像張昆來（夢蘭）、盧有明（夢虹）、顧興
光（夢彤）以及那些愛X、念X、思X、慕X……都屬此
類。（X代表所寄情的女性名字）。

「筆名」，有時候也會鬧「雙胞」或「三胞胎」的，譬如「魯
達」在我國便有兩位，陳方也有兩位（若加上香港女編導便三位
了），還有其他鬧「雙胞」的。有一回，老夫讀了金庸的《笑傲江
湖》，見其男主角叫「令狐沖」，便想用「令狐疑」作筆名，後來看
見新加坡報章副刊已有人用而放棄，稍後一經打聽才知道那位「令狐
疑」原來是老友鄭文輝。

若是有人問：「那麼，你這個『銀髯』，又屬於哪一類呢？」讓
我悄悄地告訴閣下吧，那是「戲謔類」也！

1995年3月4日稿於八打靈

戲說「文物的保全」

　　把國家的文物交由外國管理，是很平常的事。

　　蔣緯國、宋美齡及胡適之的許多文物，就交由美國保管。

　　不久之前，我國的開國元勛，當年與東姑阿都拉曼並肩作戰，爭取獨立與建國的李孝式爵士的後嗣將他生前的文物，包括了信件、史料等等總共一百四十四箱十八萬件，交給新加坡東南亞歷史研究院保存，這件事引起輿論界的一些漣漪；於是，連日以來，許多人都在談論著這件事，有人責問難道我國沒有博物院乎？或者沒有歷史檔案局等等以保存珍貴的文物及資料乎？為何李孝式爵士的公子要將乃父的珍貴史料交給鄰國保存，捨近取遠，是何原因呢？

　　更加有趣的是坊間有人竟然在問：「李孝式是何人呢？他曾經幹過什麼豐功偉業乎？」更顯示出國人之中，縱使是華裔同胞，對國家的歷史以及有貢獻的偉人從不過問。我國建國僅有五十餘年，李孝式爵士逝世也沒有多少年，他生前創辦的華文日報目前不但仍在出版，而且已經另創高峰了；他生前創辦的興業銀行雖然已易手他人，可仍舊在營業，為何人們連他的大名都不曾聽聞過，真是奇事一件也！

文物托異國，並非第一遭

　　事實上，將偉人及功臣生前的文物及史料寄託給別的國家並不是奇事；像這樣的事，不只我國才有，即使是其它的國家也有。我的閱歷不廣，不過卻曉得中國的哲學家、文學家胡適之先生逝世之後，後人便將他生前的文物，包括了書信、日記等等不知多少箱，交給美國的資料館保存，並請專家整理，也讓學者瀏覽及參考。

不少胡適傳記曾記載他在留學美國期間曾與一位美國少女韋蓮絲相戀，後來胡適回國，在母親安排之下與江冬秀女士結婚，廝守一生，卻對韋蓮絲不曾忘情；數年之前，就有一位大陸學者根據胡適存放在美國的史料，包括跟韋蓮絲魚雁相通的私函，寫出一本洋洋二十萬言的著作。

至於蔣緯國（蔣介石總統的誼子）以及蔣氏的夫人宋美齡的史料，也都交給美國的史料館保存。

因此，將偉人的文物交給異國保管，李孝式爵士後嗣的作為不是第一遭。馬華公會創辦人陳禎祿的史料，不也是交存於新加坡乎？

確保資料受珍重及保全

將偉人與功臣生前的文物和史料加以保存，是最好保存歷史記錄的方法。後世研究偉人生平及歷史的人，可以根據這些珍貴資料整理出完整而真實的歷史，然後寫成歷史記載或傳記，才是可靠、可貴的典籍。

尤其是創造了國家的歷史，以及為族群爭取了權力的領袖，他們生前的日記、書信、文件（包括演講詞及合約等等），都是有力的證據。

有的時候，由於時局的限制，或者人為的障礙，某些傳記出版後被列為禁書，不得流傳；某些傳記根本就不准出版，甚至還有由「刀手」代寫的偽傳記，企圖篡改歷史，抹殺事實的，也會充塞市場，魚目混珠。因此將第一手史料及文物交由異國保存，以確保被珍視，被保全，那是上上之策，並無不妥當之處焉！

2010年5月22日《南洋商報》〈南言〉

戲說七夕

　　「七姐會」的成員，個個不忘在祈求一雙靈巧的玉手之外，還祈求一位「如意郎君」早日出現，免得空守閨中，過了摽梅之齡，也就把青春空蹉跎了！

　　在華裔同胞一年中的傳統節日之中，「七夕」（乞巧節）與「重陽節」（重九節）是兩個幾乎正在被人們逐漸淡忘了的節日。華人們每年都在歡慶春節──從除夕到初九，然後是春節的「句號」──元宵節，大家都用最熱烈的方式來慶祝；接著而來的清明節、端午節、中元節與中秋節，都有各自不同的「過節」方式，而且華人社會中，對這四個節日也可以說從未疏忽過，尤其是七月十五日的「中元節」幾乎是「小春節」，單只在七月一個月中，全馬各地，此起彼落的「普渡」儀式，便可以看出其「大陣勢」來了。「冬至」嘛，人們少不了會煮些「芝麻湯圓」，讓家庭成員每人吃上一小碗，可是「乞巧節」與「重陽節」就鮮於見到人們來歡慶了──似乎未見有拜祭的儀式，也不曾聽說過有什麼與節日關連的食品。

浪漫色彩的「中國情人節」

　　其實，「乞巧節」在中國的傳統節日中，是一個相當受重視的節日哩！尤其是對女性，特別是「待字閨中」的小姑娘們來說，「乞巧節」是她們的節日。

　　說來，「乞巧節」是一個充滿著浪漫色彩的華人傳統節日。

　　首先，自然是「眾所周知」的「七夕」是牽牛會織女的節日，也就是那個人們從小便耳熟能詳的「牛郎織女」的民間故事；這對被天帝硬硬拆散了的有情人，一個住在天庭之中，一個住在人世之間，只

能遙遙相望，到了七月七日的晚上，喜鵲鳥兒們搭成一座橋，這才讓他們夫妻倆得以相會，了卻三百六十四日的相思之情。因此，「七夕」是一個羅曼蒂克的節日，真正是中國人（華人）心目中的「情人節」哩！

「七夕」為什麼成為「乞巧節」（也稱為「七巧節」）呢？原來，從古代開始，中國民間認為每年的七月初七日是一個祥瑞的吉日，這一天，是有助於少男少女「開竅」的日子。因此，家長們會在七月初六的夜晚開始，一直到七月初七的凌晨，甚至是初八的凌晨這三天兩夜間，在家裏的庭院之中，布置好一張「八仙桌」，上面擺著各式各樣的鮮花和果品，以及茶壺、酒杯、飯碗、湯匙、筷子；甚至那些家中有初長成的姑娘們所繡的枕頭、手絹、所縫製的荷包、衣服、飾物……都擺在桌上或置之於桌邊另外設置的石凳子，然後讓女兒來拜祭，向神仙們乞求巧手能穿針、裁衣與繡花，也讓「待字閨中」的少女們許下心願，願月下老人早作安排，讓她們早日遇上「白馬王子」，「姻緣」早日來臨……

至於少男們也會在這個節日中參與拜祭，乞求天賜彩筆，成為一個具有文采的少兒郎，早日考上榜首，金榜題名，晉身仕途！

待嫁少女嬉戲節日

正如上面提過的，古代的中國民間認為：「乞巧節」可以讓家中初長成的女兒們向天神乞求開竅，賜予一雙能穿針縫衣織布與繡花的巧手；同時，也讓「待字閨中」的少女們乞求一份「好姻緣」，因此，「乞巧節」在中國的許多地方，成為了脂粉氣濃郁的「姐妹」節日了。在廣州，許多待字閨中的少女，在「七夕」到來之前，更組成了「乞巧會」（也稱為「七姐會」，「七娘會」或「銀河會」）。那是由於他們把牛郎與織女結為夫婦，生下一對兒子之後，被天帝活活拆散姻緣的民間傳說，與「七仙女」中的最小一位仙女（也是一位巧

手善織的織女），由於被「賣身葬父」的孝子董永所感動，化身為凡間少女，下嫁於董永，後來被天帝所知，派天兵天將，將夫妻倆活活拆散的這兩個故事加以混淆了。因此，把這個「雙七」的「七夕」，當成「七仙女節」看待。這些少女們，從初六晚上便開始拜「七姐」，一直拜到初八凌晨。在拜祭的過程中，「七姐會」的成員，個個不忘在祈求一雙靈巧的玉手之外，還祈求一位「如意郎君」早日出現，免得空守閨中，過了摽梅之齡，也就把青春空蹉跎了！

這種「七姐會」一旦組成，年年都會再拜下去，只不過那幾個在新一年中披上嫁衣嫁出了的成員，在第二年得回來「辭仙」——答謝七仙女安排的良緣，自此之後，便「喪失」了「七姐會」的「會員資格」了。

我從小便聽過家母說起，在廣東省潮汕一帶，待字閨中的「姐妹淘」們，在「乞巧節」時，也會聚在一起，玩一種稱為「籃飯姑」的遊戲。所謂「籃飯姑」，應該是裝飯的籃子。玩的情形，我從未見過，根據家母的口述，我雖不曾「專心一致」去聽，不過留下的印象，應該和時下玩「碟仙」的那種方式類似，換句話說，姐妹們集會在一起，其中一個便負責「通靈」（可能要焚香念咒之類），然後手扶「飯籃」子，其他的姐妹們便可問事，那個覆蓋在桌上的飯籃子會移動或跳躍，用聲響或跳躍的次數來充當「回答」（不過這種遊戲在中秋節也可見到）。可見「七巧節」也是一個少女們「嬉戲」（春）的節日。

或許在馬新兩國，許多華裔同胞都不曾聽過「潮州人」的子女，在七月初七那天，有「出花園」的儀式，縱使是潮州人家，可能也有絕大部分人士不曾聽過這個「出花園」的節目或儀式。

潮汕少男少女「出花園」

原來，潮州人家，一旦生下了子女，便會替子女「拜公婆」——換言之，便是把初生的嬰兒，無論男女，拜一對被稱為「公婆」的神明，讓「公婆」來保佑與照顧這個幼生嬰兒。據說，「公婆」有一個大花園（當然很大啦，要不怎麼容納得了那麼多的嬰兒呢？）祂們把嬰兒們養在「花園」之中，照顧與保佑著他們，不讓他們為邪魔、疾病所侵，保佑他們一個個快高長大，個個長成又聰明又健壯的孩子。

不過，「公婆」只照顧孩子們到十五歲而已，少男少女一旦滿了十五歲，便要離開「花園」，以後得靠本身的氣力和智慧去闖去拼了！

因此，潮汕人家子女的「出花園」，和中國古代的男兒們成年時的「加冠禮」是同出一轍的，至少，這種儀式，是古代「加冠禮」風俗的沿襲。

據說潮汕人的子女生下後，便為他們「拜公婆」，這「公婆」是哪一對神明呢？

據說，連潮籍人士也不甚了了。有人說，那是明代的大臣李卓吾夫婦，由於李卓吾一生為官清廉，富正義感，晚年時膝下猶虛，因此當時的人民，紛紛把子女過繼給他當誼子和誼女；據說李卓吾賢伉儷本身雖不曾生育，卻異常愛護這批誼子與誼女……

據說，李氏夫婦死後，成為專門照顧人家的嬰兒的「專門神」（類似「專業人士」）。潮籍人士更加「紛紛」地為剛產下的嬰兒拜「公婆」，讓公婆在「花園」中替他們照顧到十五歲，「居留期限」滿了，於是便來個「出花園」的儀式。

可是，在潮州地方，也有另外一個傳說稱：在元末明初時，中秋節的月餅裏藏著「中秋見火光殺韃子」（韃子指蒙古人，元時，每家人必須養著一個蒙古人）的紙條密件，結果家家人的蒙古人都被漢人

用刀在脖子上劃上幾刀，一命嗚呼了，後來，這些「冤死鬼」個個不甘願，冤魂不散，成為專門玩弄人家的初生嬰兒的妖魔。後來，人們只好與他們「講數」[1]答應讓子女當他們為「公婆」，讓他們「照顧」到十五歲⋯⋯

上面這兩個「傳說」，依老夫看，還是第一個「可信率」較高，而且也不乏「人情味」焉。不過，無論如何，潮州人這個子女十五歲「出花園」是古代中國人「加冠禮」（即宣布子女成長的儀式）的沿襲，其「可信」與「可靠」的程度自然是百分之九十九點九焉。

潮籍人為子女拜公婆，然後每季七月初七的「公婆生」（誕辰）都要拜祭「公婆」的。拜祭的東西自然是三牲（豬肉、魚、雞鴨等均可），而且是將祭品置於一個竹籃上，放上孩子睡床上拜祭。（早年的孩子隨著父母睡，自然是「大床」之上，如果時下的孩子睡小床，自然可以在床邊另設一個檯子來拜祭，相信「公婆」應該不以為忤吧！）

至於到了子女已經成長至十五歲，要「出花園」了，自然儀式要隆重些，祭品也相應的豐富些。

「出花園」的少男少女，一早起身後，父母親們便會讓他們用十二種不同的鮮花浸過的清水沖涼，藉以驅逐掉孩子身上的稚氣、楣運等不吉祥之物，穿上白衣藍褲，和一雙紅色的木履，然後到床邊去拜「公婆」。

這一天，拜公婆要辦「五樣菜」（雞鴨、螃蟹、豬肝、烏魚、雞蛋）以及香燭。自然，豐儉由人；有人藉此機會為「出花園」的子女請來了至親朋友，吃一頓豐富的盛餐。也有人把拜神用的雞、鴨、果品等分成數份，分送給親友，親友們自然會在「禮尚往來」的情況下，包個「紅包」給那位成長了的少年「興興旺旺」一下的！

---

[1] 「講數」：廣東話，「談判」的意思。

　　那位「出花園」的少男或少女，當天是不能離開家門的，要乖乖「躲」在家中，因為他剛剛離開「花園」，不再受庇佑，易為邪魔所侵也，過了些日便堅強起來，不再忌諱了。還有，同一天「出花園」的親友，也不要在這一天相見，以免有相沖相剋之虞也！

稿於1995年7月24日午前

為推潮人著作鼓掌

潮人作家為數不少，現在潮州會館發動推廣「潮人作家著作」，支持潮籍作家創作，我們應該鼓掌鼓勵！

次子彥彬交給我一份電郵，展閱之下，獲知雪隆潮州會館正發動一項「推廣潮人著作」的活動。在這項活動之下，籲請各地潮州會館響應，一起來支持「潮人作家」的著作。

閱讀電郵之後，我為這項富有意義的活動擊掌表示鼓勵，可惜辦公室內只有我一人，沒有人附和我，跟我一起歡呼，或鼓掌致意。

潮州自古文風鼎盛

我之所以為這項活動擊掌，不單單由於本身忝為「潮人作家」中的一分子，而是由於知道自古以來，潮州向來就有「海濱鄒魯」的美譽，因為潮州八個邑縣，文風很盛，人才輩出，歷朝歷代文人騷客已有不少。

潮州人喜愛文藝，「過番」到馬新二國的潮人也將文藝種子帶來本地加以傳播，百數十年之間，先後產生了不少位潮人作家。

根據記憶所及，新馬文壇中的前輩之中，鄭鐵抗、方北方、蕭遙天、潘醒農、許武榮等人都是大名鼎鼎的潮籍作家，可稱為第一代的潮人作家，接下來屬於第二代的作家更是多得不勝枚舉。吾友李錦宗（從事文壇史料搜集的潮人作家）曾在一篇〈我國的潮籍作家〉專稿之中，列舉了百數十個名字，其中不乏響噹噹的作家。這些潮籍作家，不但從事創作，數十年而不輟，而且出版過的著作良多，少說也有百數十種。他們的名字在此姑且不列，因為名字實在太多了，以後需要時才寫專稿列舉與推介。

　　大家都曉得，在此時此地，作家出版文藝或學術性著作十分艱難，主要的原因是印製費高漲，縱使印製成書，也難以銷售。原因十分複雜，此處暫且不談。

　　因此，我認為雪隆潮州會館這項活動不但很有意義，而且也合時宜，應該推廣到全國各地的屬會，不但籲請各會館各購買一二本，而且呼籲潮州同鄉一起來購買，既可獲得文藝讀物充當精神糧食，同時也是贊助同鄉創作出書的實際行動。只是萬事起頭難，而且知易難行，必須同策同力，才能獲得效果！

編印潮州文化叢書

　　我建議除了這項「推廣」的活動，全馬潮聯總會也應該設立委員會，策劃編印一套有關潮州風俗、禮儀、潮語、潮州民間文化、民間故事與掌故的叢書，從而讓潮州同鄉對家鄉歷史、風俗與文化獲得更進一步的認識，特別是讓新的一代——從少年到青年閱讀，才不至於只知是個潮州人，其餘的一概不知。

　　前輩作家蕭遙天先生生前便有個計劃，也印行三兩本專書，可惜當年他年逾古稀，繼之逝世，理想變成絕響，也成了「後繼無人」之憾事。

　　因此，在推廣潮人作家著作的同時，應該組織編輯委員會，徵求有志研究及著作的作家同心協力來編撰。明年全球「潮聯大會」將在首都舉行，如能及時推出這套叢書，必定能讓全球潮人一起擊掌嘉獎。未知潮聯會袞袞諸公認為如何？

2010年4月26日《南洋商報》〈南言〉

從「雜拌兒」到「規範漢語」

　　如果大家不使用規範漢語，勢必形成國外華人聽不懂「本地華語」，那是很不平常的事。

　　看到這個題目，初許會有讀者感到陌生，什麼是「雜拌兒」呀？至於規範漢語大致上是可以明白的。這句話用我們過去的說法，那就是從「囉惹[1]華語到標準華語」，畢竟我們從小到老，說慣和寫慣「馬來西亞式的華語」，一見納入規範語，有人恐怕一下子的功夫還不能領會。

　　不錯，從我們很小的時候開始，所聽到的華語，一向都很混雜，其中摻入巫語、英語，大家聽慣了，寫慣了，都很自然，一旦到了中國或臺灣，再講如此的「普通話」──華語，人家可就「丈二金剛，摸不著腦袋兒」了。

　　事實上，此地不但華巫等民族雜處，生活中也經常用上英語，再加上華人之中方言很多，尤其是從港片看到，又吸收了不少「港式廣府話」，講起話來，雖然我們自以為是「華語」，其實卻是「囉惹」式的語言，即使到目前，我們還是以「巴剎」來稱呼「菜市」，要是你講「菜市」，人家反而聽不慣了。有一回我到迷你市場去買一把「杓子」，我說：「老闆，有杓子賣嗎？」老闆聽後，抓抓腦袋兒，一臉茫然，後來我在角落裏找到了，對他說：「哪，就是這個。」他反而笑著說：「那是kong呀，你不早說！」此外，我們的語法也變成美式的，曾在辦公室裏聽見華語源流女教師說：「美莉後來結婚了一

---

[1]　囉惹：馬來語rojak，本來是指一種拌雜各種材料的食物──「馬來辣沙拉」，但後來也用來比喻摻雜的語言。

位醫生。」總之，這些都是「馬來西亞式」的漢語，講到不通時，還可以比手勢，對方也就明白了。

本來，語言是人們溝通的工具，只要大家明白就行了。可是，語言畢竟有「會話式」的和「書寫文」的兩種，平日交談，可以用「巴剎馬來由」或「囉惹式」來表達，當寫成文章時，可就要用規範語了，要不然出了馬來西亞，人家可就不明白了。時下交通發達，我們與中、港、臺三地的同種同文來往，交談之時，也必須使用共同認可的規範語言了。

我記得當我們這些老頭兒念小學時，「囉惹」式的華語更為流行。小時候作文，下筆寫道：「放學後，媽媽叫我到『古埃』[2]去買一枝醬油，我走到半路，看見兩輛摩哆卜『狼牙』[3]。後來『馬打』[4]來了，把『禮峇』[5]抓去『馬打厝』[6]，聽說那個『沙拉』[7]的『禮峇』將被『哈金』[8]『烏公』[9]或坐『加固間』[10]。」老師也照鉤如也，並未阻止。

當時，新加坡有幾位作家竭力提倡「將方言寫入文章之中，更能傳神」。小說家苗秀的《新加坡屋頂下》詩中，摻入大量方言；劉以鬯用「葛裏哥」署名寫過幾十篇「都市傳奇」，也大量摻入方言與俗話，根據他們說：這是「方言文學」，還有一個潮州老叔黃岱丁，他的小說《石肪有個缺嘴三》一書，全部用潮州方言與俚語來表現，因

---

[2]　「古埃」：馬來語kedai，即是「店鋪」的意思。

[3]　「狼牙」：馬來語langgar，即是「撞」的意思。

[4]　「馬打」：馬來語mata，即是「警衛」的俗稱。

[5]　「禮峇」：馬來語libat，即是「牽涉」的意思。

[6]　「馬打厝」：警局。

[7]　「沙拉」：馬來語salah，即是「錯」的意思。

[8]　「哈金」：馬來語hakim，即是「法官」的意思。

[9]　「烏公」：馬來語hukum，即是「懲罰」的意思。

[10]　「加固間」：監牢。

此，當時一些文人已紛紛仿效，一時之間，竟蔚為風氣。

　　近些年來，由於「大中華世界」漸漸形成，再加上專家學者的提倡與推動，我們才漸漸應用規範漢語來表達情意和寫作了。

　　　　　　　　　　　　　寫於2007年，刊出於2008年3月初

家鄉的一條食街

　　家鄉的一條食街，我從小便在那兒流連。幾十年後的今天，我仍在懷念著當時的風采。

　　曉得城市中有一條擺賣著各種可口美食的「食街」的時候，已經是十一二歲的小童了。那是五十年代的初期，我可以和遊伴在城中隨意溜達，不再只限於住宅與學校往返的路途了。

　　當時，父親除了在二馬路一家米糧及運輸公司擔任「財副」之外，晚上還到亞依亞務街口勞工司側旁的一家代理「紅貓」牌香煙的商店去當夜班理賬員，以增加收入。有時候，父親會帶我到那兒去，等到九時許他工作完畢，牽著我的小手走到街道的另一邊去，嘩！那兒正燈光輝煌，人潮不斷，與父親工作的那一邊的街道截然是兩個世界哩！

　　這邊廂不但燈光輝煌，人潮不絕，而且街道的兩邊，有幾近二十個美食的檔子正在營業，一檔檔的攤販在忙著煎呀、炒呀、撈呀……炭火正在爐竈中猛伸著火舌，吱吱喳喳的油炸聲，一股香濃的美食香味更隨著飄逸著的空氣撲進行人的鼻腔之中，行人之中有幾個不被引誘得猛吞口水，食指大動的呢？

　　我還深深地記得三馬路——惹蘭瑪廉正把食街切成兩段，朝向麻河的那一邊只有三幾檔賣榴槤山竹土產和涼茶的檔子，朝向四馬路勝利戲院的那一段就是最熱鬧的食街了。在與三馬路交界的街口算是當年最大的檔口，那是一家廣東大炒檔子，掌鑊的是一位三十多歲的廣府婦女，每天晚上都見到她揮動著手中的鑊子，將豬油在鑊中煎炸成滾滾的油，然後加入料子、麵或米粉，炒成一碟或一包包的炒麵或米粉；另外應該還有其他的菜餚，例如炸肉、排骨、蒸魚等等。只是當年

年紀小，父親的經濟能力也有限，不曾光顧過。廣府嫂的檔子規模大，夥計也多人，在側旁的咖啡店的騎樓下還擺了三兩張檯子，讓食客坐下享用。此外還有不少人守候在檔口前面，等待著她炒好包好了，帶回家去的。父親和我經常「打包」回家和媽媽一塊兒享用，當作夜宵。

　　廣府大炒側旁的一家「蠔烙」檔子，生意也很好。「蠔烙」是潮語，其實就是蠔煎，將生蠔加蛋加薯粉煎炒成一大碟的美食，那也是我家三口子所喜愛的美食──「蠔烙」原本就是潮汕美食，從「唐山」來的潮州伯和潮州姆怎會忘記呢？還記得當年拿鑊的潮州阿伯是個年逾半百的「老叔」，只見他身穿背心短褲、骨瘦如柴，一看便可斷定是個「鴉片仙」（有鴉片煙癮的人），只見他使勁地煎著炒著，忽而將雞蛋擊破投入鑊中，再見他急急抓起一小撮生蠔投入，再加醬料辣醬，炒得吱喳有聲，香味四溢，再加入薯粉，再炒三幾下，一碟香噴噴的「蠔烙」上桌了也！記得當時「潮州老叔」手下的「火頭軍」──專司炭火的也是個「潮州老叔」，外觀和掌鑊的一模一樣，不用說，也是個「煙屎伯」（鴉片煙癮者）！

　　還記得「沙爹碌碌」[1]，當家的是「沙爹碌碌」世家的第一代楊老伯。他將這味美食從潮州帶到番邦。當時老伯年方中年，檔子還是用雙肩挑負著，沿街叫賣，夜間才擺到美食街上，通常很早就賣完收檔了。

　　此外，還有對面街的炒粿條、牛腩麵、雞飯、雞粥、大麥糜（粥）、黑糯米、辣沙[2]、油炸鬼……都是各有特色的小食，其中包括潮式的、福建式的、廣府式的、海南式的……應有盡有，十分齊全。除了廣府炒米粉、蠔烙和沙爹碌碌之外，我也愛吃潮州牛腩米粉

---

[1]　「沙爹碌碌」：燒肉串。

[2]　辣沙：馬來西亞存在的峇峇文化的地道食物，通常用做麵條的湯底。材料包括蝦米、蝦膏、蒜茸、干蔥、辣椒、香茅、南薑及椰汁，製法是將它們煮多個小時。

和廣府雞粥。記得那位賣牛肉米粉的潮州阿兄當時才三十出歲，是個大塊頭。他每晚赤著胳膊，全身肥肉，且是朱褐色，口中銜著一支土製的雪茄，不苟言笑，只要客官吩咐：「牛肉粿條、生肉、加牛百頁（牛肚）、牛筋……」他便照做如儀。其間也有粗聲粗氣的「潮州怒漢」型壯漢，一屁股坐下，便大聲呼喝道：「牛肉粿條，加生肉、牛百冊，再加一條又粗又大……」有一回我忍不住了，偷偷問那位攤販：「又粗又大是什麼來的呢？」雖然我問得很斯文，也很小聲，攤販卻用他那把足以媲美花和尚魯智深的聲音回答道：「牛鞭啦！你要不要？」說完用古怪的眼神望著我，害我羞得低下頭半天不敢說話。

我還喜歡吃那家在牛腩米粉旁邊廣東雞飯和雞粥檔的雞粥，特別是下著霏霏細雨的夜晚，父親做完夜工，用大陽傘遮護著，父子倆走到雞粥檔，叫了兩碗雞粥，然後往商店的騎樓下那三幾張矮腳桌子坐下來。等到一碗熱騰騰的雞粥送上來，吃著那帶著雞肉絲的粥，既鮮美又暖和，真是甜在口中，暖到心裏，真的是至今難忘哩！

記憶中的美食街——一個美好的回憶，她不但曾經給我提供了裹腹的美食，也夾著深深的父子情。曾幾何時，隨著歲月流轉，美食街上雖然仍舊擺賣著各色美食，可是記憶中的那幾位親切的攤販，他們所烹調的美食，已不復在了！更何況歲月無情，刻下自己已是古稀老人，一切唯有在回憶中尋找了。

記得當年父親告訴我：這條街是麻坡的特色，從戰前就享有盛名，潮州人叫它「好食街」，廣府人則稱它「為食街」，倒不曾聽說有個粗俗的「貪吃街」名號哩！

2008年3月11日《南洋商報‧南洋文藝》

「多隆」[1]，別再貪吃了！

「貪吃」有「貪婪好吃」之意，也不夠文雅，為何一定要把一條美食街稱為「貪吃街」呢？

在麻坡居住過的人士，以及許許多多的旅客，都會曉得或記得，麻坡向來都以「小食」出名的。小食不但美味可口，吃過難忘，而且還十分便宜。在大城市住過的人士，都會翹起拇指說：「麻坡的美食又多又便宜，令人難以忘懷。」

人們都知道，麻坡有一條美食街，不但擺賣許多不同口味的風味小食，而且歷史悠久，早已馳名遐邇。

這條街坐落在麻坡市中心的哈芝阿務街，上段銜接大馬路（也稱為海墘街），末端與亞肋街（五馬路）連接，中間有兩條街穿越而過，它們是二馬路和三馬路。這條街兩旁都是店鋪，有餐館，也有雜貨店等等，此外還有一個金山食堂，也有幾家食檔。

食檔多食客更多

在這條街上，長久以來，到了中午時分，馬路兩邊便擺滿了小食檔，尤其是傍晚至夜間，食檔既多，過路人與食客更多，再加上穿街而過的汽車和電單車，簡直是車水馬龍，人潮必湧哩！

馬路的兩旁，擺著各種風味小食，其中有炒麵、炒粿條、蠔煎、牛肉麵、海南雞飯、沙爹、沙爹碌碌、糕粿、涼茶、鴨飯、燒臘飯、釀豆腐、芋頭糕、烏打[2]等等，記憶中還有黑糯米、白麥粥等等，就

---

[1] 「多隆」：馬來語tolong，在這裡即是「拜託」的意思。

[2] 烏打：烏打（Otak-otak）是一種由海鮮（魚、蝦、墨魚）、雞蛋、辣椒與椰漿混

不曉得當下還存在嗎？

這條街上過去也有書店、唱片店，加上四馬路的勝利戲院與三馬路的麗士戲院，更是人們流連的地方。近三十年雖然只剩下一間戲院，還新開了兩個商場，藥材店仍然有三兩間之多，仍然是一條旺街。

因此，在人們的口碑上、文字上以及記憶中，這是麻坡的一個景點，特別是以美食最著名。正由於如此，每年之中，它的見報率也很高，有時是販總抗議不公平的禁令，有時是呼籲小販注重衛生等等報導不絕。

尤其是新年即將到來的刻下，商販們在舉行掛燈迎春及美化小食街的活動，報章更以大幅度的篇幅報導，一連幾天都可見到彩色印刷的特寫，圖文並茂，令人注目。

可是，卻有一個「名詞」，令我見後心中感到美中不足，引以為憾的。

那就是這條街被「美」稱為「貪吃街」了！

「貪吃」是帶有貶義的名詞，一條令人難忘的美食街，用上不雅又帶貶義的「貪吃」作為「雅號」，不知道人們看後，心中有何感觸？

對我來說，卻是十分不悅！

記憶中這條食街歷來都被人稱為「好吃」街，「好吃」應是潮語，可能早年由潮州人民稱呼（早年麻坡是個「潮州」城），「好」是愛好之意，「好吃」並無貶義，也悅耳又文雅。至於其它地方，由於廣東人（廣府人）多，同類的食街被稱為「為食街」，我認為也十分恰當，又很文雅。

合，再用棕櫚葉包裹後烘烤的美味小食。Otak 在馬來語是「腦」的意思，因為烏打的原料混合時看起來類似腦，因而得名。

　　偏偏在若干年前（我猜不超過二十年），卻被傳媒稱為「貪吃」街，記得傳媒也曾將「好吃街」寫為「唯食街」，雖不至於不雅，卻不如乾脆稱作「為食」更佳！

　　心中有感，如骨鯁喉，不吐不快，因此，讓我呼籲：「多隆」！別再「貪吃」了！

　　　　2009年1月18日刊登於《星洲日報》〈火柔佛〉「大家談」

唯我獨尊

不知道會不會是我的錯覺，（不過，但願是錯覺，而不是事實更好），我發覺在我們同胞之中，帶有「唯我獨尊」的心理者可真不少焉。所謂：「唯我獨尊」的心理，就是指一些人，認為本身才是「第一」的，才是「最好」的，也才是「最正」的，至於別人，則不屬次貨，則為「西貝」貨──假貨，「冒牌貨」焉。

比如說早在五十年代焉，其時我們的國家尚未獨立，仍然為大英帝國的殖民地焉，我們的華裔同胞尚處在「僑民身分」的時代，不是中華人民共和國的僑民，則為中華民國的僑民。在其時也，但有不少人自認其本身乃為中華人民共和國的愛國分子，其他的人則不屬於其類族，乃屬於不忠貞的分子。一談到愛國，對著自己，自然翹起大拇指，自認本身是個如假包換的「愛國者」，也即為真真正正的「前進分子」，至於別人嘛，不但對國家不忠不貞，而且也是個落伍分子。誰知道四十年在彈指之間過去了焉，不少當年自認為「愛國分子」或「前進分子」的，竟然變成追逐名利，剝削無產階級的「錢進分子」焉。

在人世間，不少人自認為「君子」，自指別人為「偽君子」，可是，一旦面對著考驗與挑戰時，自認為真君子者，竟然原型畢露，真面目被拆下之後，人們才知道，原來他們本身才是不折不扣的「偽君子」，真真正正是披上羊皮的狼隻焉。

同樣的，社會中有許多「仁義道德」無時無刻都掛在嘴邊之上的人，卻是披上紳士、君子或慈悲的「畫皮」，事實上卻是損人利己的渾蛋。整天開口閉口維護母語教育，為民族文化鬥爭到底的人，竟然是「偽裝分子」，事實上不但把本身的子女送進其他語文的教育源流

不算，而且託庇在「維護母語教育」的旗幟底下，整天為本身的口袋與「錢途」作出奮鬥與鬥爭。

反而是人世間有不少的凡夫俗子，雖然從來不高呼「我們是龍的傳人」，卻遵循著中華文化的做人處事軌道，安分守己地做了一生一世的炎黃子孫：不奸、不詐、不貪婪、不淫亂，卻明白禮、義、廉、恥，懂得忠孝仁愛，信義和平。從來不張旗掛幟，高呼「我們維護華校」，可是卻要子子孫孫學方塊字，熟讀發源於黃河流域的炎黃子孫歷史，探索其文化的精髓，提煉出傳統的精華，然後實行之，推崇之。在我們的族群之中，確實有不少人在遵循著龍族的道德準則，依照著良好的待人處事的軌跡，默默地走在人生的道路上，不高呼啥啥口號，不妄指別人是冒牌貨、偽裝貨，也不妄指別人是兩腳的禽獸，只求本身腳踏實地，規規矩矩地克盡本分！

1993年1月8日發表於《新明日報》〈冷熱盤〉副刊

捐錢百態

在我們的華社之中，有不少的「事業」是必須依靠華族同胞自己去經營，去發展的。譬如說開辦華文獨立中學，協辦華文小學，以至社團會館、佛廟神廟等等，都乃非靠華族本身去尋求自力更生不可的事業。因此，我們一年到頭都會遇到上述機關學府的理事們，手執捐款簿，四處請求捐輸；於是，我們也不能不從腰包或褲袋之中掏出鈔票來，然後捐獻出去。

在這些「捐」與「被捐」的芸芸眾生之中，也就有種種不同的心態與姿態焉。

先講被要求捐錢的人士。最常見到的，自然是那些爽爽快快的捐款人：這類人士一旦碰到有人向他們捐錢時，既不多問，也不多講，大大方方地掏出十塊八塊，三塊五塊，至一塊幾毛錢的，捐獻完畢，還要鞠躬還禮，微笑著告退。對於這類捐獻，通常是不能要求他們「大出手」的，因為這一類人士，抱著「有求必應」的態度，他們也不要求什麼，盤問什麼，向他們捐錢的人，又豈能有所要求乎？這一類「捐款人」可以姑且稱為「應酬式」的捐款人。

第二類捐款人模式，是屬於「盡義務與責任」式的。這一類人士，通常都是已經了解前來要求捐款的目的，同時本身也已經把捐款當為己任，非一盡義務不可的事情。這一類型的捐款人通常心中早有預算，因此能寫下五十的便是五十，能寫一百者寫一百……總而言之，當仁不讓，義不容辭，全力以赴，絕不推辭！

再來一類是屬於「不情不願」式的捐款人。這一類捐款人，基本上便已經不願意捐獻，因此，每當有人向他們募捐，他們一定先「呈現」一副「晚娘臉」，把他們內心中的不情不願怨懟從臉部表情表現

出來，然後嘴巴還要問東問西，接著再加上一番批評，攻擊這個，攻擊那個，最後可能捐出一個小數目，也可能連一個仙也不捐便告了事。

最令人反感的一類捐款人，是那種「刁難又煽動」的捐款人。這一類型的捐款人聽說捐募人士要來了，或者捐款工作已經在「前方」（席位的前面），便立刻向本身周圍的人士展開批評、攻擊目擊者的不是之處，同時還煽動周遭的人士不要響應，縱使要捐錢嘛，也不必太多，捐一個令吉或五十仙便已經太多太多了焉！這一類型的人士也是到處可見。這些仁兄的心態不外是自己捨不得捐錢，又怕別人捐了自己顯得太吝嗇，因此不得不先發制人，煽動別人不捐，或捐少一點！

說到那些籌款的代表們，也有幾個不同的形態的。大致上跑在前面當籌款先鋒的人，通常都是比較有社會關係的人士，這一類人是在社會上混久了，人情世故都比較熟絡，因此誰人能捐多少，誰人要如何去勸捐，都早就成竹在胸，因此這一類的籌款人既不強人所難，也絲毫不曾婆媽，幹淨俐落，到處受人歡迎。

最令人反感的是某些籌款人，專找一些與捐款單位有些掛鉤的人士（換句話說，這些人士曾與捐款單位有過交易），然後來個獅子開大口，要對方捐獻一千或八百。不能達到，便出言譏諷，或講幾句講明帶有威脅性如「你這次不捐錢，下次生意不讓你做」的話語來。其實，人家在一年之中，尚不曾做到那個籌捐單位一千或八百元，就要人家一捐非一千八百不可，真的過分之極焉！

1993年1月7日發表於《新明日報》〈冷熱盤〉副刊

臉色

　　許多在戶外營生的攤販會對親友們哭著臉說：「我們是靠天吃飯的，因此，每一天，我們都得看天色；若是老天爺開心，我們有飯吃；老天爺黑著臉，掉眼淚，我們便沒飯可吃！」

　　不錯，在戶外營生的朋友們要開檔，要「揾」飯「食」（找飯吃），得看天色：晴天，沒問題，人們開開心心上街去，東買買，西購購。小販們個個「開市大吉」，滿載而歸，落得個皆大歡喜的局面。

　　若是老天爺不開心，黑著臉，大掉眼淚，淫雨連綿不絕，滂沱而下，還敢指望誰人上街玩樂與購物，大夥兒只能擠在屋子裏，對著黑壓壓的天空發愁焉。

　　在屋檐下幹活的人士們，雖然不必看「天色」吃飯，可是，卻得看「臉色」。小職員們得看上司們的「臉色」，上司們得看「管理層」的「臉色」，「管理層」也得看「老闆們」的「臉色」，說不定連「老闆」還得看「後臺老闆」的「臉色」焉……

　　做生意的人，得看批發商的「臉色」；得看施恩貸款的銀行經理的「臉色」；得看同行們的「臉色」；還得看大顧客與小顧客的「臉色」焉……

　　市井小民們也有「臉色」好看焉！乘搭巴士，得看巴士司機與售票員的臉色；要是巴士司機昨宵輸了錢，今天滿臉黑霧，閣下下車時得敏捷，提防他老哥不理閣下的尊腳還沒著地便把巴士開走，當心耍摔了個元寶式的跤馬；售票員先生若是臨出車挨了老婆的罵，必然一臉黑氣，閣下一不小心冒犯了他，麻煩可就大了焉！

有事上「衙門」，「官爺」們倒是十張臉孔九張黑，那倒是咱們
小市民早已心中有數的焉；可是，連那些已經宣布「私營化」了，跟
一般民營牟利機構一模一樣的過時「衙門」，這些辦事的「爺們」與
「妞兒」、「婆娘」各等人士，仍然以為「官做到很大」（借用陸庭
諭老師的形容句），一味把臭臉色、黑臉色給閣下瞧瞧！誰人要是不
相信，不妨到電話或郵政局去嚐嚐滋味哉，保證不落空，令閣下受了
感染然後也黑著臉，打道回府焉！

此時此地，做人固然難，謀生誠不易，做點小營生得看壞臉色不
說，連付錢予人也得瞧臉色行事，卻也不大說得過去焉，是不是私營
化的機構有必要讓底下的人明白；此時私營化了，辦事的人沒官職
了，雖不必遵守「顧客永遠是對的」戒條，也應該明白：「各位沒有
資格給顧客壞臉色瞧」的規矩焉！在「尊人自尊」的情況下，顧客們
必須也不敢以壞臉色相向，彼此笑臉相向，豈不快哉乎！

1993年4月22日發表於《新明日報》〈冷熱盤〉副刊

引以為榮

在馬、新兩國的華裔同胞之中，屬於「華文教育」出身的人士，基本上都有一些「優越感」，那就是認為身為「龍的傳人」，是一件光榮的事；同時，又是在華文教育源流出身的、乃屬飽讀「聖賢書」的一群，也頗有「引以為榮」之感。

中國是世界四大文明古國之一，歷史悠久，文化也是源遠流長的，這是沒有人能夠加以否定的事實。中國人的思想與哲學，也自有其價值與功效的，這也是不爭的事實，而且絲毫也沒有「情意結」的因素。在中國人習俗與傳統之中，有一些是屬於優良的，有意義與價值的；道德觀與價值觀，也不乏屬於顛仆不破的真理的。就拿中國的「四維」與「八德」來說，就可以看出，中國人的道德、價值觀的特別與優秀之處；假如再讀一讀中國上下三幾千年的歷史，更能夠明白了中國人在悠久的歷史裏累積下來的經驗，無論是用在修身、處世、經商或政治之上，都是極其有用的寶貴資產焉。

中國的「四維」，是指「禮、義、廉、恥」；待人應有禮貌，處事應重道義；做人應該純樸誠懇，品行更應該清廉潔淨，明白什麼是分內的責任，什麼是該取的代價，什麼是非分與不義的，不但不該接受，而且更應該知恥而不接觸，更不該與之同流合汙。「八德」是指「孝、悌、忠、信、禮、義、廉、恥」，這八件事都是不言而喻的做人該有的道德與戒律。

中國人認為一個人在「修身」、「齊家」之後，應該「平天下」，以治理國家為己任，也是所謂責任感與使命感焉。中國人在要求國人「先天下之憂而憂，後天下之樂而樂」之外，也要求其子孫後代，做人要有「氣節」，「威武不能屈」，「富貴不能淫」……再加

上歷史上面臨許多考驗與挑戰時，如何應付及克難的可貴經驗，都值得自命為：「龍的傳人」去學習與效法的。因此，「華文教育」出身的人，通常會為此而引以為榮，自認為本身比其他源流出身的人士更有深度，更為穩當，更為成熟。

　　因此，在過去的百年之中，此地的華文教育出身的人士，都不知不覺的自命為「華」，而把其他語文源流出身者當之為「夷」。自認本身比較優越，較有深度，因此也就會引以為榮了焉。所以，在我國，受「華文教育」者，並不僅僅指這些自幼在華文小學，華文中學念書，甚至大專教育仍然是以華文為教學媒介，因而指他們會使用華文，用華語表情達意而已，事實上，還是以實際、道德觀、價值觀以及人生哲學來作為區分焉。

　　　　　　1993年6月10日發表於《新明日報》〈冷熱盤〉副刊

二毛子

　　「二毛子」是北京的老百姓用來稱呼那些「忘」了「本」的傢伙的代名詞。在新馬兩國，五十年與六十年代時期，則常常被華文教育出生的人士用來稱呼那些純粹接受英文教育而不諳母語的華籍人士。在那個年代，華校出生的人士，可能讀了太多魯迅的小說與雜文，特別是《阿Q正傳》的讀者，深受魯迅的影響，對不諳母文母語，滿口英語的英校生，有相當深的偏見，也對他們產生了極大的反感，因此，便稱他們為「二毛子」或「假洋鬼子」，對於那些人開口閉口用英語交談及表情達意的現象，則稱為「放洋屁」。

　　事實上，在殖民地時期，在「殖民地」的教育制度下，當局的確「栽培」出了許許多多純粹受英文教育者，這些人雖然是黑髮黃皮膚的華裔，可是，不但不會講華語用華文，開口閉口得用英文之外，其思想與觀念，也與華校出身的華裔相差十萬八千里。這一類型的華裔，許多人都把他們當成「英文教育出身者」，也把他們當成放洋到英國或澳洲、紐西蘭、加拿大或美國等盎格魯撒克遜民族國家接受教育者看待，事實上，在殖民地時代，在馬新兩地受英文教育者，與遠渡重洋到英人後裔所建立的國家去接受教育者是迥異的。

　　因為，殖民地教育的制度下，所「造就」的人才，是只求適應殖民地的人士。簡單的來說，當時的殖民地政府所開辦的學校，目的只在於教育出一批批應用英文、口講英語，畢業後留在殖民地工作，當個政府雇員，或當個買辦或銷售人員。這些人除了口講英文之外，滿腦子也只有當個公務員或小買辦的志願，每月支領一份固定且又比普通受薪者為高的薪水，然後在工餘之暇打打羽球，打打高爾夫球，跳跳舞，享受享受人生，幹到五十五歲，「告老退休」之後，還可以

靠著養老金度日，直到老死為止。意識中已然是「高人一等」的階級了，夫復何求哉？

在「殖民地教育制度」下所造就的這些人士，在華文教育出身者看來，的的確確是一個個「如假包換」的「二毛子」，因為他們既不去求源探本，了解一下原鄉的情況，腦子也不曾有什麼民族責任或使命感，而且自滿自足，毫無需求，真的會令人覺得「怪怪」的焉。

由於長時期所接觸到的國產「英校出身」者是這麼一個典型，因此也就難怪華文教育者把他們當成「異類」了焉，而且推而及之，還以為「受英文教育」者，全部都是這麼一個形態了焉，殊不知事實上卻不盡然焉。

因此，五十歲以上的「華文教育」出身者，至今仍有人認為「英校出身」者就是那麼一個模子印出來的。殊不知道，不在「殖民地教育制度」下造就的受英文教育者，雖然不懂得華族歷史與文化精神，可是他們也懂得資本主義或馬克思主義。懂得要求「民主」、「平等」與「人權」，他們也有他們的理想與使命感的，不同於「殖民地教育制度」下產生的「二毛子」焉！

1993年6月24日發表於《新明日報》〈冷熱盤〉副刊

新「二毛子」

　　最近曾跟幾位年齡與在下相仿的朋友交談，這幾位老朋友都碰到一個相同的情況，那就是：雖然他們並非在同一個機構中工作，可是性質卻相同；更有趣的事是：新近上任的「頂頭上司」都同樣的不曾受過華文教育，屬於不諳華文的華裔；他們的教育背景是受過英語源流的大學教育，身份也同樣屬於「專業人才」焉。

　　我的幾個老朋友都是五十年代華文教育培養出來的人才，滿腦子裏充滿了民族感、使命感，滿懷理想和抱負，同樣的也認為如果是辦文化出版事業，必須肩負文化使命與扮演輿論權威的角色。由於他們在過去幾十年間所接觸到的那些「殖民地教育制度」所培育出的英語源流生，幾乎全是一個模子印出來的，因此，他們的腦海中，「受英文教育者」，都與這些二毛子是同型同款的焉。

　　誰知道共事之後，通過會議、交流等等，這幾位老友都感到意外的是，這幾位頂頭上司雖然不諳華文，可是對於報刊的責任，辦文化事業的使命，竟然與他們也具有同樣理想與抱負。同樣的，在為人與處事之上，也屬於謙恭有禮之士，通情達理，處處崇尚理智，擺事實，講道理。「二毛子」的模樣與作風，並不曾從他們的外貌與言行表露出來。因此，這幾位老友都感到十分驚訝焉。

　　其實，這沒有什麼奇怪哉！「教育」的目的與功效原本如出一轍，都是灌輸思想，傳授知識，以及教導待人處事的方法焉。同一個時代的人類，有共同的需求與欲望，也有相同的理想。因此，雖然教育的媒介語不同，可是大家都有民主的思想。明白尊重人權，也曉得任何事情要達致效果，必須有開朗與合理的管理法與行政法；此外，除非是受故意的刪除或蒙蔽，要不然大家所接受的知識自然是相同

的，總不可能由於用非洲某個國家的語文作為媒介，就讀不到中國、印度、巴比倫與埃及是人類文明古國的歷史；也不可由於用印第安語教學，就把馬來西亞從東合國家中刪除掉焉。

同樣的，幾十年間，我們在馬、新二國所看到的「二毛子」，是由於「殖民地教育制度」下塑造出來的，不是受英文教育者全然一個模式的事實，也就獲得佐證了焉。

不過，遺憾的是，在我們的社會中，另一批的「新二毛子」已經湧現了焉。新的二毛子可能比舊時代的「二毛子」稍微進步的，那就是他們不僅懂得英語，連國語與華語也通曉。不過他們對本身的根源、歷史、文化，同樣的一概不曉得。他們也不以為應該曉得，因為「新二毛子」們認定：做人嘛，第一要「識撈」，那就是不擇手段去撈，縱使當強盜，當雞鴨都無所謂焉；第二要「識嘆」，也即是懂得「享受」，人生短短；幾十年罷了焉，不享受人生才是冤哉枉也的事焉！至於什麼華文、馬來文、英文無所謂；馬哈迪政府還是四六執政，也沒問題；什麼中華文化、什麼五千年歷史、什麼孫中山、毛澤東、鄧小平、李登輝……咪搞我！同我有乜相干？

1993年7月8日發表於《新明日報》〈冷熱盤〉副刊

兒童樂園

有人說：時下的兒童與少年們真是幸福極了，單只精神糧食，他們就有幾十種，數得上五花八門，五彩繽紛的少兒刊物在坊間與學校中推行，不像三十年前我們念小學或初中的時代，精神糧食匱乏，哪兒來的少兒刊物……。

這些話乍聽起來好像對極了——沒錯嘛，我們小時候哪有「肯德基家鄉雞」好吃啊？哪兒來的電子遊戲機，或者電腦啊……依此推論，那麼，兒童刊物也必然匱乏的焉！

事實上可不是那麼一回事焉！此刻三十歲到五十來歲青、壯年們，回想一下；當我們念小學與初中的年代，讀的是哪一種刊物？

我相信許多人的腦海中立刻湧現出《兒童樂園》、《兒童世界》、《小朋友》、《南洋兒童》……這些刊物來了。

沒錯！時下已超過五十歲的中年朋友，小時候一定以《世界兒童》、《世界少年》與《兒童樂園》作為生活中的良伴的。四十歲或以上的人，則不但是《兒童樂園》與《世界兒童》作為精神糧食，還可能也讀過《小良友》、《南洋兒童》。

至於三十歲至三十九歲的人士，也必定對《世界兒童》與《兒童樂園》有著深刻的印象。因為這兩三份兒童刊物，都曾陪伴我們度過了人生的黃金時代——少兒時期。

尤其是《兒童樂園》，從1951年前後創辦以來，一直到今天，「她」仍然出版不輟。五十歲人士還記得那每期兩面的生活連環圖故事：〈小圓圓與小胖胖〉，到了今天，還在出版著的《兒童樂園》，仍然有這篇領了四十餘年「風騷」的連環圖故事，我曾經問「她」的出版人姚拓先生：「我已經五十幾歲了，幹嘛小圓圓與小胖胖還老長

不大呢？」姚老聽完，為之莞爾。

　　《兒童樂園》好，《世界兒童》好，《南洋兒童》也好，正是四十年間，陪伴了無數的人士，度過兒童與少年時代的優良讀物。「她們」都有一個共同點：每一期都有豐富的內容，多樣化的文章與圖畫，純正與健康的內容，可是，一絲兒也不曾板起臉孔說教，全本刊物，也從未見過一份練習題或學科指南，真真正正，讓少兒們在童真、童趣中閱讀這些刊物，從而獲得養料。

　　試想想看，當我們從公司下了班回家，拿起來的《精神糧食》還是滿紙數目字與工作上的材料，我們還會有閱讀的興趣乎？

　　同樣的道理，小學們與初中生們，在學校裏聽了許多大道理，做了許多練習題，回家後在補習老師指導之下又得做試題，拿起「課外讀物」來時仍然是這一套，還會有癮頭嗎？

　　　　　　1992年9月10日發表於《新明日報》〈冷熱盤〉副刊

蕭遙天與《教與學》

最近遇到幾位「中年文人」，年齡都在三十八至四十五之間的。當「閣下為什麼寫起文章？」這個話題一打開來時，幾乎個個都說那是由於參加了《教與學》月刊的徵文比賽獲獎，得到鼓勵，從此寫起文章來了。

《教與學》月刊是一份以教師與學生作為對象的雜誌，內容側重語文教學問題討論、教學經驗交流、學生在學習上的輔導，同時，也相當偏重文藝創作，每期都刊出相當多的文藝作品，包括知名作家的作品與青年學生們的習作。

這份月刊是在1961年前後創刊的，那是由著名的潮籍作家蕭遙天先生一手創辦的。蕭遙天先生在五十年代由中國經香港然後南來檳城定居，在鐘林中學任教。這位舊學根底精湛，教學經驗豐富，而且集新文學作家、訓詁學作者、書法家、畫家、詩人、考究學者於一身的中學華文老師，在教學之餘，除了經常寫作之外，還頗有不甘寂寞的以個人的力量辦起了《教與學》月刊。

我是這份月刊的「忠實讀者」，從她的創刊號，一直訂閱到終刊號。因此，我隱隱約約地知道：蕭先生最早是靠著他潮籍同鄉中較為富裕的商家支持——通過刊登廣告或贊助，而以有限的「資金」創辦起來的。本身除了得在鐘靈教課之外，還得幹邀稿、策劃與編寫工作，此外，連生產、廣告、發行、公關等等事務也要一手包起。像這樣一份帶著學術與文藝的純正刊物，銷路一定不會驚人，再加上蕭氏個人的力量在苦撐，許多業務都不能獲得正常的發展，可是蕭公還是任勞任怨的幹上十餘年。我忘了《教與學》是在哪一年停刊的，好像是在1972年，假如沒記錯的話，那麼，她至少出版了十二年了，

一百二三十期以上。

　　由於主觀與客觀問題的限制，《教與學》並不是一份十分出色（無論從內容或版面看來）的刊物，可取的是她是「嚴肅的」、「純正的」、「學術與文藝兼顧的」，絕不媚俗也不譁眾取寵。她最大的貢獻除了一年辦了五六屆的文藝創作比賽之外，就是刊登了不少的青少年創作，在文藝青年的提拔與獎勵上，發揮了很大的效用。

　　蕭氏在《教與學》停刊之時，很感慨地對當時一份叫《太陽報》的三日刊發表談話，指出國內擁有一千餘間華文中小學，數以萬計的教師、數十萬的學生竟然不能有效地支持這份刊物繼續生存下去，言之不勝唏噓。行筆至此，心中也不禁為蕭氏的精神致敬，並為《教與學》的停刊而哀嘆！

　　　　　　　1992年10月29日發表於《新明日報》〈冷熱盤〉副刊

世界書局與《南洋文摘》

緬懷蕭公遙天《教與學》月刊的同時，我也在緬懷幾乎與《教與學》月刊在同一個時期創辦的《南洋文摘》月刊。

像《教與學》月刊一樣的，《南洋文摘》也是屬於「純正、健康」而且「嚴肅」性的雜誌。這份雜誌是由在香港、新馬三個區域都有強大基礎與業績的世界書局所創辦與發行的，不過都不曾以世界書局的名義面世，僅用「南洋文摘社」的名義，而且也要讓讀者認為是香港出版的雜誌。

《南洋文摘》的編輯方針與宗旨跟《讀者文摘》一樣，由編輯人員從東南亞的華文報刊中選出具有保存價值，屬於「南洋」（即東南亞）地區文教、政經、原產、民生、史地、掌政等等範疇內的文章刊出。換句話說：凡有興趣了解東南亞地區歷史、地理以及文教、政經情況的讀者，以至研究「南洋」問題的學者及人士，不必遍讀東南亞地區的各家華文日報與雜誌，便能搜集到所需的資料；正如「創刊詞」中指出的宗旨：「《南洋文摘》的創刊，對新、馬兩地的讀者來說，就為了要幫助他們去認識馬來西亞和南洋各方面的事務，從而養成馬來西亞意識和南洋意識；對南洋其他各地的讀者來說，是為了要幫助他們去認識馬來亞和南洋各方面的事務，從而養成南洋意識，對南洋以外各地的讀者來說，就為了要幫助他們去認識南洋的事物，從而增進他們對南洋的了解。」

創刊詞中也提出版人與編者的宏願，他們說：「期望南洋文摘創刊後，會掀起了讀者們廣泛的研究南洋問題的學術運動」。

這份月刊當年每份之售港幣八角，大約折成馬幣是五毫（50¢），後期由於通貨膨脹的緣故，出版者也改用白書紙來印刷（早期是用新

聞紙），到了七十年代初期，訂價已提高至每冊港幣二元了。（即為馬幣一元）。

　　這份月刊出版後，頗有「曲高和寡」的意味，換句話說，即打不開銷路，不過由於是世界書局所出版的，在發行上怎樣都有許多利便，在資金上也不會出現短絀而挨不住的現象，所以一直挨了十四年方才宣告停刊。

　　《南洋文摘》從1960年1月1日創刊，到了1973年12月20日第十四卷第十二期（總號第168期）才「壽終正寢」。

　　這份《南洋文摘》正常出版期間，乏人嘗試，到了八十年代，停刊十來年後，卻成了研究南洋問題者所搜購的刊物，為什麼呢？下一篇再談。

1992年11月5日發表於《新明日報》〈冷熱盤〉副刊

實際支持：馬華文學（之一）

馬華文學所面對的困境和馬華作家所面對的困境，事實上是1+1=1的焉，換句話說，也就是相同的困境焉。

每一位作家都有相同的心願，那就是寫出來的作品能夠有刊登的原地，能夠有出版的機會，能夠加以流傳與保存焉。當前的「馬華文學」所面對的困境，大致上是：馬華文壇應該有一批源源不絕地從事創作的作家，以及年輕的接班人，這樣，才能確保「馬華文學」能夠連綿不絕的存在與發展。要達到這個目標，自然要使到「馬華文學」作品能夠有發表的園地，能夠有出版的機會，接下來是作品（著作）推廣與流傳的問題。

時下在馬來西亞出版著的華文日報，東西馬二地少說也有十份以上，由於東馬的華文日報沒有行銷到西馬來，我們能夠熟悉而了解的，是在西馬出版的六份華文日報。這六份華文日報之中，大約有五份是備有專門的文藝副刊的。除了文學專版之外，事實上還有不屬純文學的綜合性副刊，雖屬女性副刊，但間中也刊出可列入「文學」範圍的雜文、散文小品的作品、「雜文」性的專欄等等，使得馬華文藝作品獲得刊登的園地。可是，絕大多數的寫作人，大致上有共同的感受，那就是認為：文學副刊一般上都有其立場的，換句話說：也就是文學副刊側重於現代派的，還是傳統派的；這個立場，自然也與掌舵者有關，畢竟，刊物也就是編輯人身影的延伸焉。時下的文學副刊與綜合、半文學性的副刊，似乎有意無意的都比較重視年輕一代的作品，因此，中年以上作者，較為傳統派的作者，便會感到園地缺乏焉。其次，由於文學副刊多為半週刊或週刊，不能刊登太長的文稿，因而多數的副刊，超過六千字的小說，便很難獲得刊登了。再加上各

報的小說版，給予本地作家發表作品的機會都不多，因此，馬華寫作者，絕大多數會認為：刊登作品的園地匱乏，而且要達致刊登的機會，也必須符合副刊編輯的要求與限制，無論是題材、文體、字數等等。許多人也會認為：時下的文學週刊，不一定是開放給所有寫作人的，門戶之見、派系之分，以及被編輯與決策人圈定與否的因素是不容諱言的事實。

另外，從文學期刊來說，除了《蕉風》雙月刊之外，大致上只剩下《寫作人》季刊與《清流》雙月刊了焉，可供寫作人發表作品的篇幅不大之外，流傳（即發行的地區及數量）也不廣，尚不能夠負起提供更大空間作為寫作人的發表園地焉。

至於出版的機會，更是「難能可貴」。一般上，目前似乎沒有專為馬華作品提供出版的出版社；絕大多數的作家，必須自行將本身的著作出版，其中大多數是由福聯會、作協等機構贊助印刷費，也有一部分是由作者本身自費出版的。一年之中，所出版的馬華文藝作品數量不多，大約只有幾十本之多，因此，發表園地與出版機會都是馬華文壇與作家們目前所面對的困境。

1994年2月3日發表於《新明日報》〈冷熱盤〉副刊

實際支持：馬華文學（之二）

　　「馬華文學作品」向來都缺乏具有規模的出版社或報社來負責出版，每年雖有幾十本新書出版，大都是作者在社團贊助下自行出版，或者自己從「荷包」中掏出印刷費來印刷出版的。書籍之由具有規模的出版社及報社出版，以及由作者本身自行出版的，是有極大的差別的。其差別是在宣傳上、發行上，以及經營之上焉。

　　原因是，一本書籍，若是由一家具有規模的出版社或者報社加以出版，首先便能在「來勢洶洶」的「威勢」下占盡了方便焉，至少，讀者們都會認為「XX出版，皆屬佳作」而收了「先聲奪人」的功效。其次，一家具有規模的出版社，自然聘請富有經驗的發行及促銷人員來承當發行及推售上的工作，同時，也早就擁有一個周密的發行網以及書局、報攤的路線；再加上設計、製作及收退書、收書款等等都有專門人員負責，自然能夠獲得「事半功倍」的良效。何況，具有規模的出版社或報社，在宣傳上，諸如刊登出版廣告、印刷傳單、海報、圖書目錄等等之上，都有其利便可行。自行出版者，單單出版一本書，如何從事這些繁雜的工作？

　　因此，一般上，馬華文藝作品在出版之後，都落得個「難以銷售」的「下場」。正因為如此，也弄得大家都視出版馬華文藝作品為畏途，甚至還會引得人們產生錯誤的想法，以為馬華文學糟透了，連讀者都不感興趣，怎會是好的東西呢？

　　雖然，優秀的文學作品不一定能夠吸引萬千的讀者，同樣的道理，擁有十萬八千個讀者喜愛的作品，也未必是一本優秀的文學作品。可是，一本馬華文藝作品，連一千幾百本都銷不出去，那畢竟是不正常現象的，都是「人為的障礙」。

所謂「人為的障礙」，其一便是作家本身缺乏發行網。把書印了出來以後，無法把書通過發行與零售的管道推到讀者的面前。據我所知，有幾位「人際關係」良好的作家，把作品印了二三本出來後，通過十間八間獨中和國中的推介，便把書售罄了。因此，可見得人際關係是頂重要的，出書的作家，未必人人有這個優勢。

全馬有一千兩百八十九間華文小學，設若每一間買一兩本放進圖書館中，立刻可以銷掉一千至二千多本。問題是要通過哪一條管道進入每一間華小去？全馬沒有這樣的一家發行公司，一千兩百八十九間華小之中，不會有十間八間自動來向閣下買書的！全馬有六十間獨中，還有數百間開辦「華文科」的國中，可是，如何讓他們來向您買書？同時，也不可能每間中學都方便幫你推銷書。事實上，學校方面要處理的事務已夠繁忙的了，沒有能力再為馬華文學效勞了；在出版的這方面，以個人力量出版了一兩本書，哪來的能力與條件將書發行出去！

因此，每一年，「作協」所訂立的「議決案」中，似乎都有下列三項：

其一：籲請華社、華校支持與愛護並購買馬華文學；其二：籲請華文書局支持馬華文學，協助推售馬華作品；其三：籲請全國國中、獨中、華小支持馬華文學，並購買馬華文學作品！

議決案每年照訂照立不誤，「呼籲」也照「呼籲」不誤，遺憾的是有關的單位毫無反應，坐視不顧，奈何之哉！

1994年2月27日發表於《新明日報》〈冷熱盤〉副刊

得意

　　約莫是二十年前的事了，當時，我在人生的旅途上摔了一大跤，經濟上遭遇到極大的困難，內人的三姑丈不忍見我沮喪異常，日夜以酒澆愁，便用閩南語勸慰我說：「老莫，不要這麼樣消沈了，俗語說得好：乞丐也有三天好運呀！來日方長……振作吧！」

　　後來，我總算度過了難關，也從地上站立了起來，自然非常感激這位三姑丈——其實何只是三姑丈，幾乎在我困難之時曾經用言語、用關懷，用物質援助過我的人，我都沒齒難忘的！

　　從三姑丈的話當中，加上幾近六十載的人生體驗，我深深地領悟到，在人生的旅途當中，有順境、也有逆境；有失意的時候，可也有得意的時候，正所謂：「乞丐也有三天好運」，便是這個道理。

　　不過，究竟怎樣才叫做「失意」？抵達何種程度的成就時才叫做「得意」？可就因人而異，而沒有一個絕對的標準焉。

　　像成語「野人獻曝」的典故中的野人，在冬天裏，能夠碰上一個大好天，能夠蹲在門外曬太陽取暖，順便把身上的虱子抓下來，那種舒適感，恐怕也是「筆墨」與「言語」難以形容的焉，難怪他老哥在爽快之餘，大聲嚷嚷，要把「曬太陽」的「妙方」貢獻給皇帝焉！

　　同樣的道理，一個屬於B1級的小學教員，退休之時，底薪不過八百六十令吉；退休之後打份「新工」，有三倍的月薪收入，豈不大嚷叫道：「這是老夫一生之中最得意的時刻焉！」在下有一位父執，一生都在鄉村裏人家店鋪的通道上擺一個小檔子，削削黃梨，兼賣幾條香蕉活口；到老年時，居然能租半邊店鋪來賣「土產」，同時買了個大雪櫃，兼賣冰塊讓人凍酒與汽水去也，對他來講，當上跨國財團經理，滋味也不過如此，難怪乎當他對在下提起：「每天單賣冰塊，

便有七十令吉的收入」時，眼眶中流出淚水，淚水在陽光照耀之下，居然還晶瑩發光焉。

最遺憾的事莫過於看到人世間芸芸眾生之中，不少人只要略有小成，便會躊躇滿志，同時在言行之上，表現出一股趾高氣揚的姿態出來。原本躊躇滿志也好，趾高氣揚也好，都是他閣下的權力，偏偏這些仁兄，經常會把他閣下鼻腔中的臭氣，也噴到別人的面前來，汙染了空氣，也令那些面對著他的無辜者遭殃，感到其臭難耐焉。

在得意人士之中，最擅長於把洋洋得意、趾高氣揚的「威風」表現無遺的，莫過於一撮屬於「少年得意」的小伙子，在這一小撮躊躇滿志的小夥子當中，有者不過是剛獲得了一個工作崗位，當上了一個「小頭目」；有者是處身窮鄉僻壤之中，稍微教出幾十個在考試中稍微顯露頭角的補習生；再加以年紀輕輕，便擁有「四個子兒」——妻子、房子、車子和兒子。因此在環顧周遭，似乎有此成就者，捨我取誰乎？也難怪講起話來，口氣至大，一朝手操生殺大權之時，不免濫殺無辜起來焉；有者則濫用職權，排除異己，蔭庇與本身裙帶相關者以達到圖謀利益的目的！嗟乎！如果斯徒輩有個像李嘉誠那樣的父親，豈不是一走起路來，便要踩死螞蟻，踢死蝦蟆了乎？

1995年8月4日發表於《南洋商報》〈商餘〉副刊

聞鞭喪膽

「笞刑」就像它的這個「正名」（笞刑）一般地，許多人都是一知半解。這話這麼說呢？哪，「笞刑」這個名詞，大家都能望文生義，知道是怎麼一回事的。可是，這個名詞中的第一個字，卻有十之八九念不出準確的讀音來的。大家一見到「笞刑」，便明了就是掛在人們口中的「鞭刑」啦，「鞭刑」是怎麼一回事，大家全都明瞭；可是，如何「鞭」法呢？進行時的詳情如何呢？卻是言人人殊的，也是似是而非焉。

有人言之鑿鑿把「笞刑」形容得十分的厲害。說是一鞭打將下來，縱使是江洋大盜，蓋世霸王，卻也是難以承受的；如果不只一鞭，更加是無法承受——於是，也有人說，受刑的人，一次只挨一鞭，一鞭之後，讓醫生檢驗，看看犯人是否承受得了，多久之後方可再加一鞭，全憑醫生決定。也有人說「鞭刑」打了下去，犯人的尊臀之上，便將永遠留「鞭痕」一道，永不脫落，永不消失……許多人都說，任憑你是江洋大盜也好，或者是蓋世霸王也好，坐牢十年、二十年，不過轉瞬間的事，挨得了一時便成了過去；「死刑」在古代是「斬首」，斬首也不過是「卡嚓」一聲，人頭便落到地上，不算是痛苦的事；至於「現代化」的坐電椅或上吊，也算不上最痛苦的事，大不了也是一剎那便成為過去了焉。唯有這恐怖的「鞭刑」，不但一鞭打將下來，痛得喊爹叫娘，屎尿直飆，而且那鞭痕永遠存在，心靈上的鞭痕，更是難於拂抹掉焉。因此，不要說是我們這班安分守己的良民、順民，聞而心驚肉跳，連想像都沒勇氣，即使是江洋大盜、蓋世霸王，也會聞之而失色心驚焉……。

　　因此，對於罪犯來說，官判坐牢十年八年，完全不當一回事；官判死刑也無所謂，刑繩一拉就喪命，有什麼痛苦焉？因此還有膽作出瀟灑的模樣兒，可是，一朝聞官判坐牢三年，鞭打五下，可就垂頭喪氣，再也瀟灑不起來了焉……。

　　可是，卻也有人認為「笞刑」不夠「文明」，屬於違反「人權」之舉焉。在下不諳法律，不知道當法律對一個罪犯「仁慈」的時候，對那椿案子的受害人來說，是不是「殘酷」的事焉？曾經跌傷而住院治療，親眼見到打家劫舍的印尼非法入境者被人打傷送進醫院，在「人權」保衛之下，勞動了警員守住，醫生與護士們診治，心中一直耿耿於那些受害者，被砍或殺死的受害人是不是不公平之至乎？

　　在下曾執「教鞭」卅一載，雖然明了「愛的教育」的大道理；可是，卻也深切明瞭，對於某些頑劣不堪的頑童來說，有時，抽他三兩鞭，是遠較為他講上三天三夜大道理有效得多了焉！

　　　　　　　1994年7月5日發表於《南洋商報》〈商餘〉副刊

十八歲兒童

莫理先生每個星期都會到某處「博彩公司」去一兩趟。原因是時下幾乎人人都有些圖僥倖，想不勞而獲的心理；莫理先生既非神仙，又不是野獸，自然也有著這種心理。

於是，每個星期，總要摸上「博彩公司」去作「投資」，希望有朝一日，能以區區數元的「小本」，贏取十千八千或數萬的「大利」，則可望洗盡渾身寒酸氣，也不必整日為千字區區數元而費神傷腦地爬「方格子」，作個「爬格子動物」了。

經常出入「博彩公司」，都會看到「公司」內高掛這一塊「告示」，白色的木牌，上面用紅漆寫著兩行「中楷」，一行是馬來西亞文，另一行則是華文。只見華文如是寫著「兒童不超過十八歲者，不得進入購買XX票」。

莫理先生初次看到這一行「告示」時，頗有些「丈八和尚，摸不著頭腦」之感！「十八歲」以下的「兒童」不能進來買字票。換句話說，也即是只有「十八歲」以上的「兒童」，才可以進入購買字票焉。令莫理先生感到迷惑不解的，是活到七老八十，到此時方才知道原來「十八歲以下」的人，算是「兒童」，還有「十八歲以上」的也算是「兒童」呢！莫理先生還一直以為十二三歲，未成年的人被稱為「兒童」，十四歲至十八歲之間的，被稱為「少年」，而十八歲以上的，已算是「青年」了。沒想到原來時下已不再是這樣的稱法，「十八歲以下」的是兒童，而還有「十八歲以上的兒童」呢！可不是嗎？告示牌上明明白白地寫道：「兒童不超過十八歲者，不得進入購買XX票」。

　　馬來西亞是個多元種族的國家，華巫印三族雜居之外，兼有些歐洲人。因此，我們不但能學習母語，還可以學習馬來西亞文以及英文，就算法文與日文，也可以在國內加以學習呢！也正因如此，所以有些時候，人們口中講的華語，手下寫出來的華文，不免混雜了其他語文的詞彙或文法，這麼一來，有時候便會令人感到有些「非驢非馬，不倫不類」，甚至啼笑皆非了。

　　我們經常可以從人們口中講的華語，或者手下寫的華文，聽到或談到好像「兒童不超過十八歲者」一類的句子。而且有時還是出自「授業、解惑」與「傳道」的師表們口中或筆下呢！譬如莫理先生便經常聽到有些小姐或女士在談話中如是說：「阿花結婚了，她結婚了一個醫生」。一聽之下，便可聽到，這個句子是西式的，蓋在英文裏，可以說「She married a Doctor」，可是，如果沿用這種語法，而用華語說成「她結婚了一個醫生」，那可是大大的不妙了。萬一「授業」與「解惑」的師表們這樣地對學生講，或者是學生如此講的話，那麼，豈不是很快地使華文與華語呈現一種「非驢非馬」、「不倫不類」的形態了嗎？

　　莫理先生是個「爬格子動物」，於是每個月之中，總會收到好幾封由報社寄下稿費單的信，常見會計部的小弟或小妹妹不由分說便大剌剌地在信封上寫：「莫理收」、「張亞貓收」或「李亞狗收」。莫理先生是個上了年紀的人，無所謂閣下尊稱他「先生」或不尊稱他，而直呼其大名，反正只要信封內有稿費單，可以換錢來養活老婆與孩子便可。不過，老人家總是愛護小弟弟和小妹妹們的，於是，總覺得幹嘛現在的年輕人不懂禮貌呢？難道在念書的時候，沒上過華文課乎？華文老師不曾加以教導乎？在信封上，稱人家一聲：「先生」、「小姐」、「女士」，總是令人看了舒服些，也表現出閣下有教養、有禮貌焉。

　　嘗見某報社的小弟或小妹,在寄稿費單的信封上寫道:「莫理作者收」。大概他閣下認為「作者」也屬於稱呼吧?其實,「作者」一詞,一般上是指某本書或某一篇文章的寫作者,譬如說,這一篇:「十八歲兒童」的作者是莫理,或「正氣歌」的作者是文天祥,在習慣上,並不能用「作者」來尊稱別人的。雖然時下華人社會天天在喊「突破」,有些東西,卻不能夠隨心所欲,隨便去「突破的」!

　　再譬如說,在習慣上,寄信或寄東西予人,都寫成「寄上」或「奉上」;著人寄信或寄物給自己,通常都用「寄下」甚至有用「擲下」者,可是,時下許多人都不明此理,以為「寄上」便是指「寄來」,因此,便經常見到人們寫道「請寄上XX給我」或「承蒙寄上大作一本給我,謹此致謝」。

　　莫理先生年輕時代也當過「猢猻王」,在某個鄉村操其「誤人子弟」生涯,同事之中有位老先生,許是年紀大了,有些糊塗,便曾鬧了個「笑話」。

　　原來他閣下在教「應用文」時,對學生說:「寄信或寄東西給人家,宜寫:奉上。」學生便問他,如果叫人寄東西給自己時,又如何寫法?他閣下罵道:「這麼簡單都不懂!笨蛋!寄東西給人,寫『奉上』,叫人寄給自己,自然是『奉下』羅!」這是件千真萬確的事。不過時至今日卻看到不少人在寫「寄上」、「寄上」的,不免使莫理先生感到心寒!

　　莫理先生無意攻訐別人,更無意指責人家「高山滾鼓」,寫此短文的動機卻是為了指出一個事實,那就是:時下的青年們華文程度日趨低落,如果我們不加以提醒,以及為人師表不加以糾正的話,長此下去,一定會把華文、華語「汙化」,然後變成非驢非馬,不倫不類焉!野人獻曝,目的在此,四方君子,請予亮察為幸!

1983年4月12日發表於《南洋商報》〈言論〉副刊

笑談「您的內人」和「敝夫人」
──謙辭與尊稱趣話

從「拙作」說起

　　月前在《商餘》副刊上讀到一位中國作家寫的一則短文。短文中指出，當該作家的「大作」被我國某報刊錄用之後，他曾收到該報刊的會計部女職員的信；信中有云：「您的拙作已經在本報刊登，請您寫來地址，以便寄發稿費。」中國作家讀過這位小姐的函件之後，便寫了該篇「大作」，指出「拙作」原屬謙辭，指的是自己的作品，意思是「劣作」，而不是「佳作」。用本國華裔慣用語，那便是：「我的老爺作品」是也。這是客氣話，不能用來講人家的作品。

　　按照中國人，也即是華人的習慣，講話或用文字表達時，當講到對方的家人、物品、作品等等之時，應該用上「尊稱」的慣用語；當講到自己的家屬、財物、作品……那就應當用上「謙辭」了。

　　譬如說，當講到對方的文章或著作之時，應該尊稱為：「大作」、「大著」或「鴻文」；當講到自己寫的文章、著作之時，才用「拙作」或「劣作」。

令尊、令堂、家嚴與家慈……

　　事實上，不只是報社會計部女職員會弄錯了謙辭或尊稱，即使是一般的人士，對這種華裔文化中特有的用詞，大部分也是不甚了了的；即使是十分普通的尊稱或謙辭，有時也被人們所混淆，弄得亂七八糟的。

　　我相信通曉華文的華裔，幼時都讀過一則笑話，笑話中說：有一

個呆子,當人們問他「令尊」或「令堂」之時,他說「沙樽」和「玻璃樽」都有,就是沒有令樽;白糖、黑糖都有,令糖就賣完了!

不要以為這是「純屬笑話」,事實上在生活之中,也有不少人因搞不清而錯用了的。三十年前,當家父病重時,我不得不請事假送他入院治療。翌日回校教課時,一位二十餘歲的華文女教師迎面而來,便啟口問道:「家父怎樣了?好一點了嗎?」我乍聽之下十分納悶。心想:她的父親怎樣了,為何跑來問我呢?我怎會知道呢?後來才弄清楚她是在問候「家父」,才曉得如何答覆她哩!

一般上,尊稱別人的父親與母親,用的是「令尊」與「令堂」,謙稱本身的父母親,便是「家嚴」與「家慈」,或者「家父」與「家母」了。可是,當尊稱女士們的翁姑時應該怎樣稱法呢?那可是許多人都不曉得的了。其實,人家的家翁,我們應該尊稱為「令翁」或「令姑」的,至於「家翁」與「家姑」,才是謙稱本身的翁姑。

至於尊稱別人的兒女又如何呢?一般上我們用「令郎」來尊稱對方的「兒子」、用「令愛」來尊稱對方的女兒;「令愛」時下也被人們寫成「令嬡」了。令郎與令愛,時下也有人講成:「令公子」或「令千金」了,應該是說得通的方法。不過,有時候聽見有人指著一位小妹妹對旁邊的中年人說:「原來這個是令公子?」那就令人感到疑惑了。明明是個小姑娘,如何被稱為「令公子」呢?

拙荊、內人、外子、尊夫人……

一般上曉得「內人」指的是「太太」,可是卻不明瞭「內人」是謙稱本身的「老婆大人」。按照華裔的習慣,把自己的老婆謙稱為「內人」,將本身的夫婿(老公)謙稱為「外子」。可是,卻不能用來尊稱別人的老婆或老公的,經常聽到人們在談話中說:「我的內人不喜歡文藝,你的內人呢?喜歡嗎?」或者,「我的外子是個直銷

商，你的外子是幹甚麼的？」都錯把謙稱用上了！

　　如果不能肯定的話，用「我的太太」與「我的先生」，「你太太」或「我先生」，或許會較把「內人」與「外子」混淆不清，要來得適當呢！

　　一般上都曉得可以把「老婆」稱為「夫人」，因此尊稱別人的「老婆」時，說成「尊夫人」或「嫂夫人」，那是沒錯，許可的。可是，有時候聽到有人用「尊夫人」來尊稱人家的老婆。卻把自己的「老婆大人」謙稱為「敝夫人」，讓人聽了覺得十分彆扭的呢！

　　事實上，「夫人」是中國古時候「諸侯」的老婆的「尊稱」；明、清二代用來稱呼二品上的官員「老婆」的。

　　至於「我的老婆大人」的謙稱是「拙荊」。時下要是有人把自己的老婆說成「拙荊」，恐怕聽的人都搞不清講誰人哩！

奉上、擲下、府上……

　　華裔們談到對方的住宅與家庭之時，都會用「貴府」或「府上」來作為尊稱。譬如說到對方的寓所便會用「貴府」或「大廈」等來作為「尊稱」，提到對方的家庭與家人時，也用上了「府上」，譬如：「府上有多少人？」「府上都安康嗎？」提到對方的地址時用「尊址」，譬如：「請示知尊址」；而謙稱自己的住家為「舍下」，甚至「寒舍」的，講到自己的通訊處，也謙稱為「賜教處」等等。

　　通常，當人們寫「私函」之時，在自己的署名旁邊或下端，也會寫上了「上」字或「敬上」二字。當人們說到要交東西給對方之時，會用「奉上」或「呈上」。因此，在許多人的印象中都曉得「上」是尊稱。

　　三十多年前在鄉間「誤人子弟」，便聽到一位年長的同事在教「應用文」之時，告訴學生們說：「當拿東西給別人時，要寫『奉

上』。」學生們問他道:「要人家交東西給我們,怎樣寫法?」他卻不假思索地問答道:「給別人用『奉上』,叫人家交給自己,自然用『奉下』啦!」一時之間聽到的人都捧腹大笑,後來也傳為「杏壇笑柄」焉。

事實上,叫人交物給本身,可用「擲下」,意思是:「請隨便丟下來」。

時下常見一般年輕人,「上」與「下」混淆不分。原本該寫成:「請附下兩寸半身照片」,已被寫成:「請附上……」了;「來稿時請附下照片」,也被寫成「請附上……」。事實上謙詞就為:「擲下」、「附下」或「惠下」等等。

薄酌、薄酬、與從優

按照華裔的習慣,講到本身的事物,都應該用「謙辭」。因此,當接到人家請客的「請柬」時,人家設宴請我們去享受,必定寫成「敬備薄酌」,「酌」的意思是指「酒」,「薄酌」是謙稱準備了普普通通,不濃厚的酒,縱使東道主主辦了一席一千令吉的佳餚,開了百年美酒款待,也要謙稱為「薄酌」。

當年——四十年前,馬新兩家華文報社的「徵稿簡則」中,提到稿費計算法時,必定謙稱「來稿一經採用,當附上薄酬」。當年的報人彭松濤、連士升、薛殘白諸先生,「飽讀聖賢書」,因此不但寫起文章文謅謅,即使寫起「徵稿」啟事來也是客客氣氣的。要是時下「公開徵稿」,寫上「奉上薄酬」,也被誤以為稿費千字五元或七元,那麼,恐怕寫稿佬們都「不敢領教了」。

時下若公開徵稿,提到稿酬之時,不能再用過謙的詞語了,反而要寫明:「來稿一經採用,稿酬從優」,甚至用上「優厚的稿酬」,或言明千字馬幣五十令吉或一百令吉,這樣才會有「珠玉紛投」的反應。

　　因此，謙詞與尊稱中，有一些仍然有存在的價值，可是，有一些卻也已失去其價值與意義了；去蕪存菁，加以過濾才是正確的態度，一味食古不化，則大可不必了焉！

　　　　　1997年9月6日發表於《南洋商報》〈商餘〉副刊

牛鼻子主編《新智識》月刊

　　1956年春間，當年主持中化中學校政的王秀南校長請來了兩位文化人到校為學生們分別作了兩個專題演講。這兩位文化人都是鼎鼎大名的作家和畫家，一位是作家馬俊武（筆名為馬摩西），一位是著名的畫家兼書法家黃堯。

　　馬俊武先生是來自中國雲南的回教徒，他經常用馬摩西（可能是他的回教名字）在馬新的報刊上發表雜文創作，並不時翻譯埃及或阿拉伯文藝創作，我經常在當時的《南洋月報》、《星期六》週刊及《蕉風》半月刊上拜讀他的創作及譯作，屬於仰慕已久的作家。對於黃堯先生卻頗為陌生。不過聽師長們介紹，稱他為一位著名的畫家及書法家；並且說他創作的漫畫人物及作品叫「牛鼻子」，早在中日戰爭之前便已在中國風行一時，風靡了中國的廣大讀者群。

　　記憶中的馬俊武個子稍微高一點，講話時詼諧風趣，演講時不時引起同學們哄堂大笑；黃堯先生當時大約在四十歲上下，個子並不很高，不過頗為結實，身穿白色上衣和長褲，樣子有點兒像麻坡布店街的布莊老闆似的。他演講時比較拘謹，一個字一個字地講述，既認真又很謹慎的樣兒。他們兩位當時的風度及神態，都給我留下了深刻的印象。

出雲書特技

　　演講會後，黃堯先生尚且在圖書館里當眾揮毫，表演了他的「絕技」之一「倒書」──成長以後我才曉得那叫「出雲書」。那是一種十分特殊的書藝，用俗語來解釋，就是他用毛筆寫出來的字都是「倒反的」，比如說他寫「真善美」三個字，在他寫來是由下方向

上方寫去，筆下的字是倒置的，可是站在他面前的人看來，卻是「正體」的。

他的這一步「絕技」，頗令在場的師生嘖嘖稱奇，大家都有歎為觀止的感覺。當時陪同他們二位從新加坡來麻坡江城演講的有當年友聯書局的經理陳植庭先生。我是《學報》麻坡學友會的總幹事，又是《蕉風》的作者之一，叨光而承蒙黃堯先生寫了一幅「真善美」的墨寶惠賜，當時真的有點受寵若驚的感覺呢！可惜的是四十五年後的今天，這幅墨寶已遺失了。

這位黃堯先生，當時剛剛收到馬來西亞教育部之邀，從泰國入境馬來亞，將出任「成人教育班」的工作。原來當年在美國的某個基金會贊助之下，馬來西亞教育部聯合一批教育界人士成立了一個叫「馬來亞民眾圖書館協會」的機構，打算在全馬各地成立圖書館，同時開辦「成人教育班」。而黃堯先生正是在這個計劃下被請過來擔任負責人之一。

我不清楚這個「馬來亞民眾圖書館協會」從1956年開始之後，曾經有過什麼豐功偉績，不過卻曉得他們在全馬各地，無論是城市或鄉鎮上都設立了圖書館。以麻坡為例，便設在中化二小左側的廣東會館——當年也是馬華公會的總部底層。1960年我到二小實習，還可以見到十幾個圖書櫥和櫥裏的一些圖書櫃依然屹立在廣東會館底層的四壁之前，不過，圖書館的活動已然停頓了。

黃堯先生自從1956年來馬之後，便與馬來西亞，特別是華社及華文教育結下了不解之緣。根據他的友好在他的《黃堯文集》、《墨緣隨筆》書中所作的記錄，他在1956年至1957年曾在民眾圖書館協會服務；1957年至1959年出任檳城韓江中學訓導主任；1957-1971年擔任亞羅士打新民獨立中學校長十二年，後來曾在檳城居住，1978年移居八打靈，一直到1987年逝世為止，他總共在我國定居了三十載。

黃堯先生在二十來歲時，便已在上海的新聞報擔任編輯，開始畫「牛鼻子」漫畫，聲名鵲起，成為中國一位馳名遐邇的漫畫家。中日戰爭時期，他曾創辦「民間出版社」，出版了《光頭遊擊隊》、《一個中國兵》等等抗日圖書。第二次世界大戰結束後，他從中國到了越南與泰國，最後終於在馬來亞定居。

在馬來亞的三十年間，他不但從事中文教育工作，同時也不停地作畫——畫牛鼻子漫畫、編少兒刊物、畫中國民俗畫，以及撰寫了一部《星馬華人志》的巨著。他不但在藝術、文化與教育上成就至偉，對華教及華社的貢獻也十分巨大。

當他擔任「民眾圖書館」工作期間，他曾策劃及主編過一份屬於少兒讀物，同時也可稱為成人教育的刊物，為期可能一年左右，出版過十來期。這份刊物叫做《新智識》，那是一份新型，又具備新風格的少兒雜誌，是一份不俗的期刊。可惜時至今日，不但知道的人士不多，而且保存下來的雜誌，恐怕已很少，不知道有辦法找到從創刊到停刊的各期否？

《新智識》月刊創辦於1956年12月25日，是一份大型的三十二開本，19cm X 17cm的右邊裝釘，從左翻開至右邊，可說是一份新型雜誌了。在創刊號上，他們請來了當年的教總主席林連玉先生寫了一篇序文〈幾句話〉，文末印上了林氏的簽名式。

《新智識》每一期的封面、封底及中間兩頁都刊登牛鼻子的「教育漫畫」，內頁則分為讀書方法、笑話、掌故、知識、歷史故事、人物故事、發明故事等等。它的特色是每期有五、六篇文章指定為「有獎讀寫」，讓讀者讀過之後寫下讀後感或有關的故事，被錄取的稿件，會發給贈品。此外還設有「讀者信箱」，讓讀者發表意見或由編者回答讀者的提問。

總得來說，這是一份內容生動、活潑的新風格少兒期刊。它雖然不設《讀者園地》，不過優秀的讀者習作，也會刊登在正刊之中，並

且發給優厚的稿費。我為了求證有關這份刊物的一些事實，特此通過電話向陳水源（魯莽）兄詢問，承他證實：其一，這份刊物確為「牛鼻子」黃堯主編；其二，當年發出千字十令吉的稿費（高於普通報刊大約一倍）給小讀者。吉隆坡區的讀友通常只領得稿旨的一半，另一半留作他們聚會時的茶餐費。

當年的「馬來亞民眾圖書館協會」後來有點兒「後勁乏力」。這份在馬來西亞少兒期刊出版史上應該大誌一筆的期刊也就停刊了，好像還出不上一年的光景。

我手頭上保存有一份第二期至第六期的合訂本，從它的信箱上提到的名字當中，我找到了幾個熟悉的名字，諸如：周煥歡（詩人周喚）、黃枝連（時下留港的政論家、未來學專家）、再加上陳水源（魯莽）、沙燕……等幾位，他們後來在文藝上的成就，相信《新智識》當初給他們的鼓勵，也不無功勞吧！

2001年10月4日

馬新出版史黃金歲月
——記五十年代南洋報社出版的幾份雜誌

　　擁有七十餘年歷史的《南洋商報》，自從在1922年創刊以後，果真是一直在「秉承本報創辦人陳嘉庚先生取之社會，用諸社會的精神」，（引用總編輯李樹藩先生《南洋商報》叢書總序開頭的話）。

　　從陳嘉庚先生創辦以後迄今，《南洋商報》曾「數易其主」，可是，在推動文化的使命之上，雖在不同時期、不同人士經營之下，長時期以來都一直在秉承并發揚陳老先生當年辦報的宏遠與精神。

　　單從《南洋商報》出版叢書與期刊這個方面來看，便足以證明這個說法是正確的。

　　早在四十年代末期，正值與五十年代交替之際，更是風雲劇變的年代，《南洋商報》當時的經營者為李玉榮氏（馬新慈善家李光前氏之令兄），便不忘肩負起「推動文化」的使命，決計在辦報之餘，兼而出版期刊雜誌與叢書。

　　當然，今天我們在緬懷當年南洋報社除了每天出版《南洋商報》以及於晚間出版《南洋晚報》之外，尚且一口氣出版了好幾份雜誌與一系列不同性質的《南洋叢書》，這些輝煌的業績，都顯示出李玉榮氏的魄力與宏願，也不能不提出一個事實，就是李氏在新馬光復之後，在復辦報刊之時，曾羅致了從中國國內南來的一批人才。譬如曾心影、王仲廣、曾鐵忱、楊守默（杏影）、鄭夢舟（姚紫、黃槐）、馮列山、謝松山、薛殘白，以及六十年代後加入的施祖賢等。無可否認，當年李玉榮氏能在馬新出版史上創下如此輝煌的記錄，上述這些名士們的功勞是不容抹殺的。這批名士，不但負責「催生」，而且在「撫育」的實際工作上，確曾奉獻了巨大的力量與精神的。

五十年代，五大期刊

從1949年9月份開始，南洋報社創辦了一份綜合性的週刊《星期六》，緊接著在1950年的第一個月份再接再厲而創辦《南洋月報》，跟著在1950年7月中旬，《文藝行列》創刊了，到了1953年，再創辦了一份《南洋青年》週刊，同時，大約在1951年間，也創辦了一份《南洋廣播週刊》。從上面的記錄可以看出，南洋報社在短短的三、四年間，一共創辦了五份不同性質、不同對象的期刊。至於《南洋週刊》的出版，則遲至五十年代末期，那是一份不同性質的週刊了。

《南洋商報》在最近幾年間，不單每天出版這家「老字號」的華文日報，而且又買下了《中國報》，創下了每天發行兩份日報的記錄。此外，還將「生活出版有限公司」也納入麾下，出版了《新生活報》、《風采》、《淑女》、《新潮》、《少年月刊》、《青苗週刊》、《生活電視》週刊……等，幾乎與五十年代的盛況互相輝映著。

而且，除開當年不曾出版女性雜誌之外，其他如《少年》與《青苗》，可以媲美當年的《南洋青年》，《生活電視》則與當年的《南洋廣播週刊》有著異曲同工之妙！

星期六週刊，從綜合到文藝

南洋報社在五十年代出版的五份期刊當中，「壽命」最長的是《星期六》週刊與《南洋廣播週刊》，一共出版了十五年以上，歷史最為短暫的是《文藝行列》，只有五個月的「壽命」，也只出版了五期。至於《南洋月報》與《南洋青年》的出版歷史也相當接近，都不足兩週年便已宣告停刊了。

《星期六》週刊在1949年9月3日創刊，這是一份綜合性而偏重歷史、掌故、談文說藝，同時也帶有著一點兒的文藝色彩的週刊。

《星期六》週刊是以十六開的面貌出版的。最早的時候，是由名作家姚紫與畫家劉抗兩人負責主編，由薛殘白氏負責實際的編務（即執行主編）。每一期的內文大約有三十二面，封面採用本地畫家的彩色圖畫，封底用黑白刊登時人時事的照片（即屬於新聞照），譬如當英女皇大婚之時，封底便刊登有關皇室與婚禮的照片；女皇登基時，自然刊登登基慶典盛況的照片了。

至於內容，每一期都會刊出謝松山寫的《赤雅軒憶語》、連士升用「伯棠」為署名的一些懷舊文章（後來收錄《回首四十年》）：余壽浩的馬來歷史掌故、瑪戈的藝術評論與報導、封底內頁刊登西洋漫畫：內文的最後一頁刊登《鬼影幢幢》（欄名不復記得），也就是西洋鬼故事，每期一篇，兩千字左右，其中不乏出自名家的精品。

《星期六》週刊，每一期必定有一篇本地小說當作「壓軸」的。早期馬、新兩地的文藝作家如白蒙（另署「陳全」）、李金泉、陶焰、白蒂、丁冰、呂朗等人的創作。後來這幾位作家都把他們在《星期六》週刊刊登過的作品彙編成小說集出版。

《星期六》週刊在1949年9月3日創刊，一直沿襲著上述的「綜合性」，以掌故及文藝為重點的內容出刊，在五十年代是相當受歡迎的。可是，到了五十年代末期，大約在1957年前後，這批早年的忠實讀者可能由於年齡遞增而不復支持了。因此，《星期六》便在57年前後，來一個全面革新，改為一份純文藝的刊物，用以吸引青年與學生。在當年，文藝性的讀者尚具有相當大的吸引力。六十年代中期出版，由徐速主編的《當代文藝》，馬、新兩地便有六千份的銷數，早年的《蕉風》也有數千份的固定銷路。因此，《星期六》便改弦易轍，成為一份刊登青年文藝為主的週刊。當年在該刊中「大展拳腳」的文藝青年可真不少，這批「青年作者」今日都已「坐五望六」，被人們稱為「樂齡人士」了。譬如張弓（當年用張寒或本名）、年紅、高秀、亮刃（黃家禎）、傑倫、陳孟、夏弦、魯莽、村生、集文、端

木虹和區區在下，也幾乎每期都叨陪末席。

《星期六》改為「純文藝」雜誌之後，再支持了沒有幾年，最後大約在1960年或1966年間，終告停刊了。

南洋月報，至為「高檔」

《南洋月報》在當年算得上是一份「大型」的月刊，因為它雖然與《星期六》一樣是十六開的外貌，可是內頁至少都有一百面以上，加上用上好的白紙印刷，真的是一份「高檔」刊物哩！何況《南洋月報》每一期刊首都有一篇「國際時評」，由專人撰寫；其他還有科學新知、遊記、歷史、人物、評論、翻譯小說、創作小說（有短篇小說，也有中篇連載）。

當時，《南洋月報》的筆陣也是相當強大的，譬如連士升的《北望中原》連載了好幾期；謝松山、杏影（用公孫哲署名）的人物傳記；陳育崧與許雲樵的本地歷史掌故；徐民謀的西洋作品翻譯；曾鐵忱、馬摩西（馬俊武）、陳振夏的特稿、馮列山的《新聞學講話》等，以及重陽（丘絮絮）、王兆田、宛郎（吳紹葆）、梁明廣（完顏籍）、劉前度、李真吾……等人的創作或翻譯小說。而且每一期刊末，必定有兩面《世界每月大事記》，簡要的記錄該月份大事。

從上述的「名單」與「作品」看來，當年南洋報刊的幾位名士，的確有心把它辦成一份類似「學報」，而又兼備通俗性內容的「高檔」刊物。

不幸的是，「曲高」者，必定是「和寡」，最後終於在「缺乏支持者」的情形之下，在創辦後的第二十三個月，也就是出版了第二卷第十一期（總共二十三）後，難逃停刊的「厄運」了！

文藝行列，曲高和寡

我在上面說過：在當年《商報》出版的這五份期刊之中，「壽命」最為短暫的是《文藝行列》。《文藝行列》是一份純文藝雜誌，由當年「紅得發紫」的姚紫主編。

為什麼說「姚紫」紅得發「紫」呢？這是根據事實而說的話。原來，原名鄭夢舟的姚紫先生在1949年5月間由《南洋商報》替他出版了《秀子姑娘》這本中篇小說。出版之後，真的是掀起「搶購」的熱潮，在短短的一、二個月內便一版而至再版，可能出了三版，據說銷售一萬冊。在1950年7月，《南洋商報》又出版了他的另一本力作《烏拉山之夜》，出版後，仍然有不俗的銷路。因此，報社頗有「趁勝」出擊的姿態，在1950年7月18日推出了這份《文藝行列》月刊，交由他主編。

《文藝行列》在當年是以二十八開出版，可是卻有異於一般三十二開或二十八開的書刊的。一般上，縱使到了現在，一本八寸乘五寸的書刊，必然在高八寸的左邊或右邊裝訂的，可是《文藝行列》卻以五寸來當成「高度」，八寸當成長度，在五寸的左邊裝訂。後來，《荒地》等文藝刊物，也仿效這樣的樣式出版，可是，姚紫卻開了先例。

《文藝行列》顧名思義，是一份「純文藝」月刊。姚紫從中國到新加坡之後，也從《文藝行列》開始，再到後來的《文藝報》、《文藝報副刊》與《天馬月刊》，都具有獨特的風格。不單是刊物的形式、排版與眾不同，所刊登的作品，自然也是同一類的風格與流派，那是沒話說的；而且作者也幾乎是相同的一批，譬如公孫哲（杏影）、白寒、魯白野、唐兮、符劍、向陽戈……以及後來在《文藝報》撰稿的上官爻（韋暈）、苗秀（夏凝霜）……他自己也化了好幾個名字如賀斧便是，我懷疑符劍、唐兮，都可能是他的化身；至於杏

影，除了用本名楊守默與杏影之外，也用公孫哲；威北華，也用魯白野……或許，這也是《文藝行列》的另一個特色吧———一期之中，雖有一、二十個作者，事實上有幾個名字是同一個人。

　　《文藝行列》出版到同年11月18日，也即第五期後，便不再出版——停刊了。

《南洋青年》，中學生讀物

　　在1953年4月7日，南洋報社與當時新加坡的華校教師公會合作，出版了一份《南洋青年》的週刊。這份《南洋青年》週刊本與《文藝行列》略同，應該是五寸乘八寸的二十八開本，不過卻以八寸為高，五寸為長度，在八寸高的右邊裝訂（騎馬釘）的。這份週刊，由於與教師團體合作，因此，主編人是丘絮絮（五十年代的小說家兼詩人，同時也是一位中學老師）。這是一份綜合性學生刊物，包含了科學新知、科學家小傳、中國古代文學家與作品分析、文章作法、體壇動態等等。同樣的，每期也刊登三、兩篇短篇小說作為壓軸部份。除了刊出丘絮絮以「重陽」署名的小說外，也刊登了雲里風、謙君、孟仲季（丘絮絮長公子）的小說與周粲的詩歌。當年這幾位先生才二十歲出頭，時下都已或「六張沒得找了」。此外如鍾劍雄、雷爕堯、梁厚祥與馬摩西等人，都是華校教師公會的會員。

　　這份《南洋青年》於1953年4月7日創刊，出版到同年9月23日的第十一期後，便停刊了。到了第二年，也即為1954年3月8日才復刊，出版新一期，內容、性質同前一年相似，不過篇幅減掉了四分之一，售價也自三十仙減為二十仙（兩角）了。可是，這樣的改革還是無法打開銷路。因此到了1954年5月25日出版第十二期之後，也宣告「無疾而終」了。

廣播週刊，一紙風行

　　《南洋廣播週刊》則望文生義，是一份專門報導新加坡廣播電臺節目與藝人介紹的週刊，中間大幅度刊出每週的廣播節目表。因此，出版後一紙風行，幾乎家裡裝置有收音機的華裔都會訂一份，由報販派送上門。

　　這份馬、新出版史上堪稱為「第一份」的廣播週刊，幾乎維持了十幾二十年，到了六十年代中期，「新廣」自行出版《廣播週刊》時，才宣告停止出版。看來，這是五十年代南洋出版的五大刊物中，維持最久，同時也最有盈餘的一份刊物吧！

1996年7月11日

戰後《南洋商報》幾個令人緬懷的副刊（上）

　　對中國近代報業史有所認識的人士，必定瞭解：「副刊」不但是華人報章的一個特色，而且是一份報紙之中，極其重要的部份。當讀者考慮要訂閱哪一份報紙之時，「副刊」經常是重要的元素。這也就是說：許多讀者經常會為了某份報章擁有一個或多個他們所喜愛的「副刊」而決定成為它的訂戶。

　　研究中國新文學的人士，甚至曾涉獵近半個世紀臺、港、馬、新華文文學發展的人士，那就更加明瞭「副刊」在整個華文文學的發展之上，扮演了極其重要的角色。

　　三十年代的著名作家包括魯迅、冰心、徐志摩、陳源、梁實秋等人，都是長時期為報章副刊撰稿，而且大部份的作品都先在報章副刊登載之後才結集出版單行本的。當年的通俗小說家張恨水的十來部長篇小說，全部也都經過報章副刊刊登之後才印行單行本；他的名作如《啼笑姻緣》、《金粉世家》等等，在報章副刊連載之時，便已膾炙人口。

副刊是重要的部份

　　讀過馬華文學史或者新華文學史的人士，必定也會同意：馬新二地的華文日報的副刊貢獻很大。尤其是今天年近花甲的馬華寫作人，對本身寫作的經歷加以回憶的話，必定會肯定一個事實，那就是在新馬二地出版的華文日報的副刊，是馬新二地華文寫作人的溫床。

　　在過去四、五十年當中，在馬新二地出版的幾份華文日報的副

刊,都為兩國的華文寫作人提供了發表作品的空間。不但如此,同時也作為讀者與作者之間的橋樑,若不是幾家日報經常刊登他們的作品,這些作家的知名度又如何「打響」呢?

套一句「老話」:「余生也晚」,畢竟我比《南洋商報》遲了十五、六年才來到這個世界。等到懂得閱讀書刊,成為《南洋商報》的忠實讀者之時,她至少已經二十五、二十六歲的芳齡,而我也不過是個小學高年級的學生。不論如何,閱讀《南洋商報》幾近半個世紀,有了很深的情意結不在話下,在腦海之中對它的內容,特別是「副刊」,也烙印下深刻的印象。此刻回想起來,自然湧現出幾個難以忘懷的「副刊」來了。

首個文藝副刊

從「史料」之中,我知道馬新二地在1945年光復後,《南洋商報》曾經有一個叫做《和平》的副刊。非常遺憾,在那個時期,我連「手拍手」都尚未念過,自然無法閱讀報章,也就未曾讀過《和平》副刊了。不過,當我懂得讀報,並且學人「投稿」,寫起文章來時,卻曉得《南洋商報》有一個叫做《世紀路》的文藝副刊,和一個綜合性而文藝氣息十分濃厚的《商餘》副刊。

曉得有《世紀路》與《商餘》的最早因緣是由家父帶給我的。原因是家父迷上了《南洋商報》出版的「叢書」,那應該是1950年前後的事。當時,南洋報社幾乎每個月都有新書出版,父親是從連士升的《祖國紀行》讀起,讀到連氏所寫的每一本遊記,另外就是芝青女士的歷史小說、風人的《辛言集》、伍岱的《百頌經》……一直讀到新文學小說,那就是姚紫的《烏拉山之夜》、《秀子姑娘》以及他用黃槐署名出版的《閻王溝》和《咖啡的誘惑》。

由於腦子裡有一個「姚紫」的名字,因此當翻閱《南洋商報》之時,就注意起他主編的《世紀路》來了。

　　《世紀路》是一個純文藝副刊，於1953年10月8日創刊，每日見報，星期六與星期日休刊，每天半版。姚紫在第一期的《世紀路》副刊上還寫了一篇《世紀路‧編前小語》，並以「姚紫」作為署名。

　　在這〈編前小語〉中，姚紫如此寫道：

> 　　從今天起，《世紀路》就是一個文藝副刊。
> 　　在這個時候，要搞好一個文藝副刊，的確不容易。
> 　　（下略）

　　編前小語共有三個段落，最後一個段落裡，姚紫這麼說：

> 　　走在世紀路上的人們，不是朋友的，也將成為朋友。
> 　　在進行中，我們歡迎新的朋友拿出新的作品，並且希望那些走前一步的朋友趕得上去。（下略）

　　從上面所引用的兩小段話中，我們不難明瞭姚紫當年是以怎樣的心態來編《世紀路》，姚紫縱使在日後不論編副刊或搞刊物，都表現出充滿了理想。可是不幸的是「理想」與「現實」畢竟有著很大的距離。他曾在《世紀路》編前小語第一個段落裡這麼寫著：

　　「在這個時候要搞好一個文藝副刊，的確不容易。正如辛棄疾的詞：怕上層樓，十日九風雨。但是，我們明白：現實就是這樣，世紀的道路只有一條，它的發展也必然迂迴曲折。」

《世紀路》開創文藝風氣

　　《世紀路》創刊於1953年10月8日，到了1954年1月16日姚紫離開《南洋商報》，自創「文藝報出版社」，《世紀路》也宣告停刊了。姚紫在第六十六期的《世紀路》上刊登了一則短短的〈告別讀者〉，

宣佈停刊，並刊出文藝報出版社的地址，方便聯絡。

《世紀路》出版了六十六期，為期不滿四個月。此刻，我們從史料中可以找到《世紀路》六十六期的目錄，因此，不難曉得當年的《世紀路》有什麼內容。原來，姚紫確實有心編一個有水準的文學副刊，他是採取刊登創作為主，翻譯為副的決策的。因此，我們可以從目錄中讀到他在第一期中刊登了美國奧亨利的短篇小說《警官和讚美詩》（江南柳譯），在接下來的副刊中，也幾乎每一期或隔三兩期便刊登譯作，間中也有外國作家的介紹，如威北華的介紹、印尼詩人K.安華等等。

姚紫在後來不論編文藝副刊或文藝報，一貫的作風是本身擁有一個「基本筆陣」，當年他的「死黨」如杏影（里奇、公孫哲）、王葛、威北華、趙戎（筆奴、趙心）、苗秀、殷勤、劉以鬯，都經常有作品刊出，間中也刊登白蒂（陳振亞，又署洛萍）的小說，同時，他本身也化了好幾個名字在撰稿，譬如：史進、黃板、賀斧等。他也經常採用當年剛在文壇冒出頭兒的謝克與饒柏華的作品。從六十六期的《世紀路》全份目錄看來，姚紫的確有心搞好一份純文學副刊。而且在採用名家作品的同時不忘獎掖後進者，這條路子是正確的。

隨著姚紫的離開、《世紀路》的停刊，跟著，《南洋商報》開闢了另外一個文藝副刊《文風》，由杏影先生主編。

杏影的《文風》到《青年文藝》

杏影先生的《文風》緊接著「開張」了。從此，《商報》的文藝副刊進入了「楊守默」時代。（楊守默——杏影的原名。）大致上，杏影的《文風》仍然有《世紀路》的風格和面貌，不過卻是各有千秋的。《文風》的特點是採用馬、新當地新秀的作品多過採用名家，尤其是馬、新以外地區如香港的作品，明顯的銳減了。杏影在《文風》副刊上，除了選刊新一代具有水準的文藝創作之外，對年紀較輕的，

也會給予特別的照顧和鼓勵。

杏影的《文風》從1954年1月創刊，到1958年停刊，總共出版四年又八個月，可謂是一個「歷史悠久」的副刊了。

《文風》停刊後，從1958年8月到1960年7月之間，杏影改編一個稱為《南洋公園》的副刊，這是一個以刊登雜感、短評兼帶益智性文章的副刊。到了1960年7月，《青年文藝》副刊創刊了，仍然由杏影主編，也秉承了《文風》的風格與優點。不過，仍然側重本地年青一代作者的創作。這個副刊一直出版到1967年2月6日才結束。「終刊號」上刊出一則小啟，聲稱：「本刊主編杏影先生經於1月5日逝世，1月5日之後的《青年文藝》都是他病重所編所選的稿件，刊至本日，也全部刊畢，因此也就停刊了。」

《世紀路》、《文風》、《南洋公園》以及《青年文藝》，都是五十年代至六十年代，《南洋商報》出色的文藝副刊，我相信它們也是此時中年以上的讀者所緬懷的文藝副刊。

文藝副刊具特色

在進入七十年代之後，《南洋商報》的文藝副刊仍然是副刊中重要的一版，不過刊名卻有多次的改變。在馬新分家前的《青年文藝》（李向主編）和《新年代》（謝克主編）的兩個副刊並存的情況，一直到分家後馬來西亞版的《青年文藝》（陳雪風主編），再到《讀者文藝》（開始時由朱自存主編，繼而由鍾夏田、柯金德主編），以至後來改為《南洋文藝》（柯金德、悄凌到今天的張永修主編）。《南洋商報》的文藝副刊一直都保持著一定的水準和特色，同時也一直扮演著作為作家們的園地，並為作家與讀者之間的橋樑。

1998年12月28日

戰後《南洋商報》幾個令人緬懷的副刊（下）

五十年情不變

　　《南洋商報》在四十年代中期以後開闢了一個副刊，除了星期日之外，屬於每日見報，而且保持了「五十年不變」的。我相信不必多說，《南洋商報》的忠實讀者一定知道那就是《商餘》副刊。

　　說到「商餘」這個名稱，從史料中讀到，事實上在戰前的《南洋商報》便曾經有過一個稱為《商餘雜誌》的副刊，惜乎無緣看到當年的《商餘雜誌》。這裡所要緬懷的《商餘》副刊，是指於1946年創刊的，由風人（邱衡近）主編的一個綜合性但文藝氣息濃厚的副刊，這個副刊，也就是目前仍然出版不輟，每週見報六天，具有五十三年歷史的《商餘》了。

　　《商餘》副刊自從在五十三年前——1946年——創刊之時，便一直以綜合性、偏重文藝色彩的姿態出現。

　　《商餘》副刊自從1946年創刊以來，每年扣除五十二個星期天「不營業」，再扣除一之中碰到十天八天「報業假期」之外，幾乎每年出版三百期，五十三年以來，總共出版過一萬五千九百期。五十三年間，幾乎「風雨」不改，不但是一個歷史悠久的副刊，而且在五十三年間為讀者提供過無數的「精神糧食」，實在是「貢獻至偉」焉！

《商餘》副刊歷史悠久

在過去五十三年間的《商餘》，雖然刊名不變，可是畢竟經歷過好幾位編者的「經營」。邱衡近原是一位體育記者，但他也寫得一手好雜文，針砭時弊，絕不留情，極盡嬉笑怒罵的特色。他曾經出版過兩本雜文集，叫做《辛言集》（分正、續二集面世）。出版界有一句名言謂：「刊物是編輯的身影」。因此，在這位雜文家主編之下，《商餘》一誕生，便以針砭時事及人生百態的雜文當成「主菜」。創刊之後，便為讀者喜愛。不幸的是，他只主編了一年左右的《商餘》副刊。但，他已為《商餘》建立了一個以雜文為主的風格。

彭松濤是接任《商餘》的編輯，從1947年到1950年，在那三、四年期間，不但秉承了邱風人的「遺志」，而且還能加以發揚光大。在當年的《南洋商報》，「老頭家」李玉榮確曾延攬了一批從中國南來的文人書生，由於李氏是福建人（按：李玉榮是李光前的兄弟），因此，當年被延攬到麾下的文人書生，十之八九也是福建人。譬如：曾心影、謝松山、連士升、馮列山、彭松濤、薛殘白、鄭夢周（姚紫）、陳伯萍（伍岔）……都是福建籍作家。這批「福建幫」作家的作品，便經常在《商餘》副刊刊登，不但讓讀者們有機會讀到他們的精心傑作，而且也由此打響了他們的「知名度」。時至今日，「老一輩」讀者如在下，都讀過連士升的雜文、遊記和《海濱寄簡》；讀過馮列山的《新聞講話》（馮氏早年為歐洲留學生，研究新聞學。甫於二、三個月前逝世，享年八十餘歲）；謝松山的《赤雅軒憶語》和舊詩詞，曾心影的評論和舊詩詞……都從《商餘》副刊中及《南洋商報》另外幾份雜誌如《南洋月報》與《星期六》週刊讀到。

李微塵大改《商餘》面貌

彭松濤之後，連士升也主編過一個時期的《商餘》，時間大約在五十年代初期。連士升生前交遊廣闊，尤其是跟香港的一批從中國南下的名作家過從甚密。因此，曹聚仁、南木、易君左、高伯雨、彭成慧、李輝英等人的佳作，便經常在《商餘》出現，成為了馬新華文讀者所熟悉的作家及作品。其中曹聚仁的《採訪外記》，易君左的歷史掌故和高伯雨的中國近代、當代人的忠實及人物的掌故……都經常可以在《商餘》讀到。

香港「創墾出版社」的台柱李微塵在五十年代中期到新加坡來，加盟了《南洋商報》。當時《南洋商報》籌備要出版一份英文日報，李微塵便是內定的總編輯。李微塵加盟《南洋商報》之後，便先負責《商餘》的編務。時間大約在1956-1958年前後。後來，《南洋商報》出版英文報的計劃胎死腹中，李微塵也被新加坡政府延攬而成為總理署的新聞官。

李微塵主編《商餘》的時期，將《商餘》從創刊之後整十年間所建立起來的風貌全部改革，一變變成了一個文藝副刊，而且所刊登的作品，十中居九是出自居留在香港，或者由香江南下新加坡或馬來西亞的作家的手筆。譬如當時住在新加坡的劉以鬯，在育英中學任教的鄭建柏（百木、力匡），李輝英以及皇甫光（當時已改署名為向夏，曾在檳城鍾靈中學任教多年，後來又到南洋大學任「訓詁學」講師）等人的小說、散文、詩歌，每週之中都有三、四天見報。

在李微塵主編的時期，《商餘》偶然也有刊登馬新作家的作品，不過都是刊登在香港作家的縫隙之中。當年的《商餘》，每一天都一篇「香港風」特重的「傳奇短篇小說」，大部份是劉以鬯寫的而用「葛里哥」署名刊出，多數是一期完的短篇，偶爾也有連刊兩天的。那時我也模仿著寫，因此也曾有多篇刊出。

洪叔謙還《商餘》面貌

　　李微塵之後，主編《商餘》的是洪叔謙。洪叔謙早年南來，在《商報》工作多年，也是個老新加坡人。洪叔謙接編之後，使《商餘》來個「還我面目」，又恢復了邱風人和彭松濤時代的雜文為主的特色。

　　不過，洪叔謙也不是一味「跟隨」前人，他有他的特色，譬如他把《商餘》劃分成一個綜合性副刊，以雜文為主，不過卻不完全是針砭時事的雜文，間中有專題的論文，涉及各方面問題的；又闢有一個欄位，刊出短篇小說，幾乎全部採用馬、新作家的創作。他將一篇六千字的短篇分成六日刊出，每天一段，也可說是他的特色。此外，他又廣約瑪戈、蕭遙天、黃潤岳等人，按日寫不同的專題，譬如瑪戈寫藝術雜感，蕭遙天寫民俗或掌故，黃潤岳寫教育雜感。在洪叔謙的「時代」，《商餘》不失為一個具有水準與風格的副刊。洪叔謙時代大約自1958年開始到六十年代初期結束。

　　洪叔謙之後，接任的是薛殘白。薛殘白與謝松山、馮列山、曾心影是資深編輯。薛殘白曾經擔任《星期六》週刊主編多年。薛殘白「時代」的《商餘》，側重刊登考究文章，於是有關中國的名山勝水的掌故，中國文學中的掌故，詩歌的典故與背景，歷史人物的小史與軼聞……無一不備。因此，這一個時期中，許多作者便在故紙堆中發掘了不少的素材，撰文投寄給《商餘》。

　　黎省吾在七十年代接編《商餘》。黎氏為漫畫家，曾經以「小黎」為署名，畫了不少四格漫畫，十分風趣。因此，他主編的《商餘》不但大量刊登嬉笑怒罵性質的雜文，間中也刊登不少趣味性、詼諧、幽默兼諷刺性的文章。黎氏的《商餘》又呈現了另外一個風貌，印證了「刊物為編輯的身影」之說法。

在黎省吾時期，《商報》新馬分家。大馬版的《商餘》先後由柯金德、鍾夏田、陳振華、沈小珍、葉永順等擔任編輯以至今日的劉鎰英女士，都能繼承特色，並兼備新的品位，使到《商餘》一直保持著「商報讀者的最愛」的地位不變。

《讀書生活》曲高和寡

除了上述的文藝副刊以及綜合兼備文藝色彩的副刊之外，從戰後迄今，《南洋商報》還有幾個出色的副刊，至今仍為讀者們津津樂道與緬懷著。

連士升先生主編過一個叫做《讀書生活》的副刊，那是一個刊登文壇動態、作家介紹、新書訊息及書評的副刊，出版的時間大約在1954及55年間，也是連氏主編《商餘》的時期。

這個《讀書生活》副刊格調很高，也可以說開創華文日報增闢提倡讀書風氣，提供書評、出版消息與作家評介資訊的首創。不過，在當時頗有些曲高和寡之嫌，因此創刊後不久便停刊了。

《影藝》副刊格調極高

《南洋商報》從五十年代末期便開闢了一個叫做《影藝》的副刊，每週可能出版二至三期，每期半版，開始時由王兆田主編。《影藝》副刊不登電影明星生活報導、緋聞及起居，卻專登世界影壇的訊息，電影掌故，並以「影評」作為「主菜」。當年新加坡有幾枝「健筆」在《影藝》版上寫影評，記憶所及計有李嘉圖（名報人鍾文苓）、葛里哥（劉以鬯）、許多、連思瀾等人。當易水（湯伯器）替國泰機構搞「本地化華文影片」拍攝《獅子城》與《黑金》之時，也曾在《影藝》版上大談他的計劃與理想。

《影藝》副刊到六十年代之後，改由薛殘白主編，雖然仍舊刊登影壇掌故、明星評介、影評等，但已經放鬆尺度，失去了王兆田時代

的格調與水平了。

《星期園地》令人難忘

　　從五十年代到六十年代，《南洋商報》還有一個叫做《星期園地》的副刊，這個副刊，顧名思義是在星期天見報的。

　　《星期園地》是一個藝文版，以刊載有關藝文掌故的文章為主，間中也有些唯美而帶有舊文學色彩的麗文，還闢有專欄刊出舊詩與舊詞的。

　　其中有一位作家，署名為南鵲者，他的文章中時常加入舊詩詞，而且以詞藻堆砌華麗見稱，抒情之中帶有幾分浪漫，因此吸引了不少好此道的作者與讀者。《星期園地》在《商報》馬、新分家後被割愛，不復再見，可是至今對南鵲的麗文留下深刻印象，不時加以緬懷及談及者，則大有其人也！

　　總而言之，戰後五十餘年以來，《南洋商報》一直以特出的副刊作為讀者的最愛，作為讀者的精神糧食，也成為作家們的園地，那是不爭的事實。

1998年12月29日

談《商餘》舊事
──《商餘》五十週年迴響

我相信絕大多數的讀者，都和我一樣，翻開《南洋商報》的副刊之時，必定先從《商餘》看起：除了星期日以外，每一天都有《商餘》好讀，保證不會落空的。在讀者的心目中，有《商餘》好像是《南洋商報》的特徵，《南洋商報》有《商餘》，不是一件怪事，反而要是在星期天之外，找不到《商餘》才是怪事呢！（在記憶中，讀了四十餘年的《商報》，似乎不曾有過這個記錄。）

因此，相信大家也必然與我一樣，不曾去查究《商餘》究竟有多久的「歷史」了──反正有《商報》，就有《商餘》，哪一天開始讀《商報》，便已有了《商餘》嘛！

一直到兩週前，讀了黃叔麟兄為《商餘》創刊五十週年紀念而寫的特稿之後，才驚訝地歎道：原來《商餘》已度過了五十週年的歲月了。

五十年不是一段短暫的時間，像我這樣「坐」五「望」六的讀者，一定無緣讀到創刊最早幾年的《商餘》的。因為《商餘》創刊於1946年，當時我還不滿七歲，尚未入學，怎會有緣閱讀呢？

六十餘歲的讀者，以及更大歲數的「長輩」，必然還可以憶及創刊時期與最早幾年的《商餘》的。

不過，無論如何，《商餘》與所有《南洋商報》的讀者是結下了不解之緣，卻是鐵一般的、不爭的事實。特別是五十歲以上的讀者，讀了四、五十年的《商餘》，豈能毫無情意結呢？

《商報》讀者‧不解之緣

因此，近幾年間，每當《商餘》的編者剛上任之時，尚未曾捉摸到《商餘》讀者的心理，未能把「車」開上「軌道」之上時，經常可以在會館的閱覽室裡或咖啡店中，聽聞到「忠實的」讀者指著《商餘》，大歎著說：

「《商餘》哪裡是這個樣子的？」

等到上了「軌道」之後，這些忠實的《商餘》讀者才讚曰：

「這樣才對！這才是我們愛讀的《商餘》呀！」

想這些「言論」，我經常聽聞到，相信「編輯老爺」們一定接過許許多多的電話，或讚或彈，不絕於耳。

這種現象，正好顯示出：《商餘》受歡迎的程度，也一定會讓編的人引以為榮的，畢竟彈也罷，讚也罷，都帶著一份關切，一份濃濃的情意呀！

創刊初期，風人主編

從「史料」中獲悉，早年的《南洋商報》在馬、新光復後創刊之時，有一個叫做《和平》的綜合性副刊。到了1946年之時，當時報社的領導層決定把《和平》副刊停掉，改出一個叫做《商餘》的副刊，於是《商餘》便宣告「呱呱墜地」了。

《商餘》的第一任編者是邱衡近，據悉原是一位體育記者或編輯。邱衡近先生編出來的《商餘》究竟是什麼樣子，由於「余生已晚」，「未曾識荊」。不過，還記得當年他以風人的署名出版過兩本叫《辛言集》的雜文，這兩本書當時曾令家父捧讀不已。家父是一位私塾出身的「財副先生」，卻由於《南洋商報》不斷提供的精神糧食，先後成為《南洋商報》、《星期六》週刊以及幾乎每一本的《南洋叢書》而成為《聊齋志異》等古典文學以外的讀者。我從他買來的

書刊中知道有姚紫、伍岔、風人、山東佬、連士升、謝松山、楊守默等「名」作家，後來隨著年齡的增長，也接觸了這些書籍，成為他們的讀者。（今日書櫃中尚保存著四五十年前家父所買的《南洋叢書》與雜誌。）家父曾對我（原因是他的「傾訴對象」不多，因此我很早便成為了他的「知音」了。）盛讚風人的文筆「辛辣」夠味，不過，他卻告訴我說：「聽說風人所抨擊的事物，有一些他本身也犯上了！」就不知道事實是否如此，他又如何得知呢？

刊登佳作，提高作家知名度

不過，從腦子裏存在的記憶，以及從史料中或作家所寫的掌故篇章裡，我發覺當年的《商餘》不但擁有眾多的「忠實讀者」，而且也有極大的影響力呢！

譬如說，風人本身由於在《商餘》寫「辛言集」的專欄，便成為當年讀者心目中一位有分量的作家：《辛言集》面世後，能出一集而再出二集，可見其受到歡迎的程度。

其實，這是一個「事實」。

鄭夢周先生當年從中國南來，大概頂多也不過三十歲出頭，雖說他在中國出版過單行本，對當年馬、新二地的華文讀者來說：「姚紫」畢竟是個陌生的名字。當他的《秀子姑娘》在《商餘》連載後，便成為一位響噹噹的作家了。（他的作品品質優秀，當然是個主要的原因，不過《商餘》的編者卻是伯樂先生哩！）

再如陳伯萍先生，根據劉筆農兄去年在《商餘》發表的一篇「文壇掌故」中說及，當年陳先生初到「番邦」是遭遇到馬六甲「投靠親人」不遇的事實，原本想買棹回歸故里，沒想到他以伍岔為署名的《百頌經》在《商餘》刊出了，而且頗有「一舉成名」之概。後來，《南洋商報》的領導在「求才若渴」的情況之下，將他招攬於麾下，成為當年《商報》的一枝名筆。

　　後來，伍岺的《百頌經》列在《南洋叢書》中面市，家父自然不曾錯過，當時我已上了初中，對伍岺先生那種以「反筆」來嘲諷現實的寫法也十分欣賞，一直到此刻，還對這本《百頌經》念念不忘呢！

　　《百頌經》只寫了五十頌，多年後再寫續集出版。當時，伍岺對社會中的畸形現象用「歌頌」的筆法來嘲諷，如〈拍馬屁頌〉、〈吹牛頌〉、〈裙帶風頌〉……的確有令讀者耳目一新的感覺。筆者寫此文時，陳伯萍先生仍在新加坡，至少是七旬開外的老翁了。

　　事實上，當年在《商餘》發表文章的文懷朗、山東佬（卓凡）、伊藤（汪開竟）、金榜居士（吳紹葆），以至當年《南洋商報》的「四大名筆」──連士升、曾心影、謝松山、曾鐵忱，以及楊守默（杏影）等數位文壇前輩，都由於先後在《商餘》（以及當年《商報》的副刊及雜誌）發表作品而聲名大噪，在讀者群中留下深刻的印象。

　　當年《商餘》還發表了不少南下香江的中國文壇宿將如曹聚仁、高伯雨、彭成慧、李輝英、南木、易君左……等人的文章，特別是曹聚仁的《採訪外記》、高伯雨的中國近代與當代史實、人物的掌故，易君左的中國文物、風土、人物的掌故都先後在《商餘》刊登，幾乎成為本地讀者每日必讀的精神糧食。

　　在李微塵主編的《商餘》的時期（大約是1957-58年間），又大量刊登了彭成慧、李輝英、葛里哥（劉以鬯）、向夏（一署皇甫光──當年極紅的「都市小說」家）、力匡等人的小說或散文，也使得這些作家的作品讓本地讀者誦讀不已。

　　洪叔謙先生主編的《商餘》的時期（大約在1959-1962年左右），不但每日刊出一段新、馬華文作家的小說連載，同時還邀請了黃潤岳、蕭遙天等人寫專題性的專欄（如黃潤岳的《教育叢談》、蕭遙天的《食風樓隨筆》等等），成為讀者的偶像；同時也讓當時的一批剛剛在文壇崛起的新、馬二地的文藝青年有機會發表短篇小說以及

提高知名度。

事實上《商餘》的每一個時期，都曾扮演過讀者與作家間的「橋樑」這個角色。除了上述已提及的作家之外，在七十年代，《商餘》已分別在馬、新二地由不同編輯主編，（不過馬、新二地仍有文章互相轉載），新加坡作家金禮生，也由於所寫的《冷眼人語》而膾炙人口，名噪一時；後也結集出版了兩集，也頗有洛陽紙貴的現象哩！（金禮生原名唐承慶，曾先後在馬、新二地的華文中學執教，已作古多年。）

最大功臣，是彭松濤

最有趣味的是《商餘》的「最大功臣」彭松濤先生，他在1947年接過邱風人的棒子，成為第二任的《商餘》主編人。彭老對《商餘》的貢獻至大，原因有二：其一，他有獨特的見解，認為本地的副刊應該採用本地人寫的，尤其是以當地為背景的作品；其二，他有一雙「識英雄」的「慧眼」，他能廣邀當時文藝界的「名筆」為《商餘》寫稿，成為一支強大的「筆陣」，不愁沒有佳作。

對於彭松濤的貢獻，我們仍然可以從當年他「慧眼」所識的「英雄」所出版的單行本中獲得證實。因為不論是懷朗的《文人的氣質》也好，山東佬的《山東佬閒話》也好，還有多本書籍都請他寫序文，而且作者也在〈後記〉中表揚他及感謝他，由於彭老的鼓勵，方才有這些書的出版。

彭老本身確實「惜墨如金」不曾輕易寫文章──有兩種可能：一是編務繁冗，無暇寫作；一是彭老先後擔任過多家報章的主編或主筆，寫的是不署名的「社論」，雜稿無暇撰寫。不過，無論如何，只要談起《商餘》，一定要談到彭老，從另外一個角度看，彭老也由於主編《商餘》有功，而奠定了他在文壇的名氣與地位。

　　事實上，彭松濤先生先後擔任過《南洋商報》編輯，也擔任過《中興日報》、《馬來亞通報》的總編輯，同時還創辦過《大馬新聞》、《石叻晚報》等報，他在馬、新二地的新聞史上也必然佔有極大的篇幅。

大馬編輯，各有貢獻

　　由於馬、新各自建國，《南洋商報》也分成馬、新二家報社。因此，《商餘》在七十年代開始，也就「馬、新分家」了。換句話說，也就是各自有各自的編輯人，負責主編《商餘》了。

　　開始的時候，兩地的《商餘》還採取了互相轉載作品的政策，後來便逐漸達到「各自為政」的地步了。最後，新加坡華文日報合併成《聯合早報》等幾家，《商餘》副刊也隨著新加坡《南洋商報》而走進了歷史。

　　不知不覺，馬來西亞的《商餘》副刊，也有二十餘年的歷史了。因此，馬來西亞的《商餘》，也經歷過好幾位編輯的時期。

　　假如沒有記錯的話，大馬的《商餘》，歷任的編輯應該是下列幾位，那就是：柯金德、鍾夏田、陳振華、沈小珍，再到目前的葉金順。

　　柯金德與鍾夏田二位主編的《商餘》副刊，仍然沿襲著《商餘》的「軌跡」，以綜合性姿態，側重刊登時評性質的雜文，以及文藝界掌故、風土、人物等等佳作。譬如七十年代初期，《言論》版有一個頗受廣大讀者歡迎的專欄，叫做〈想到寫到〉的，便曾經一度「喬遷」進入《商餘》。此外，柯、鍾二兄也曾廣邀馬華作家中的雜文高手負責撰寫專欄，記憶中看看（吳均昌）、田里夫（羅伯友）、伍良之（梁冠中）等諸位的雜文，都可以在《商餘》副刊中讀到。馬侖兄的「作家素描」一類的文稿，也經常在這個時期見報。

　　沈小珍與陳振華二位主編的時期，曾經增闢了好幾個專欄，譬如沈編時期曾闢有《風雨路》的專欄，邀請了幾位企業家及作家來敘述他們的「風風雨雨人生路」。

　　陳振華主編時期，也曾闢有專欄，邀請了好幾位文壇名家，各自撰寫一段經歷，在三十天中連載完畢。這個專欄非常好，同時也邀請了好幾枝「名筆」撰稿，記憶所及，如雲匡（顧興光）的《北京遊記》、莊延波的《山中散記》以及翠園（彭士驎校長）的《女校風采》，都是極有價值的經歷，同時彬佳的「報導文學」作品，也可當作散文來讀。我想：葉永順老弟不妨再考慮恢復這個「名筆」寫「經歷」，而在三十天之內刊完的專欄，必定可以「勾」出佳作以及可貴的「人生經歷」來的。

　　葉金順在1993年接編《商餘》，這位在不滿二十歲的當年，便在《中國報》主編《狂飆》文藝副刊的「文藝發燒友」。接過棒子之後，在過去兩年多的日子裡，確曾「煞費苦心」，也算是「出盡法寶」，一心一意要把《商餘》推向一個高峰上去。

　　在兩年多的日子裡，他先後推出了一個個的系列專欄與專題。譬如《六星陣》、《人間道》以及《舊情綿綿》、《心有餘悸》……都曾成為讀者的「最愛」。

　　這位老弟有著一股「傻勁」與「熱忱」，不時會通過「函」「電」交加，去向作者們約稿和催稿。許多作者都有偷懶與愛清閒的習慣，經不起他的「函」邀「電」催，不能不攤開稿紙，一個一個地填下文字。此外，他也會出「點子」去給作者撰稿。這種做法，在馬、新的出版界，好像已經要「走進歷史」了，他仍然樂此不疲，實在至為難得。

　　雖然有人認為當編輯，最好能夠「六親不認」，免得引來麻煩多多，甚至還會有一些「後遺症」。這種看法固然有其因素，同時也有幾十巴仙屬於「事實」。

　　不過，我倒認為一個編輯，要使其所編的副刊或雜誌出色，是不能靜坐於編輯室中等稿子的。任憑作者「珠玉紛投」，有什麼稿，用什麼稿，這種「搞法」是行不通的。要編出具有特點的副刊，應該像個掌廚的大廚師一樣，瞭解哪位「名家」會搞「拼盤」，哪位是「蒸魚」或「燒雞」高手，哪位弄的小菜或甜品也蠻不錯的，然後「取其長而約之」，這才會弄出一桌佳餚的。

　　《商餘》基本上是個富有文藝氣息的綜合性副刊，舉凡人物傳記，文化藝術與文學的掌故、風土、民俗，以及人生經歷等等，都不妨「兼容並蓄」之。由於《商餘》的讀者眾多，口味不盡然相同，大魚大肉、青菜豆腐，各有所好，因此開胃的「拼盤」，主菜式的蒸魚、燒雞和海味鍋之外，不妨也加些「羅漢齋」與「冬瓜芋泥」、鍋餅……等等。

1995年11月26日

四十四年回首來時路
——談《星雲》的幾個時期與風格

　　《星雲》是《星洲日報》一個歷史悠久的副刊。這個副刊,在廣大的讀者心目中,它簡直是《星洲日報》最具有代表性的版位,讀者們幾乎把《星雲》當成了《星洲日報》的一個特徵。

　　事實上,《星雲》不但擁有「悠久」的「歷史」,它也一直是《星洲日報》一個最突出、最出色的副刊。

林健安是《星雲》大功臣

　　談到《星雲》,我們不能不談到林健安先生。因為《星雲》是在1952年間創刊的,從創刊開始,便是由林健安先生擔任主編,而且一直到了七十年代中期,林健安逝世為止,他擔任了二十多年的主編。

　　因此,幾乎可以這麼說:《星雲》的「形式」與「風格」是由林健安所建立起來的,事實上也的確如此。

　　從史料的記載中,我們可以知道:林健安先生是從中國南來新加坡的一位早期的馬華作家,在新、馬淪陷前三十年代的初期,他便在《星洲日報》服務,而且以魯存、白雪、紅冰、劉郎等筆名發表文章。早在1930年10月間,林健安繼承乃兄林仙嶠編《星洲日報》的《繁星》,這個叫做《繁星》的副刊,在當時,便以刊登小品散文為主,而且屬於雜感與評論一類的散文——也被稱為「雜文」。到了1932年,《繁星》改為《晨星》,仍由林氏主編。

　　1952年《晨星》再改名為《星雲》,仍然交由林氏主編。從1952年一直到1970年初期,《星雲》走的路線,仍然是屬於「綜合性」性質,不過偏重於文藝性;在掌故、風土、風俗文章之外,仍然刊登屬於雜感與短評性質的散文小品。

在五、六十年代，《星雲》刊登過不少旅居於香港的潮籍作家高伯雨的掌故作品，尤其是近代與當代中國文經政界人物的掌故，另外還有一些關於潮汕的「舊事新談」，也即是時下被稱為「懷舊」文章的掌故作品。

林健安氏編《星雲》初期，對年輕寫作人的提攜與鼓勵，可以說是不遺餘力的；一位年輕的作者，持之以恆地向《星雲》投稿，可能開始的時候，被投籃的次數會多些，可是在不斷嘗試之中，有了進步，文章漸趨成熟之後，林氏便會大幅度地加以採用，有時候在一個星期之中，連續刊登三篇，也不是怪事呢。從六十年代到七十年代林氏逝世之前，受到他提攜的作者甚多，今日仍然沒有停筆的作者有慧適、冰谷、魯莽、傑倫、鄭易……等人，都是當年見報率高的《星雲》常客，在下也承蒙林老的青睞，曾經叨陪末席了好幾年。

健安逝世後，數易主編人

林健安先生約莫於1974年逝世，逝世後，《星雲》由楊綠水繼編。楊綠水也是馬華文壇的老將，同時也是資深報人。楊綠水先生編了一、兩年竟然也逝世了，《星雲》便由李開接編。李開也是新加坡資深的報人。李開接編了一年有餘，《星雲》便改由李文學接編。李文學原是馬來西亞人，後來負笈新加坡，大學念完後到《星洲日報》擔任編輯。李文學原本也是個文藝作家，他有兩本短篇小說集，交由維美公司及藝美圖書公司在六十年代出版面世。

「大馬化」之後，《星雲》現異彩

李文學編《星雲》的時候，是在1978年到1979年間；到了1978年大馬《星洲日報》的副刊已經「大馬化」了，換句話說，也就是由馬來西亞《星洲》的編輯負責了。記得賴鴻健兄（筆名紀青，《風鈴的重響》的作者）也編過了一年半載，因為當賴兄編《星雲》時，曾邀

我寫點雜文稿，我也曾應邀表示支持。

在賴鴻健之後，《星雲》的編輯似乎曾換了幾個人。在那幾年間，剛好遇上我在生活中碰到了一些困難，有一段時間不曾寫作，也不曾詳細閱報，因此記憶中不曾留下什麼印象，連誰人在編也不曉得了。

不過，可以這麼說：自從林健安逝世後，《星雲》副刊雖曾幾度易人主編，可是卻仍然沿襲著林健安的「風格」，保持著綜合性中帶著文藝色彩的「路線」，不過林氏之後，文藝色彩是漸漸淡薄了。

一直到了1984年前後，陳振華接編《星雲》之時，《星雲》有了一個較為明顯的變革。簡單地說：《星雲》從一個文藝色彩逐漸淡薄了的綜合性副刊，重新呈現出濃厚的文藝色彩來了。而且可以看出，編者確曾花了不少精力去「經營」它。在這之前，《星雲》一直是任由作者投稿，「有什麼來稿，便刊登什麼稿」的局面，當陳振華主編時，則採取有計劃地「要登哪一類稿，談哪一個課題，以及邀什麼人來寫稿」的策略。

首先，《星雲》每一天都有一篇「重頭篇」，分別邀約了不少作家撰稿，間中也有從自由投稿中選錄作為「重頭稿」的文稿，大致上還是雜文性質的，也談生活經驗的，也有談論某個課題的；而且每逢星期六還來一篇「週末幽默文選」；講的是「倒反話」的、「裝瘋賣傻」式的、「嬉笑怒罵」式的都有。此外，《星雲》每天還有一個叫《星眼》的「專欄」，刊出七百字短評一則，一個星期刊出六次，每天由一位作者執筆（即由六位作者每週按期寫一篇）。

《星洲日報》在八十年代末期停刊過一個短時期，到了復刊之後，《星雲》改由張永修接編。張永修當年原是一位文藝青年，筆名叫藝青。不但熱愛文藝、寫作，還屬於有理想、有抱負的青年。他接過《星雲》之後，除了保持陳振華的特色與優點之外，也曾做了一番改革。原先的《星眼》專欄停掉了，改用《龍門陣》取代，這個專欄

仍然是每天見報，刊登七百字左右的雜感與短評一則，分由不同作者撰稿或投稿。此外，他先後策劃過好幾個專題，譬如較早的〈書癡自述〉、〈黑色恐怖〉等等，以及較後的〈大馬城鎮〉專題散文等都顯示出不落窠臼的特色。張永修也採取「看稿不看人」的態度，錄用了不少「名氣」不是很大的作者的稿，這幾位作者反而是作品在《星雲》見報率高了以後，「名氣」才日隆呢！譬如新山的蔡家茂君可說是其中一位佼佼者。此外，張君還增闢了好幾個小專欄，譬如〈六日情〉、〈小塊文章〉與〈看雲錄〉，都是由他開始的。

《星雲》前景，還要看今朝

張永修之後，接編《星雲》的是王祖安與賴碧清。在賴小姐的主編之下，《星雲》變得相當「年輕化」起來，不但作者絕大多數較為年輕，而且無論是從取材、內容、表現方式等等來看，都顯得很新穎，作品也以「清新」為主。無可否認，這是有其特色的。不過，《星洲日報》的讀者群中，畢竟也有不少中老年人，這一批作者，卻不習慣《星雲》的「新面貌」與「新氣象」。

此次，《星洲日報》當局毅然地把《星雲》一分為二，變成《星雲》與《星辰》兩個副刊；而且在這幾天以來，可以很明顯地看出，兩個副刊準備朝向兩種截然不同的風格邁進，這是正確的作法——畢竟《星洲日報》有不同口味的讀者，而且也各占了極高的百分率呀！

今後的《星雲》，將有什麼「特色」，將有什麼「風格」，就要看它的新「掌舵人」黃菊子了。讓我們拭目以待吧！

1996年《星雲》創刊四十四週年，應邀寫此短文

馬華文學獎大系04　PG0745

 笑彈人間
　　　——馬漢雜文選集

作　　者	馬　漢
主　　編	潘碧華、楊宗翰
責任編輯	鄭伊庭
圖文排版	邱瀞誼
封面設計	陳佩蓉

出版策劃	釀出版
製作發行	秀威資訊科技股份有限公司
	114 台北市內湖區瑞光路76巷65號1樓
	電話：+886-2-2796-3638　傳真：+886-2-2796-1377
	服務信箱：service@showwe.com.tw
	http://www.showwe.com.tw
郵政劃撥	19563868　戶名：秀威資訊科技股份有限公司
展售門市	國家書店【松江門市】
	104 台北市中山區松江路209號1樓
	電話：+886-2-2518-0207　傳真：+886-2-2518-0778
網路訂購	秀威網路書店：http://www.bodbooks.com.tw
	國家網路書店：http://www.govbooks.com.tw
法律顧問	毛國樑　律師
總 經 銷	聯合發行股份有限公司
	231新北市新店區寶橋路235巷6弄6號4F
	電話：+886-2-2917-8022　傳真：+886-2-2915-6275

出版日期	2012年8月　BOD一版
定　　價	380元

國家圖書館出版品預行編目

笑彈人間：馬漢雜文選集 / 馬漢著. -- 一版. -- 臺北市：
釀出版, 2012.08
面； 公分. -- (語言文學類)
BOD版
ISBN 978-986-5976-08-8(平裝)

868.755   101005197

讀者回函卡

感謝您購買本書，為提升服務品質，請填妥以下資料，將讀者回函卡直接寄回或傳真本公司，收到您的寶貴意見後，我們會收藏記錄及檢討，謝謝！
如您需要了解本公司最新出版書目、購書優惠或企劃活動，歡迎您上網查詢或下載相關資料：http:// www.showwe.com.tw

您購買的書名：＿＿＿＿＿＿＿＿＿＿＿＿＿＿＿＿＿＿＿＿＿＿＿＿＿

出生日期：＿＿＿＿＿年＿＿＿＿＿月＿＿＿＿＿日

學歷：□高中 (含) 以下　　□大專　　□研究所 (含) 以上

職業：□製造業　□金融業　□資訊業　□軍警　□傳播業　□自由業
　　　□服務業　□公務員　□教職　　□學生　□家管　　□其它＿＿＿

購書地點：□網路書店　□實體書店　□書展　□郵購　□贈閱　□其他

您從何得知本書的消息？

　□網路書店　□實體書店　□網路搜尋　□電子報　□書訊　□雜誌
　□傳播媒體　□親友推薦　□網站推薦　□部落格　□其他＿＿＿＿＿

您對本書的評價：(請填代號　1.非常滿意　2.滿意　3.尚可　4.再改進)

　封面設計＿＿＿　版面編排＿＿＿　內容＿＿＿　文／譯筆＿＿＿　價格＿＿＿

讀完書後您覺得：

　□很有收穫　□有收穫　□收穫不多　□沒收穫

對我們的建議：＿＿＿＿＿＿＿＿＿＿＿＿＿＿＿＿＿＿＿＿＿＿＿

＿＿＿＿＿＿＿＿＿＿＿＿＿＿＿＿＿＿＿＿＿＿＿＿＿＿＿＿＿＿＿

＿＿＿＿＿＿＿＿＿＿＿＿＿＿＿＿＿＿＿＿＿＿＿＿＿＿＿＿＿＿＿

＿＿＿＿＿＿＿＿＿＿＿＿＿＿＿＿＿＿＿＿＿＿＿＿＿＿＿＿＿＿＿

11466
台北市內湖區瑞光路 76 巷 65 號 1 樓

秀威資訊科技股份有限公司　　　收

BOD 數位出版事業部

....

（請沿線對折寄回，謝謝！）

姓　　名：＿＿＿＿＿＿＿＿　年齡：＿＿＿＿　性別：□女　□男

郵遞區號：□□□□□

地　　址：＿＿＿＿＿＿＿＿＿＿＿＿＿＿＿＿＿＿＿＿＿＿

聯絡電話：(日) ＿＿＿＿＿＿＿＿＿　(夜) ＿＿＿＿＿＿＿＿

E-mail：＿＿＿＿＿＿＿＿＿＿＿＿＿＿＿＿＿＿＿＿＿＿